中国第一本幸福最大化的个人运作书

Are you happy?

你幸福了吗？

北大心理学博士教给你的痛苦解脱术

叶 舟◎著

有的人以家财万贯为幸福；

有的人以学识渊博为幸福；

有的人以身居要职为幸福；

有的人以两情相悦为幸福；

有的人以事业有成为幸福；

有的人以健康长寿为幸福；

幸福，幸福到底是什么？

台海出版社

图书在版编目(CIP)数据

你幸福了吗？——北大心理学博士教给你的痛苦解脱术 / 叶舟著.
--北京:台海出版社,2011.8

ISBN 978-7-80141-853-1

Ⅰ.①你... Ⅱ.①叶... Ⅲ.①幸福–通俗读物

Ⅳ.①B82-49

中国版本图书馆 CIP 数据核字(2011)第 164903 号

你幸福了吗？——北大心理学博士教给你的痛苦解脱术

著　　者:叶　舟

责任编辑:孙铁楠

装帧设计:凡人装帧设计　　　　　版式设计:通联图文

责任校对:吴　康　　　　　　　　责任印制:蔡　旭

出版发行:台海出版社

地　址:北京市景山东街 20 号，邮政编码:100009

电　话:010-64041652(发行,邮购)

传　真:010-84045799(总编室)

网　址:www.taimeng.org.cn/thcbs/defauit.htm

E-mail:th-cbs@163.com

经　销:全国各地新华书店

印　刷:北京柯蓝博泰印务有限公司

本书如有破损、缺页、装订错误,请与本社联系调换

开　本:710×1000　1/16

字　数:190 千字　　　　　　印　张:16

版　次:2011 年 9 月第 1 版　　印　次:2011 年 9 月第 1 次印刷

书　号:ISBN 978-7-80141-853-1

定　价:29.80 元

序 言
什么是幸福

　　什么是幸福?怎样才能获得幸福?对于这个问题,每个人的回答各不相同:有的人以家财万贯为幸福;有的人以学识渊博为幸福;有的人以身居要职为幸福;有的人以两情相悦为幸福;有的人以事业有成为幸福;有的人以健康长寿为幸福……

　　所有这些,就是幸福的全部内容吗?

　　如果幸福是这样,那些拥有亿万资产的富翁们应当感到幸福,可他们中的很多人,虽然有着巨额的家产,有着庞大的事业,依旧无法摆脱痛苦的纠缠,活得苦恼不堪;那些地位显赫的政要也应当感到幸福,可处在权力旋涡中的他们,时而不可一世,时而被群起而攻之,生活又何尝有幸福可言?那些琴瑟和谐的佳偶也应当感到幸福,可是天下没有不散的宴席,无常到来时,至爱的亲人终将撒手西归,各奔前程……

　　世人追求的这些幸福,以佛法看来都是有"漏"的,"漏"就是烦恼,也就是说,世间所谓的幸福快乐中总是蕴含着烦恼的。一个拥有事业的人,会被事业占据整个身心,终日身不由己地为其操劳;而一个身居高位的人,既没有言行的自由,又没有随意支配的时间,还要担心别人的算计,担心权力地位的失去,甚至不得不因此违背自己的本意和良心。我们是否想过,拥有地位和事业的幸福究竟在哪里?

　　一个人幸福与否由他自己的主观感受决定,而不是由客观条件决定。所谓主观,就是自己观;所谓客观,就是他人观。每个人的幸福只有自己心知肚明,而非旁观者能感同身受和猜测的。

每个人都有两个世界,一个是向外发展的物质世界建设,一个是向内发展的精神世界建设。我们今天所学的知识大都是为了物质文明的,是为了有序创造物质文明的,但从小学到大学,很少有为了收拾整理我们内心的直白学问,正因为没有,我们生活中绝大多数人才会在痛苦中挣扎,在苦海中迷茫。

我们的内心由于没有学问来整理来序化,因此都是一团乱麻,都是欲望此起彼伏、战乱纷纷、狼烟四起。

一切痛苦皆因心随外动而起,外部世界千变万化,外部干扰五彩缤纷,外部知识千差万别,外部问题千头万绪,如果我们没有真我,没有警觉心,就随时有可能被外景打扰和牵移,一旦心随物转,就必然落入苦海之中。

每个人的内心乱七八糟,自然会苦。苦是内心在作无序运动,是内心必然的冲突,是没有内在主帅英明管理的结果。一个痛苦的人必然是没有主见的人,必然是见风是风见雨是雨的人,必然是内心被烈火焚烧的人,必然被各种外来观点互相牵扯的人。痛苦的人内心表现为:心乱、心迷、心妄想、心流动、心不自在。幸福的人则刚好相反,内心表现为:心静、心明、心安、心平和、心自在。

幸福是人生追求的总目的,但从小到大,所有的学习教育中谁又真正学过幸福学呢?虽然许多学科都从不同角度谈到幸福,但都是蜻蜓点水;虽然心理学、哲学、宗教学等都直接指导人的幸福,但似乎也力不从心。尤其是宗教中许多说法十分神秘或特殊,非普通人所能立即学会,不便于大范围传播。因此,有必要建立一门新的学科——痛苦解脱学,对幸福建设进行深入研究,并提出系统的解决方案。

此书融合了中西文化的精髓,形成了完备的幸福建设体系,既分析深刻,又通俗易懂。因此,我们相信此书能帮助更多人摆脱痛苦,实现幸福人生!

目录
Contents

1

目 录

Contents

目录

Contents

第一卷
挖出痛苦之根——错位伤生

一、解剖痛苦

1. 苦是什么

◎究竟什么是痛苦

很多人都在追寻幸福是什么,然而很少人会去问痛苦是什么。其实,痛苦和幸福相辅相成,没有谁永远感到幸福,人更多的是生活在痛苦之中。那么,究竟什么是痛苦呢?

未开悟者说:

失恋?失意?失业?或者是……

痛苦就是当我突然发现,今天没有人陪我吃晚饭的时候;

痛苦就是当晚上失眠,却不是因为思念的时候;

痛苦就是当我被人批评堕落的时候;

痛苦就是当我明明付出了很多,却被人视为垃圾的时候;

痛苦就是当他们只看到我错的一面,却忽视我对的一面的时候;

痛苦就是每当到了学期末发现有一大堆功课没复习的时候;

痛苦就是当我离家出走的时候;

痛苦就是当我发现自己在感情上不能完全信任别人的时候;

痛苦就是当我发现自己的情趣正一点点消失的时候;

痛苦就是当我发现自己很蠢而被人藐视的时候;

痛苦就是当我觉得自己不属于他的世界的时候;

痛苦就是当我难过,却要装作不在乎的时候;

……

儿时,痛苦是没有得到的棒棒糖;痛苦是妈妈的批评;痛苦是成绩单上的零;痛苦是看到别人捧着大红奖状回家,自己偷偷地抹眼泪。

中学的时候,痛苦是朋友的离弃;痛苦是暗恋遥遥无期;痛苦依然是不见长的成绩单;痛苦是妈妈的眼泪。

真正长大的时候,痛苦是心爱的人爱着别的人;痛苦是爱着她却无能为力,爱着他却只能看着他娶别的女人做新娘;痛苦是自己看着自己抹眼泪。

什么是痛苦？每个人的痛苦都不一样;每个人每个时期的痛苦也不同吧。

已开悟者说:

痛苦是智慧的曙光;

痛苦是造物主对人类的一种磨难;

痛苦是一把芭蕉扇,能扇掉你的烦恼;

痛苦是一叶扁舟,带你驶向成功的彼岸;

痛苦是一座熔炉,熔掉你身上的杂质;

痛苦是一本书,它能教你读懂人生的曲折,培养你进取向上的性格,使你在人生旅途中,淡泊心境,走向成熟。

痛苦是一面反光镜,你可以用这面镜子,回溯走过的路程,整合记忆的碎片,从曲折、是非、坎坷、正误、成败之中校正人生的罗盘。

痛苦是一座桥,在人生的旅途中有许许多多的沟沟坎坎,有了这座桥,你便可以顺利地跨越那一道道沟壑,步入人生的理想王国,走到金碧辉煌的人生终点站。

其实,痛苦究竟是什么?我用一句简单的话概括地说:痛苦=差距!

因为痛苦是人生的痛苦,所以要搞清痛苦是什么,就得先搞清人生是什么。那么,人生是什么呢?在此,请允许我对人生下一个特殊的定义:

人生就是缩小差距和拉开差距的过程。人一生都在干两件事:一是当自己弱小时,总在想办法缩小与强者的距离;二是当自己强大时,总在想办法拉开与弱者的距离,这就是人生!

痛苦就是你的意识与他人、与现实之间存在差距。我们对自然有认识差距,对他人有见解差距,对内心有观点差距等,正因为这些客观差距的存在,而我们又暂时无法消除它们,所以我们就很痛苦!

而且差距越大,痛苦就越深。消除痛苦,其实就是处理差距。

具体说来,造成痛苦的差距包括如下三类:

第一类——主观与客观之间的差距;

第二类——主观与主观之间的差距;

第三类——客观与客观之间的差距。

那么,差距又是由什么造成的呢?

差距是由"生"这个字造成的。原初的世界只有基本粒子,中国文化叫气,如果没有"生",那么所有的粒子或气都是平等的,都是没有差距的，所以不会有痛苦一说。而宇宙是发展的，是在"成长"的，于是因为气的分分合合，或粒子的分分合合，便产生了宇宙万物。

万物生而差异生。

人自从生成后，也还在演进。人是宇宙的臣民，身上也打上了宇宙的烙印，也输入了宇宙"生长"之命令，因此，每个人都在"生"，都在成长。但由于各自的时空背景不同，造成在成长中出现了客观差距，而人又是比较的动物，凡人的快乐和幸福是建立在比较之上的，因此人就有了成长的痛苦。

总之，人生中所有的痛苦，其本质都是关于"生"的差异造成的痛苦，因为"生"是每个人不证自明的必然性，这是宇宙命令，人人概不例外。

人的一切苦皆由于怎么生、怎样快生、优生、共生、强生、长久生等一切问题而产生。

因此，我们现在来对苦下一个定义：苦=问题=差距。具体说，苦，就是出现了"生长"的阻碍，出现了发展的瓶颈，出现了成长的关卡；苦就是发现了差距之后而产生的，苦就是错位造成的，苦就是不能顺利生长。

◎ **人生的本质就是追求超越**

所有的苦，都是有人才有苦。人是前提，没有人，谈何苦？因此，要弄清苦，首先得弄清什么是人生！

人生的内涵有无数个：人生，是个时间概念，如今谁都能活过七八十岁；人生，是个空间概念，如今谁都会漂来漂去；人生，是个产出概念，谁都能制造一大堆产品；人生，是个社会概念，谁都是人类的一分子；人生，是个轮回概念，谁都是人类传承的一节链条……

人生的形式有无数种：有人一生活得像条狗，势利咬人；有人一生活得像头猪，蠢笨双全；有人一生活得像老虎，威风凛凛；有人一生活得像狐狸,狡猾多疑;有人一生活得像雄鹰,搏击长空;有人一生活得像百灵鸟,歌声悠扬……

人生,在我看来就像一个摇摆,每个人总在物质与精神两者之间摇摆。在物质上吃了苦,就会在精神上去寻找安慰;在精神上吃了苦,就会在物质上去寻找安慰。两者若都没有找到,一般来说,那就会在折磨中度过,或者忧愤死去。

人生,假如能够重来,每个人都会成为圣人。只可惜,人生是条单行线,谁都无法"倒车",谁都无法"留级",谁都无法"吃双份",无论你是人渣,还是人杰。那误解的爱情、那对不起的亲人、那得罪的朋友等等,都只能悔恨万千,悔不当初。等你再回头,一切都物是人非,皆成枉然。一切的错,都只能梦中流泪,梦中重来!

人生来到世间,初时像太仓中的一粒米,那么渺小而令人喜爱。接着像耀眼的电光,划破长空。再接下来像悬崖上的一株朽木,生机不再。最终像一滴水消逝在大海的洪波之中。生命只不过是一个短暂的过程。知道这个道理,如何不令人悲欣交集?当一个人把生命看实了时,他就会珍惜生命而不虚度此生。当一个人把生命看虚了时,他就会看破尘缘而不贪恋此生。

那么人活着究竟为了什么?

在我看来——人生的本质就是追求超越!无论是谁,只要活着,就一定有追求。生命不止,追求不息!人生是一个征服的过程。长江后浪推前浪,这是征服;爬过了一座又一座山峰,这是征服;人类与天斗与地斗与人斗,这当然也是在征服!……

征服,换一种说法,就是在追求超越!吃饭是为了活着,但活着决不是为了吃饭;呼吸是为了生命,但生命决不是为了呼吸!人,都无时无刻不在追求更高更远更伟大的目标!说白了,人生的本质就是追求"做不到",凡是做得到的,都不是他真正要的!

有人说,人生就是追求财富,那么许多亿万富翁为什么还坐立不

你
幸
福
了
吗
？
——
北
大
心
理
学
博
士
教
给
你
的
痛
苦
解
脱
术

安呢？有人说，人生就是追求名誉，那为什么许多功成名就的人也闲不下来呢？有人说，人生就是追求权力，那为什么许多权达至尊的人也还止不住呢？有人说，人生就是追求快乐幸福自由，那为什么许多人已经快乐幸福和自由了，他们还要重新去折腾呢？

由此观之，人的一生，只要活着，只要还能动，就决不会停止下来，就还一定要去继续追求，继续去创造更大的奇迹。这种生命现象的本质，就是追求超越，追求无止境的超越。

人由于各自的时空背景不同，所处的追求层次也是不同的，正如马斯洛（马斯洛是美国著名心理学家，第三代心理学的开创者，提出了融合精神分析心理学和行为主义心理学的人本主义心理学。）列出的追求层次一样，不同的人在为不同的目标追求努力着、折腾着。马斯洛前期的需求理论是不完备的，他认为人是动物人、经济人和社会人，人最后的追求是在为承认斗争，为面子而战。其实到后来，他自己都觉得不对，有些人已在为纯粹的超越而奋斗，而不是为了外在的虚荣和承认，因此，到晚年他又在五种需求层次中补进了——人在为天命赋予的超越本能而奋斗。

为超越而奋斗，其实，这就是人的宇宙属性的表现。宇宙的总法则是变，是没有休止的分分合合。人生的追求站在天地大背景下来看，也只不过是宇宙的臣民在干着分分合合的事而已，我们美其名曰"创造"或"超越"。无论是有意还是无意，其本质都是在执行在完成宇宙的"求新求变求突破的命令"而已。

说白了，人生的本质就是必须不断地去折腾！没钱人，只要折腾，总有一天会有钱；没有知识的人，只要折腾，总有一天会充满智慧。反过来说，有钱人，总是不会安分，他一定还会去折腾，直到惨败为止、直到谢世为止，人活在天地间，谁的生命都莫不如此。依此类推，无穷无尽。要说这世界真有永动机，人还真像一台自动自发的永动机，从小到大，都在用尽一切体力、智力去追求超越！

◎人生之中为何苦多乐少

超越，并不是一件容易的事，无论是超越对手，超越他人，还是超越自我，都是十分折磨人的。正因为超越难，而人人却又吊死在超越这棵树上，仿佛被"上帝"种了"符咒"一样，因此，我们绝大多数都是苦多乐少，就十分容易理解了。

你不要看许多人表面上容光焕发，快乐自由，你只要深入了解他，你就一定会得出所有的快乐都是假相，只有痛苦才是人生的内幕，才是人生的原材料的感悟。

这是一个冲突，人一方面不想苦多乐少，而另一方面却又身陷其中，不能自拔。为了解决这一冲突，人类几乎所有的智者都思考过这个问题——人要怎样才能快乐地活着，而且活好？

在离苦得乐这个问题上，全球的智慧都显得幼稚和苍白。表面上看来，关于人生活得更好的智慧有许多许多，如哲学、经济学、心理学、宗教等等近万种学科，其实，真正能轻易解决人生苦乐冲突问题的，到目前为止还没有。有人说也许以后会有，但我并不那么认为。因为人生的前提是追求超越，是追求做不到，在这一前提下，人类就不可能真正追求到想要的快乐、幸福和自由，除非你不选择追求超越。

因此也可以这么说，人生几乎就是在追求"痛苦"，因为只有痛苦更接近超越。世界上最伟大的人物等，几乎都是饿出来的，无论是物质上的饿，如曹雪芹、路遥、马克思、巴尔扎克等；还是精神上的饿，如周文王、孔子、孙膑、司马迁等，都是如此。诺贝尔文学奖的得主，在得奖后谁又出了更了不得的作品呢？几乎没有。大作家一旦扬眉吐气进入了喜剧，接踵而至的就是悲剧。

悲剧才是人生的基石。没有悲剧支撑的人生，一定不会厚重而更显价值。我们可以嘲笑一个皇帝的富有，但决不可嘲笑一个诗人的贫穷。

但谁又不想将"苦"字换成"甜"字呢？只可惜做不到。因为人到目前为止，还可以说几乎是无知的，至少是幼稚和浅薄的，别看书店里码了如山的图书。你只要看看中国历史上有多少战争，就知道人生的主要智慧都在干什么，实际上，人不是没有智慧，而是乐于将智慧歪用。全球最智慧的头脑，却是用来发明核武器的，发动战争的……人生为什么苦多乐少？最关键的原因就是智慧歪用。人都在相互折腾，相互损害，相互折磨，没完没了！

其实我们降生到这个世上，表面上看是为了完成我们生命中未完成的使命。但我们却不知道今世的任务究竟是什么，而去盲目地追求不属于自己的东西，这样，你会因为没有完成既定的任务而感到痛苦。而这种痛苦正是命运惩罚你的一种表现，就好像聪明绝顶的人类破坏了自然规律而遭到大自然的报复一样。我们应该像遵循自然规律一样遵循命运规律。其实，命运规律是自然规律的一个分支，而自然规律的本质是运动变化，是不断地分分合合，是不断地进化和超越！

那么，人如何才能遵循命运规律？那就是命运让你不断去超越！

具体说来，在这世界上每个人都有自己的路要走，都有自己的使命要完成。每个人都得找到人生的位置，位置就是人生坐标，只有找到了自己的位置才能完成今生的使命，才能享受生活的乐趣。不然，人生一无是处，又何乐可言？

◎痛苦从何时开始？

痛苦起源于人的降生，胎儿本来生活在温暖、舒适的宫殿中，但是九个多月后他们从一非常狭窄的通道硬被排挤出来。新生儿的第一反应就是啼哭，因为宫外和宫内的环境有着天壤之别，所有的新生儿都好像从一个王子降格为平民,他们太痛苦了。

随着人的成长,痛苦始终与人为伴:生病、受伤的痛苦、吃药打针的痛苦、参加考试的痛苦、辛勤劳作的痛苦、养家糊口的痛苦、父母的问题给自己带来的痛苦、子女的问题给自己带来的痛苦……所以,人生就是一个痛苦的历程,除了死亡,没有一个痛苦终结者。古人有首诗描述了这种命运:

莫道下岭便无难,

赚得行人错喜欢。

正在万山圈子里,

一山放出一山拦。

人生经历了这么多痛苦,那么痛苦的价值何在呢?

首先说皮肉之疼的痛苦,它是对人的一种保护。有一种孩子天生没有痛觉,无论受到什么伤害,他们都不会感觉到疼痛,但是这种孩子并不幸福,常常磕得头破血流都没有感觉,需要成人经常性的保护和观察,以免他们在不知不觉中因流血过多而死亡。

另外,痛苦是人们关心别人的前提,如果你没有在某种境地中体验到切肤之痛,你是不会对处于这种境地的人给于恰当的同情和关心的。人们常说"惺惺相惜,英雄爱英雄",为什么呢?因为英雄知道成为英雄的困难和痛苦,他们有过切身体验,所以他们能够互相尊重,而那些习惯于目空一切的人,只表明了自己的浅薄和无知。

我们生活的世界是一个丰富多彩的世界,而人类又是一种有感觉、有感情的动物,他们不断地从周围的世界中获得信息,世界中的一切也不断地向人迎面扑来。勇敢的人走出了封闭的安乐窝(如子宫),抓住现实这个最生动、最变动不居的东西,可是真实总会想从人的指缝中溜走,总会和人发生激烈地碰撞,需要人们顽强地与现状搏斗以改变它,也需要人勇敢地改变自己以适应它。在与现实搏斗和改变自己过程中,人自然会体验痛苦。也有一些人,对周围的一切熟视无睹、麻木不仁,他们死气沉沉,躲在一个安乐窝里,虽然他们可能躲避了痛苦,但是一切生动的东西也都离他们而去。

既然生活中充满了痛苦,那么为什么又有快乐这回事儿呢？

我们知道,父亲都是希望儿子快乐幸福的,如果可能的话,他们都会教给儿子一些取得快乐幸福的秘诀。那么我国古代著名的政治家、智者的化身、蜀国丞相诸葛亮对他的儿子是怎么说的呢?诸葛亮在《诫子书》是这样告诉儿子:"夫君子之行,静以修身,俭以养德,非澹泊无以明志,非宁静无以致远。"上述这段话之所以广为流传,正是因为它符合了这样一种生活哲理:人是一种有目标的理性动物;一个人只要有理想、有志向,只要他宁静淡泊地往前走,只要他忠于自己,忠于理想,他就是一个坦荡荡的快乐的人;那些丧失了理想、像无头苍蝇一样乱撞的人,那些急功近利的人,那些说一套、做一套的人,他们则处于"常戚戚"的状态,永远感到焦虑、绝望,不会有什么真正的快乐。

根据上面的讨论,我们可以得出这样的结论:痛苦是一种尊重现实的生活感受,它伴随着人感知和适应现实的过程;快乐是一种忠于理想的生活态度,它伴随着积极的人生追求。痛苦的对立面不是快乐,而是麻木或虚伪;快乐的对立面也不是痛苦,而是绝望或疯狂。有一种流行的说法叫做"玩弄痛苦、炫耀痛苦",殊不知痛苦是不能玩弄、炫耀的,因为痛苦与"玩弄"、"炫耀"这些虚伪的东西根本是水火不相容的,人们能够玩弄和炫耀的只是自己;还有一种说法叫作"疯狂地追求快乐",殊不知这根本就是南辕北辙,人们能够疯狂地追求的只是刺激。

痛苦是自然的,是正常的,而快乐则是我们的一种理性选择。鲁迅先生说过,"真正的勇士敢于直面惨淡的人生,敢于正视淋漓的鲜血",同样,"真正的聪明人,善于苦中作乐,习惯于苦中作乐"。当然,我们也没有必要人为地为自己、为别人制造苦难,故意给人、给己找罪受,以期塑造自己或锻炼别人;只要我们勇敢地面对生活,只要我们自自然然、心平气和地生活,其中的苦难已经足够我们"苦中作乐"了。

忠于理想的人是快乐的,尊重事实、向一切机会开放的人是痛苦的,那么快乐与痛苦的关系是什么呢? 前面我们说过,快乐伴随着理想,痛苦伴随着真实;我们又知道,"正确的思想不是从天上掉下来的",人的理想也不是凭空产生的,它根源于人对世界本质的认识和思考。

因此,我们的结论必然与歌德的观点相同:痛苦是快乐的源泉;快乐是痛苦地认识自己、认识世界、痛苦地改造自己、改造世界的结果;"没有经历风雨,哪能见彩虹",没有感受过痛苦,也就没有能力选择快乐。正如《礼记》中所说:"诚者物之终始,不诚无物",没有真诚地面对生活、感受痛苦的能力,那么什么东西都没有了,更别提什么快乐。

2. 苦因何生

◎痛苦由于错位

自从有人类以来,人类中有几个老大难的问题一直没有彻底解决好,痛苦就是其中一个。在这个问题上,古今中外不知有多少智者贡献出了他们的青春与智慧,可惜的是,问题并没彻底得到解决,甚至可以说是完全没有解决。

今天的痛苦并不比唐朝的痛苦少,也不比战国时候的痛苦少。从历史记载来看,不仅没有少,反而在比较中完全可以得出一个相反的结论——科技越发达,人类越痛苦,人类的生存质量越令人堪忧!

在物质如此丰富的今天,人们依然烦恼重重,苦不堪言,原因究竟是什么? 到底有没有彻底的人生解脱之道?

今天,我想从心理学的角度来谈:人生的痛苦及其解脱之道。

造成人生痛苦的原因是什么? 这是每个人都十分关心的话题。这也是中国人,乃至全人类问题排行榜上几千年来长居榜首的问题。如果我们就这个问题向每个人展开询问的话,我想,一千个人就会有一千个不同的答案:有人是为情所困而痛苦,有人是因事业惨败而痛苦,有人是因为高考落榜而痛苦, 有人是因为身患重病而痛苦……总之,每个人的时空背景不同,个人体验不同,追求目标不同,出现的问题不同,自然,对于痛苦的认识也不尽相同。

但所有这些,只是痛苦带来的现象,并非痛苦产生的根本原因。若是前面那个为情所困的人终于花好月圆了, 那他是否永远就会快乐呢? 若一个事业失败的人咸鱼翻身,东山再起了,是否就永远快乐呢? 高考落榜者第二年终于考上了北大清华,那他是否就永远快乐呢? 若生病者病被治好,那他是否就会永远快乐呢? 答案是——不可能。

由此看来,目前人类解决痛苦的方法并不高明,并不能一劳永逸。虽然古今中外有许多大师找到了许多十分有效的痛苦解脱之道,如佛陀的"空性消苦",老子的"无为脱苦",孔子的"仁爱除苦",耶稣的"博爱祛苦",庄子的"逍遥解苦"……但由于时代久远,中间难免被渗入了许多残渣,以至于许多人今天使用其方法来总觉不到位,要么方法太复杂令人眼花缭乱,要么方法与当今时代不合拍,等等。总之我认为,每个时代都应有紧跟时代的解决痛苦的方法,因为这些方法表达上用的是现代人的口语, 而且在问题针对上也是解决今人身上的问题,所以会让更多人接受,会造福更多人。

当今中国,在解决人生痛苦问题上,除开政府领导人不说,就个人来说南怀瑾老师是做得最优秀的,他把一生都贡献给了解决人类痛苦问题的事业上。纵观中国文化界、教育界,除了抄些中西方解苦大师的只言片语来吓人或救人之外,我并没看到有比较突出的人在为解脱人生的痛苦而贡献才智,绝大多数心理学教授、哲学教授和宗教学教授等,都还沉湎于"教授职位"所带来的快感之中,根本见不到几个有浩然正气的人生导师在真正彻底地忘我地去拯救万民于痛海之中,没有,真的没有。

我之所以这么说,是因为我已在这个问题上观察了太久太久。每个人都有他的使命,每个人都有他自己的路要走。我的命运总是不时暗中察比我的人生,每当我要离开这个问题去干点别的更来钱的事业时,它总是将我拖回到解脱痛苦这个问题上来。就这样反反复几十年,我对解脱痛苦这四个字有了更多更深的情结了。每个人一生都只可能解决很少的问题,如孔子解决了"仁"一个字,老子解决了"道"一个字,佛陀只研究了"苦"一个字……世界上成就越大的人研究的范围越小。看来,今生我也只能将时光放在"解脱痛苦"这四个字上了。

要想彻底解除痛苦,首要的第一件事就是寻找痛苦之根。只有找到根后,才能在根本上断除它。这正如医生治病,首先必须查清病因,否则头痛医头,脚痛医脚,治标不治本,虽能一时缓解病情,但病灶不除,总会再有发作的时候。

那么,导致人生痛苦的根是什么呢?

我通过对心理学、哲学、宗教学、社会学、人际关系学、身心疾病学、精神病学等三十多门相关学科的研究,得出一个让更多人能最直白地一看就懂的痛苦之根——错位伤生。

一切的人生痛苦,都是因"错位"而造成的。

在此,有必要进一步解释什么是错位伤生。

先解释什么是错位。

所谓错位就是两个人的观点、思想、行为等等一切不在同一个位子上、方向上、时空中,彼此有差距、有不同。

如你穿的衣,一粒扣子扣到了第二个扣眼中去了,这是错位;你脖子摔伤骨节脱臼了,这是错位;火车车轮出轨了,这是错位;爱上了第三者,这是爱情错位;男人爱上了女性化的穿着及生活方式,这是错位;总裁秘书行使总裁的权力,这是错位;选了一个根本不对口的专业在干,这是职业错位……

以上这些都是错位。其实，我们只要有时间例举，我们就会发现，错位无处不在、无时不在。无论是生活中、工作中、学习中、团队中、娱乐中、身心健康中，等等，错位的地方真是太多太多，只要有痛苦的地方，你一定能找出至少一个错位来，不信，你可以试试。

世上一切痛苦都是由于错位造成的。

对于自我来说，身与心错位导致痛苦，主人与仆人错位导致痛苦。

对于人与人的社会来说，自我与他人关系错位导致痛苦，过分重视自我轻视他人而失衡导致痛苦。

对于人与自然来说，主客分离主客相伤而导致痛苦，一切二分性看待世界都将导致错位得到痛苦。

为了进一步解释痛苦是由于什么产生的，我将在下面作出更详细的分析：

首先，观点正误错位。

你脑内本已有错误的观点、思想，这是你痛苦之源。你躺在床上突然想起了过去的一件事从而造成你痛苦，这个痛苦背后表明一定有一个错位的思维和行为。不信，你可以自己挖掘。

你的"想"并不一定会令你痛苦，而只有你错误地"想"错位地"想"才会令你痛苦。由此可知，凡是引发痛苦的想法，都必然是错位的想法。痛之愈深错之愈深。

其次，我主他次错位。

世界上令人痛苦的理由千差万别，痛苦的表现形式也千差万别，佛家有所谓"八万四千烦恼"。如此多的烦恼，其实也是可以归纳为极少数几个烦恼的。

人生的痛苦总根子是因为无知而有欲，若再向前推进则是因为有"我"。

"有我"是一切痛苦之源头。你的所思所行若只为了"我"，那么你必将引爆诸多痛苦。

一个人若太自私,就会损别人而补自己之不足,这就会造成新的失衡,造成与人的新冲突,结果一个新的痛苦又埋下了种子。

一个人若太瞧得起自己,而瞧不起他人,也会导致新的失衡。一个人若只顾自己不顾别人死活,则会立即引发新的失衡,引爆新的危机与痛苦。

过分注重自我,就会孤立自我,就会失去与环境的能量接轨和能量流动,就会在自我有限的能量耗尽之后等待枯萎死亡。

再次,二分性错位。

我们之所以不能正确认识世界,是因为我们总是将世界的复杂性、动态性过分简化为二分对立性,如简化为好与坏、利与害、得与失、方与圆、成与败、高与低、对与错、是与非、爱与恨、亲与疏、贵与贱、优与劣、我与他、我的与他的、天与地……

正因为这些错误的认识定格,导致我们错误地分析、判断、推理,导致错误的结论,也就必然导致错位而痛苦。

我们只要习惯运用"二分性思维",那么就注定我们人类难逃痛苦厄运。持一张错误的地图又怎么能抵达幸福的彼岸呢?

世界的本质是运动的,一切都没有对与错的二分性这样简单,世界本无对错,只是角度不同而生出了对错、好坏、得失而已。

人在认识他人、认识世界时,只有消除二分性思维,才有可能接近真理、接近大道、接近本质,否则,必然会导致妄思妄行,直达痛苦。

最后,自我学习扭曲导致错位。

我们所有的痛苦都是后天"学习"来的。

人生识字忧患始!也就是说,人生的痛苦是从学习之后开始的,是以"学习"开始踏上痛苦征途的。

学习之前的小孩是天然的,两个小孩之间的追打嬉闹,彼此都不会认为是痛苦的,相反,亦不认为是快乐的。

直到我们的父母老师告诉打闹的孩子们，什么是伤害、什么是侮辱、什么是过分、什么是男女有别、什么是应该的、什么是不应该的等等——我们的孩子们才逐渐懂得了所谓的"理"和"礼"，懂得了什么是伤害什么是痛苦！

总之，你的一切痛苦都是你努力学习来的。

学习并没有错，错就错在绝大多数知识都是从教你"分别"开始的，教你什么是你的，什么是他的；什么是好的，什么是坏的；什么是正确的，什么是错误的……

我们每一个小孩就这样被教成了习惯于"分别"万物的人。

在学习过程中，我们学会了一切，包括痛苦及痛苦的方式。

在学习中，我们知道中外许多名人都十分痛苦，有许多都走上了自杀道路。

在学习中，我们被许多故事电影中的人物情节打动，在不知不觉中也学会了被欣赏者的行为、思维习惯，包括他们的痛苦方式。

从痛苦的角度来说，许多有声作品和无声作品都在充当传授痛苦方式的"教科书"。普通作品传播普通痛苦的模式，经典作品传播经典的痛苦方式。

如今的追星族、粉丝族的痛苦、幸福方式几乎是从崇拜者那里学来的。许多人的痛苦都在模仿电视剧中的某个人物，甚至自残自虐的方式也是向电影电视中的人物学来的。

据调查，人从文艺作品中学到的负面思维和负向行为比从中学到的正向思维和正向行为还多一倍。由此可见，我们的痛苦许多是自己"努力"学来的。

学习难道有错？

显然错的不是学习，而是学习内容的选择。同一部文艺作品，不同的人会从中学到不同的内容。负向的人总是比较容易关注文艺作品中的负向信息，积极的人总是更容易关注积极的信息。

另外,人是环境的动物。

我们的心长期处在负向环境之中,自然也会被染上各种负向的精神垃圾。

一个负向的人,在学习中能很快学会扭曲的思维和行为习惯;一个正向的则刚好相反。

总之,一切痛苦都是因为你在用错误的方式学习错误的内容的结果。

人如树,它自然生长在大自然之中,一切正常生长,那么是幸福的,但一旦被扭曲生长,或被不利的环境左右,那么就必然会在扭曲中痛苦成长。

当然,错位不只发生在两个人之间,它还可以发生在两个物之间,以及多个人彼此之间,多个物彼此之间,即可归纳为:

错位特例——一个人与另一个人之间;

错位特例——一物与另一物之间;

错位常态——任何人与任何人之间;

错位常态——真我与假我之间;

错位常态——任何物与任何物之间。

由此,我们可以得出更准确的错位定义:

存在与存在之间存在差异与不同,就叫错位。

我们再来理解什么是错位伤生呢?

也就是说,存在与存在之间由于错位而导致彼此互相伤害或彼此损伤。在人叫彼此伤害,在物则叫彼此损伤。因此,我们可以得出一个更为到位的有关错位伤生的定义:

存在与存在之间由于错位而导致彼此不利于顺生。

前面讲过,就人来说,人的一切痛苦都源于彼此错位而导致人与人之间不能完成彼此成长、成熟及共生、久生、乐生等等一系列正向的人生过程。

这里我用了一个"顺生"，这个"顺生"就是包括正向生长到死亡的七个方面，即：

顺生包括：长生；共生；乐生；优生；强生；久生；依物生等七个方面。

顺，就是正位，就是顺其自然，就是不彼此相伤，就是不相互折腾，就是万物并作而不伤，就是百花齐放，就是和谐中庸，就是依从大道规律，就是不胡作非为等等。

现在我们已知道了什么是错位伤生，当然也知道了什么是顺位养生。

正因为彼此错位伤生，十分不利于我们每个人快乐幸福，所以，我们就会十分痛苦啦！

也就是说：我们一切痛苦的根就是错位伤生。无论你有什么痛苦、烦恼，我一定能帮你挖出那个或那些错位的根来。

显然在此是讲痛苦，但由于痛苦是由于错位伤生导致的，因此，我们在此真正要讲的是分析错位伤生的类型，因为人生之苦有方方面面，我们也应将多种类型的苦梳理一下，好有个头绪，以便我们更好地解脱这些不同特征的苦难。

为了简单地区分错位伤生导致的苦，在本书中，主要将痛苦分为两类：

一类是外错位之苦；

一类是内错位之苦。

所谓外错位伤生之苦，是指由于外界人或物发出的信息与我们自身有冲突而产生的苦。

所谓内错位伤生的苦，是指由于脑内天空已有的各种观点信息因角度不同在运动中发生冲突而产生的苦。

为了更清晰理解，现将内外两类痛苦大致表述如下。

首先请看外错位伤生造成的痛苦：

说话错位——伤生——外苦

做人错位——伤生——外苦

办事错位——伤生——外苦

职位错位——伤生——外苦

情爱错位——伤生——外苦

信息错位——伤生——外苦

交往错位——伤生——外苦

生活错位——伤生——外苦

时空错位——伤生——外苦

学习错位——伤生——外苦

……

来自外在的痛苦还有许多，但大致可归为五类：

外苦一——与天错位

外苦二——与地错位

外苦三——与人错位

外苦四——与物错位

外苦五——与事错位

下面我们再进一步理解一下外苦，举例如下：

说话错位：在矮子面前说短字、在丑女面前说漂亮、在失败者面前吹嘘成功、在正式场合兴调侃、在吃饭时谈解剖谈粪便、在文盲面前谈诗歌、在雅士面前讲粗鲁话……

爱情错位：爱上第三者、出轨爱、单相思、金钱爱、老少爱、权力爱、交易爱情、肉体爱情、无爱姻婚、暴力爱情、多角爱情……

其次，我们再来理解一下内错位伤生造成的痛苦，如：

认识错位——伤生——内苦

信念错位——伤生——内苦

第一卷 挖出痛苦之根——错位伤生

信仰错位——伤生——内苦

个性错位——伤生——内苦

情绪错位——伤生——内苦

动机错位——伤生——内苦

兴趣错位——伤生——内苦

意志错位——伤生——内苦

气质错位——伤生——内苦

人格错位——伤生——内苦

身心错位——伤生——内苦

来自内在的痛苦也有许多，但我们也可归为五类，

内苦一——观点错位

内苦二——思想错位

内苦三——聚焦错位

内苦四——思维错位

内苦五——情商错位

这五种错位是有逻辑顺序的，观点错则思想错，思想错则聚焦错，聚焦错则思维错，思维错则情商错。

下面我们来进一步理解内在错位而造成的人生之苦。如：

认识错位：从地心说到日心说到银河中心说、喝牛奶有利健康与喝牛奶不利于健康、喝酒伤身与喝酒养生……

信念错位：勤劳不致富、恶人没有恶报、心想事不成……

总之，上面所讲的内错位和外错位，都会导致一个结果——伤生。

有人问内错位与外错位之间是否有关系呢？

当然有关系。一般来说——内错位决定外错位。也就是说，一个人的内在错位直接导致他的外在错位，一个人内心粗暴，必定会向外表现为对他人粗暴；一个人内心忧怨，必定会表现在与人交流交往之中。

也就是说,内错位是前提,外错位是结果;内错位是命运的指挥者,外错位是命运的执行者。

因此,要想改变一个人的命运,要想解除一个人的痛苦,要想一个人能"生"得更好更舒畅,那就得从解决内错位开始,抓住改变的根本问题。

◎错位,因为生长的欲望

人从呱呱坠地到老死病榻最多不过百年,这在历史长河里只不过是短暂一瞬。而这短暂的一生又无时不与痛苦相伴,少时有少时的痛苦,青年有青年的痛苦,中年有中年的痛苦,老年有老年的痛苦,人的一生都是在痛苦中挣扎。回顾人生,真可谓是"人生苦短"。

那么痛苦从何而来呢?欲望。没完没了的欲望。曾有智者说:"人之所以痛苦,在于追求错误的东西,与其说是别人让你痛苦,不如说是你自己让自己痛苦。"这话说得对,恰如其分。其实就是这样,欲越盛,苦越多;欲与苦伴,苦与欲连;苦随欲而来,苦也随欲而去;无欲则无苦,无苦即得乐。

人,都会有欲望。欲望是人性的组成部分,是人类与生俱来的,它是本能的一种释放形式,构成了人类行为最内在与最基本的根据与必要条件。在欲望的推动下,人不断占有客观的对象,从而同自然环境和社会形成了一定的关系。通过欲望或多或少的满足,人作为主体把握着客体与环境,和客体及环境取得同一。在这个意义上,欲望是人改造世界也改造自己的根本动力,从而也是人类进化、社会发展与历史进步的动力。

但是,作为一种本能的欲望,无论是生理性或心理性的,不可能超出历史的结构,它的功能作用是随着历史条件的变化而变化的。因此欲望的有效性与必要性是有限度的。满足不是绝对的,总有新的欲望会无休止地产生出来,因此欲望是无休止的,永远不能满足的,这就必然会引发出许多难以调节的心理矛盾和社会矛盾。

凡人有欲望是正常的，但欲望应该是有限度的。欲望并不可怕，可怕的是贪欲。贪欲是万恶之源，万苦之根。解决贪欲的问题没有别的办法，只有戒欲。佛教的基本教义就是戒欲。我们步入佛门的第一堂课——三皈五戒，就是讲怎样戒欲。

这世间，人皆有欲，有欲故有求，求不得故生诸多烦恼，烦恼无以排遣故有心结，有了心结人就陷入"无明"状态中，从而造下种种惑业。戒欲，是指要戒除那些超出合理范围（人生存、生活的基本需求）以外的贪欲。

欲，要从眼、耳、鼻、舌、身、意戒起，从不杀生、不盗窃、不邪淫、不妄语、不饮酒戒起。戒欲，要打"主动仗"，要从心而戒，只有心清净了，欲才能调伏。戒欲，要打"持久战"，克服贪欲不是一朝一夕的事，是个长期的修行课题，这个课题可能要一直做到死。

那么欲望从何而来呢？欲望产生于感觉，欲望产生于形体！如果人没有形体还会有感觉吗？如果人没有形体还会有欲望吗？

人的感觉器官是人类感知外部世界的天然工具！如果人没有舌头，还会有味觉的概念吗？如果人没有耳朵，又怎么能辨别声音呢？人如果没有双目，又怎么能知道什么是光、什么是暗？

然而正是这些感觉器官使人产生了无限的欲望！

舌尝到了甜就想尝更甜的，目看到了美就想看更美的。人的欲望无限膨胀，其结果就是感觉器官的麻痹：更甜的反而不甜，更美的反而不美了。

没有形体就没有感觉，从而也就没有欲望。人没有了欲望，哪还有痛苦？所以人自杀的目的就在于此：为了消除痛苦，从根本上除掉形体。

人的形体和精神是相互依赖才能共存的，这正是说人的形体根本不属于精神！形体对精神的控制力远大于精神对形体的驾御能力！

人以为身体是由精神控制的,但事实竟然是形体为了形体的生存在用欲望控制精神!

◎错位,因为无力生长

造成生命错位的根源是什么?有以下两个方面:

(一)无知导致错位,导致无力生长

"无知"二字,一般人都理解为没有知识。在今天这个信息时代,相应的文化知识显得尤其重要,正如通常所说的那样:知识就是力量,知识就是财富。

学历史的有历史知识;学中文的有文学知识;学哲学的有哲学知识;学生物的有生物学知识……这些知识的掌握和运用固然能赋予我们生存的技能,为我们带来生活的方便,但它们对于人类了解真实的自我并没有提供多少切实可行的帮助。换句话说,拥有知识并不等于拥有快乐,拥有知识也并不等于远离痛苦。

那么,给我们的生命带来痛苦的无知究竟是什么呢?

无知就是缺乏透视宇宙人生真相的智慧。对于与我们自身息息相关的生命,人类几乎一无所知:我们不知道生从何来,死往何去;不知道生命的前因后果。对于我们自身的心灵世界,人类同样感到陌生:我们没有能力把握自己的心念,时而烦恼,时而欢乐,时而痛苦,时而狂喜……这一切情绪的变化,我们作为当事者,常常是茫然不知所措。对于我们所生存的世界,人类至今也还缺乏足够的了解:宇宙究竟如何形成?地球究竟何时毁灭?在我们认识的事物中,何为虚妄?何为真实?

从我们的个体生命,到生命所依存的宇宙,我们的认识都极其有限。我们所能看到,所能了解的只是沧海一粟而已。

错误的观念也是无知。由于我们缺乏透视人生的智慧,无法对世界形成正确的认识,因而颠倒黑白,产生许多错误观念。而观念是指导生活的准则,有什么样的观念,就会有什么样的人生。

我们的不良习惯也来自于无知。习惯是影响我们生命形态的一个重要因素,甚至可以这么说,习惯影响着我们的生活,控制着我们的人生,左右着我们的命运。

在我们的成长过程中,良好习惯的培养非常关键。可是众生由于无知的缘故,总会在不知不觉中沾染许多不良习气:有人喜欢铺张浪费,以一掷千金来炫耀自己的财富,结果不但折福,还引来他人的觊觎;有人喜欢表现自己,以夸夸其谈来显示自己的能力,结果事与愿违,导致他人的反感;有人喜欢独断专行,以强制手段来排除异己、压制他人,结果树敌众多;有人喜欢沽名钓誉,以种种不正当的手段赚取虚名,结果为世人所不齿;还有人喜欢赌博,将此视为一本万利的生意,结果不能自拔,乃至到倾家荡产……

除了上述种种,我们不愿意让自己的心有片刻空闲,也属于一种不良习惯。通常,世人总是习惯于忙忙碌碌,不肯将心念稍作停留。除了工作、家务之外,我们还用各种娱乐将所剩无几的业余时间打发殆尽。电视的普及虽然在很大程度上拓宽了我们的眼界,增长了我们的知识,丰富了我们的文化生活,但也在无形中成为我们生活中不可或缺的依赖,消耗了我们大量的时间。不仅是电视,当今席卷全球的网络也同样如此,它们在现代科技的美丽包装下,不断地助长我们向外攀援的心,使我们只有在外界的刺激中才感到充实,一旦稍有闲暇,就觉得空虚无聊。其实,这种所谓的充实是短暂而虚假的。

真正的充实是来自内心的宁静,如果我们能够致力于内心世界的认识和开发,在任何情况下都会找到平衡,根本不需要借助外界的帮助。

3. 苦之级别

所谓苦论,主要是思考人生痛苦之强弱和程度的学问。

痛苦有强弱之分是很明显的,我们每个人都深有感触。有的痛苦表现为阵痛,表现为烦恼,程度很轻,一会儿就过去了,比如某男人被老朋友讲了几句,被老婆讲了几句,被父母讲了几句等等,虽然对方话说得重了点,我们虽然当时有那么一点点不高兴,但我们一般都能理解他们的良苦用心。因此,那个不高兴很快就会过去,也就是说,那个苦程度很轻很轻。

然而,当他人指明要在近日抢你钱财、夺你爱妻、杀你父母时,这个冲突就十分尖锐了,这个错位就严重地妨碍了你的生存生长,所以你就会十分痛苦,这个痛苦的级别就相当高了。

弄清痛苦的级别,是为了后面更好地更有针对性地解除痛苦。因此,我们在此有必要对痛苦的级别作较明晰的届定。

前面我们已知道,一切痛苦都因错位伤生而导致,那么,这种错位伤生也是有级别的,即错到什么位置也是可以表达出来的。

我们在此就用图示分别表现出内外错位相伤的级别,以便我们更形象地了解苦级(痛苦的级别),请看A、B、C、D、E五个人就焦点O发表的各自的见解图示:

B观点与A观点——小不同——小错位——小苦

C观点与A观点——中不同——中错位——中苦

D观点与A观点——大不同——大错位——大苦

E观点与A观点——全不同——对立错位——极苦

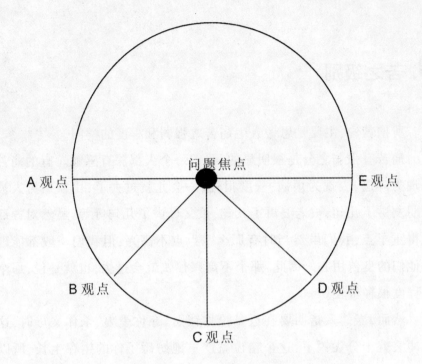

（观点外错位痛苦示意图）

由于错位的角度不同,我们把错位伤生的痛苦暂且分为四个级别:

一级痛苦——错位45度——小苦;

二级痛苦——错位90度——中苦;

三级痛苦——错位135度——大苦;

四级痛苦——错位180度——极苦。

既然苦有四个级别,那么,我们结合现实生活中的苦来更具体地划分一下苦级的内容。

小苦一般表现为:莫名其妙的烦恼,淡淡的忧伤、有点累、吃得太多等等。

中苦一般表现为:怕考试、工作不顺、生活压力、失业、身体有小病等。

大苦一般表现为:失恋、生大病、高考落榜、大投资惨败、残伤等。

极苦表现为：车祸天灾死亲人、夫妻出轨、陷入绝地、战争、癌症晚期等。

人的一生，大都在小苦和中苦中度过，大苦和极苦是极少的。要想真正解决错位伤生的问题，就得进一步研究"正位顺生"的彻底解苦之道。在进入解苦之道之前，我们用图示继续清晰表示一下我们每个人的内苦。任何人脑内都有五个我，即卓越我、成功我、平凡我、失败我、惨败我。

每个人脑内的世界都是对他外部世界的反映，外部世界的一切善恶，都在每个人的脑内有对应。每个个人历史的人脑内都是一个天空，天空中布满了各种观点，这些观点是在外在时空中学习进来的。其中有高尚的观点，也有平庸的观点，当然也有失败的观点，总之，要分的话，就可分为下面五个级别，每个级别观点主要如下表：

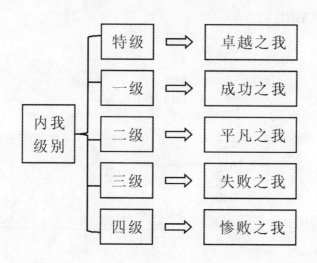

卓越观点表现为：百折不挠、伟大理想等；

成功观点表现为：事业小成、小富即安等；

平凡观点表现为：温饱解决、不求上进等；

失败观点表现为：做人不行、做事没方法等；

惨败观点表现为：杀人、恶人、残酷等。

这就是我们每个人的大脑,整体来说,每个人的脑内既有高贵的种子,也有下贱的种子;既有善的一面,也有恶的一面;既有天使的一面,也有魔鬼的一面,只不过有的人正面观点多,善能量大,有的人负面观点多,恶能量大而已。这些脑内的观点作为信息、作为能量,在大脑的天空中无时无刻不在运动着,一如外在的天体运动一般。这种运动中自然有能量不同观点不同的斗争,在斗争中能量强的观点自然占上风,压倒能量弱的观点,若卓越的观点占上风,你就会表现出卓越的言行,脑内其它级别的观点就会暂时被统治,不会露头。若恶的观点占了上风,你就出现恶的言行,脑内其它级别的观点就会暂时被恶统治,你就表现为魔鬼。

了解脑内的观点大世界后,我们再来看看某个刺激点引发的内错位痛苦的级别图。

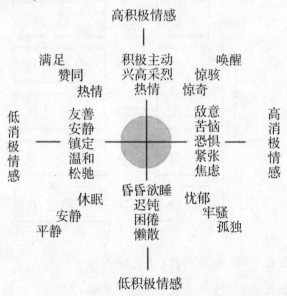

（脑内天空观点错位伤生痛苦意焦图示）

这五种不同观点在针对大脑内的意焦(意识流动中关于某一具体事物的认识,因为大脑不可能同时关注N个问题,这是大脑的思维特征和动作特点)时,会进行能量大混战,在观点相互混战后一定会得出一个相对稳态的模型,直接与痛苦的强弱对映,若是大恶观点占了上风,那就会表现为大苦,依此类推:

惨败观点占上风——极苦

失败观点占上风——大苦

平凡观点占上风——小苦

成功观点占上风——大乐

卓越观点占上风——极乐

总之,一个人的痛苦与外错位或内错位的角度(0度至180度)成正比,错位角度小则有小痛苦,错位角度大则生大痛苦,这就是"痛苦正比定律"。

4. 苦之功过

◎苦之恶果

痛苦打垮肉体,污染精神。

痛苦首先打击的是什么?是你的肉体。

你的一切痛苦,首先只可能使你自己的肉体遭殃,我们身上的许多疾病除了是由无知地吃穿住行造成的以外,就数痛苦烦恼担忧等自我心理打击最厉害了。

到目前为止,造成胃病取主要的原因就是忧郁、担心、痛苦造成的。身体上的许多疾病几乎都可追根到痛苦上来。

为什么痛苦首先打击的是肉体呢?

第一卷 挖出痛苦之根——错位伤生

前面说过,无论是自我脑内回忆引发的痛苦,还是外界刺激诱发的痛苦,都一定会马上波及到肉体上来。

在生活中我们时常看到发怒的人表现为:双眼凸得很大且充满血丝,头脑及全身肌肉绷得很紧,说话声音变大变粗,手心出汗,行为反常,说话内容反常……

痛苦的人要么重头丧气;要么有气无力;要么灰头土脸;要么无精打采;要么扭曲变形……

这只是外在可以看见的,其实真正变化大的还在肉体内部:

由于痛苦而导致呼吸紊乱、肌肉紧张,接着身体内的各大系统及其子系统和各器官都会发生变化,小则紊乱,大则剧变。如血压增高,气血上升,轻则头部皮肤充血,重则导致脑溢血死亡。

一旦痛苦产生,肉体内的重要器官,如心、肝、脾、胃、肾等五脏六腑都会运行紊乱;体内精、气、神都会错乱,血液中生物化学秩序也会被打乱,总之,肉体内的一切旧有的物理运动,化学变化,生物化学变化都会被立即打乱,从有序运动变成无序运功,从相对平衡运动变成失衡运动。

正如某心理老师说的,痛苦会导致肉体内浊流乱奔,浊电乱放,浊有乱生。

身体运行在痛苦状态下将大乱套,生命有机体的和谐平衡秩序被打破,这说是痛苦首先在肉体上造成摧毁的原因。

痛苦的结果,首先就是打垮肉体!一个人痛苦的频率越高痛苦的质变越"好",那么,体内分泌的毒素就越多,天长日久就生病了。

痛苦除了严重地打击肉体之外,其次就是污染我们的精神。

人活在世上,是要有精神的。人的精神表现为追求不息、坚强、正气、自强、求知、求智等各种形式。一个人一旦失去了精神,就如行尸走肉,与动物无什么区别,也就是说失去了做人的价值。因此,精神是支撑人的第一要素。

一个人的精神为什么会萎缩呢？

最主要的原因就是自我打击、自我折磨、自我痛苦。

人长期处于痛苦状态之中，精神自然会被污染。精神长期被阴云笼罩，长期处在恶性环境里，天长日久，自然而然就失去了生机，日渐枯萎了。

◎苦之善果

善果1：痛苦是在报警

痛苦是你错误地理解了世界、他人和问题。

痛苦是对错误认识错误行为的惩罚，是对无知的惩罚。这种惩罚首先打击肉体，肉体在受到惩罚后立即抗议，向你报警。你的所思所想所行已错了，你快停止你的错思错行，否则我肉体会痛苦。

痛苦的本意是在大声说：停止！停止！

生命本身是和谐的，是快乐的，但一旦当你通过负向思考和负面行为将旧有的平衡打破，就会导致生命运行紊乱，所以痛苦也就发生了。

我们每个人都有两套智慧系统，一套是后天学习来的，一套是人类几千年遗传下来的。如小孩在没有按受后天教育时就知道喝奶，知道饿了就以哭向母亲报警，这就是我们平时讲的本能。这种能力是相当强的，我们身体的许多问题，如消化、呼吸、循环、排泄等等，都是本能在负责管理，是你先天的智慧在自调节、自平衡，这种复杂的运动是你后天智慧根本无法企及的。平时，你的身体是一台近乎和谐完美的"机器"，它总在按特定的规律运转着，按生命之道运行着。

人本来是和谐的，但由于后天无知而导致智慧浅薄，从而出现妄想妄行，于是打破了天然的自我平衡，干扰了本我的合理运行，导致旧有的和谐的肉体偏离了正常的运行轨道，此时，生命有机体就会对失衡现象发出报警信号，就像机器在输入机油过多时就冒黑烟，油路不

31

通时就啪啪啪地响一样。

总之，当我们后天妄想妄行时，就会导致肉体出现不适状态：如不流畅、不舒服、逼迫、紧张、压抑、拘束、恼怒、亢奋、消极、封闭、苦闷等等。一旦我们肉体在后天智力不足的干扰下出现这些状态，就说明我们已进入了痛苦状态。一旦有痛苦，就说明肉体在第一时间向外报警——在告诉你要立即停止妄想妄行。

当我们回忆过去自卑的故事时，我们会痛苦，此时应怎么办？应立即停止那个负向思维。

当我们开始责怪他人谩骂他人时，我们自己也会痛苦，此时应怎么办？应立即停止那个负向的"责怪和谩骂"。

生活让许多人麻木不仁，自己身心已十分痛苦了，他还不知道那是身心在报警，在发出告知你立即停止妄想妄行的警讯，依然如故任由妄想妄行继续危害你。

这一切都由于无知造成！

今天，我们既然已知道每一个痛苦都是在报警，那么，我们只要感觉到身心有一点点不适，有一点点痛苦的趋向，我们就应立即警觉起来，我们旧有的回忆、思维、行为等已错位了，我们若想不再痛苦，就应立即刹车，终止旧行为旧思维！

善果2：苦难是光明前的黑暗

恐怕这世界没有太多人喜欢黑暗，但我们却不得不经历黑暗。

在上海到广州的铁路上，火车必须经过一段长达几十公里黑暗的隧道，这就是著名的大瑶山隧道。这是中国第一座长度超过10千米的双线电气化铁路隧道，位于广东省坪石至乐昌市之间的瑶山山区和武水峡谷，穿越瑶山区，是衡广复线铁路建设工程的一部分。隧道全长14.3千米，1981年开工，1989年建成。

火车每次进这段隧道前，列车员都吩咐乘客停止使用火车上的厕所，并不准抽烟。在随后的二十多分钟的时间内，列车外的一切将在黑暗里。人们必须耐心地等待二十多分钟，才得见阳光。在这二十多分钟的时间里，几乎所有的人都要经历一种暗无天日的不舒服的感觉。

幸好这是乘火车，若是在如此长的隧道中步行，相信这种不适的感觉会更加强烈。是的，对于黑色的隧道大概很少有人喜欢。人生也是如此，总有一段时间，我们就像生活在长长的黑暗中，看不到阳光，看不到希望……只有无奈的等候。

黑暗的隧道越长，等候的时间也越长，我们心中的烦躁和不适将更为强烈。很多人在等候中抱怨；更多人在等候中丧胆；更有不幸者在等候中失去自制，走向死亡……

大概很少有人想到这段黑暗的隧道对你的旅程是何等重要，如果不是这段长长的隧道，从上海到广州的行程可能要增加六个小时以上。

同样，似乎很少有人想过人生中黑暗的历程在你生命的里程碑上是何等的重要。若不是这段黑暗的苦难，你的生命将永远停留在一段无法走过的荒漠和沼泽里。虽然黑暗的隧道让你孤独、迷茫，但若没有这段等候，你怎会静下心来重新认识自己，重新修补你生命的漏洞呢？

人在阳光明媚的日子是不会珍惜阳光的，只有当他看到了阴雨连绵才想到阳光的宝贵！

同样，人也只有在苦难的黑暗隧道中才能体会到光明的价值。苦难的隧道越长，这种体会也愈深刻！在苦难的黑色隧道中，我们最想问的问题就是为什么：为什么这样？为什么是我？为什么？其实就没有为什么的答案。

如果你实在要问，其实答案也很简单，上天太爱你了。他想让你少走六个小时的弯路；上天看到你的身体欠佳，需要一段时间的休息和调整，否则没有黑暗的隧道，你怎会安心躺下休息而不是向外面看风景呢？！

话又说回来，当火车走在黑暗的隧道中时，你的挣扎，你的彷徨，你的怨恨，你一切无知的非理性的行为，能对你走出黑暗的隧道有丝毫的帮助吗？

想想你的行为，是多么的幼稚可笑，你不过是火车上的一名乘客，你能阻止火车进入隧道吗？当你无法忍受隧道的黑暗，跳下了火车，你将面临更大的危险，你可能被下一辆到来的火车撞死；你可能更久地停留在黑暗里，艰难地前行。

你既然自知无法控制你命运的火车，为什么不老老实实做一个乖顺的乘客，将你的未来交给你的火车司机，顺服他的驾驶和带领，安静等候他带着你出隧道呢？

很多时候，我们生命的黑色隧道似乎很长很长，长得让我们失去了希望，失去了应有的理智。当你身在这样的黑色光景中的时候，千万不要忘记，这黑暗再长总有终点。黑暗必将成为过去，因为它无法阻挡光明的到来。

当你走出这段长长的黑色隧道，你会何等感谢这些隧道的创造者，没有这个隧道，你的旅程将大大的增加，你需要花费更多的时间在路上。

隧道是你尽快到达终点的捷径，是你人生旅程上必经的风景线。隧道的经历虽痛苦，但它是你尽快走向成功的必然！

善果3：苦难是人生成长的阶梯

在漫长的人生旅途中，任何人都可能有"过五关斩六将"的辉煌和春风得意的浪漫，也可能有败走麦城的挫折、失意、彷徨和不幸。

人的一生往往与困难相伴，总有挫折相随，在前进的道路上不可能总是一帆风顺、一马平川，有障碍，有荆棘，更有意想不到的困难和阻力。如果我们把苦难当作黎明前的黑暗，看成获得成功的前奏，那么苦难对我们来说，就是财富、收获，是宝贵的精神食粮。

苦难是把双刃剑。它对于目光短浅、思想懒惰、意志薄弱的人来说，残酷无情、吝啬至极。因为遭遇苦难，多少希望半途夭折，多少可能化为乌有,多少智慧颓废凋谢,多少生命失去光泽……

然而,苦难对意志坚强的人来说则是一种巨大的精神动力。这正如一位哲人所说:苦难是成功的良伴,逆境是人杰的摇篮,挫折是英才的乳汁,悲痛是奏凯的琴键。成功者大都多苦难。

左丘、屈原、司马迁、曹雪芹……这些杰出人物如真金遇烈火,似红梅披风雪,饱经苦难志愈坚,最终使平凡的生命放出了夺目的色彩。

如果将一棵树的树干锯断,在它的截面上就呈现出一幅明暗相间的同心图案,这就是年轮。近代科学研究已揭示出在年轮那奇特的图案中,隐含着自然界千变万化的大量信息,其中也蕴藏着丰富的人生哲学。

年轮的形成与四季的更替有很大的关系,生物学家告诉我们,树干主要由树皮、木质部和髓构成,如果进一步用显微镜观察,可以详细地看出它包含有表皮、木栓层、皮层、韧皮部、形成层、木质部、髓和髓射线等部分。树木就靠形成层内的细胞分裂才逐渐长大长粗。研究发现,一年内细胞分裂的快慢是随着季节的变化而变化的。春季气候较暖,树木体内储藏的养料陆续输送到形成层,此时该层内细胞分裂迅速,长成的木质部细胞体大壁薄,木材疏松,谓之春材。从夏到秋,形成层内得到的养料逐渐减少,该层内细胞分裂逐渐变慢,长成的木质部细胞渐渐变小,细胞壁渐渐变厚,木材逐渐缜密,此谓夏材。由去年的夏材到今年的春材之间有明显的界限,年深日久,在木质部的截面上就显出一层层的同心圆——年轮。由此可见,年轮的形成是四季交替变化的结果。

年轮的形成同时也与气候有很大的关系,因此,它能反映出历年来气候变化的情况。就一棵温带的树木而言,一个特冷或干旱的夏天的年轮生长量,要比一个温暖和雨量适中的夏天的年轮生长量要小。在高山森林的上界和北半球高寒地区的森林北界,温度是影响树木生长的关键因子,宽年轮表示暖年,窄年轮表示冷年。干旱地区的树木对降水量反应敏感,年轮的宽窄往往反映年降水量的多少。

从树木生长可以探索地理及其它科学的奥秘,从年轮中可以看出生命的更替,生命的成长。事实上,人生也是如此,顺境犹如树木的盛夏;逆境犹如树木的严冬,顺境和逆境构成了人生的年轮。

人是在苦难中长大的,生命的年轮即是如此。当我们在人生的顺境时,正如树木的夏天,夏天的发展是迅速的,但木质是疏松的;当我们在人生的逆境时,正如树木所遭遇的严冬,冬天的发展是缓慢的,但木质是紧密的。

如此看来,人的成长离不开苦难,苦难记录了人类成长的轨迹。

在人生一次又一次的挑战中,有的人生命越来越成熟,成了一棵橡树,最后成为栋梁之材;而有些人却在这些挑战中因胜不过而选择自杀,彻底倒下了;还有人因无法适应严冬的寒冷而选择了盛夏,变成一棵梧桐树,在安逸中趋于平庸。

事实上,苦难就是我们人生之树的养料。树木没有严寒酷暑就没有成材的机会。人生没有苦难,生命也不可能脱胎换骨。从这个意义上讲,人类要特别感谢苦难。

二、错位伤生

1. 思维错位伤生

《心经》上说:"远离颠倒梦想,究竟涅槃",其意思是说,一个人只要不错位,就能立即成佛。一旦作错位想,人生就有如追梦,到头来必然是一场空！

有什么样的思维,就有什么样的世界;有什么样的世界,就有什么样的人生。人生的一切痛苦皆从思维错位开始,这正如穿衣扣扣子,第一粒错位,以下的就会全错位。

世界首富比尔·盖茨曾说过:"人和人之间的区别,主要是脖子以上的区别。"脖子以上的区别就是不同人命运的区别。任何成功首先都是思维的成功,想法不对,做法就不对,结果也就不对。

思维错位现在已经成为一种流行病,我们可以称为"思维病"。

只要一提到流行病,我们自然会想到"非典"和"禽流感",不错,这些病是很可怕。不过,还有一种可怕的流行病却不为我们人类所重视,到目前为止,也没有相应的疫苗产生,这种疾病就是思维病。对于人类的疾病,我们在此作出简单明了的图示:

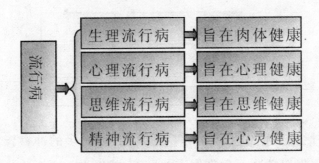

生理的流行病是目前医院医师解决的问题,心理病是心理医师要解决的问题,思维病是思维健康师要解决的问题,精神流行病是心灵导师要解决的问题。

有人会问,心理病与思维病,有什么区别呢?

区别相当大,心理不能很好地解决创造的问题,不能提供更有效的方法论,不能更清晰地更主动地解决人生中遇到的众多具体问题。心理学大多是研究被动的问题,而思维学则更多地主动去解决人生中的诸多问题。

如你心情不好,这是心理病,但要解决心情不好,则要通过找方法,通过思维技巧来完成。最后可能是通过转换思维角度,或换环境,换运动方式等等来解决这一问题。心理学之所以不能彻底解决心理的诸多病状,是因为人生中更多的心理病本不是心理病,而是思维病。

我们人际关系处理不好、我们工作不顺利、我们找不到方法、我们口才不好、我们口袋里银子很少、我们形象不佳、我们意乱情迷、我们口碑不行,等等,都是因为有思维病。

思维病是全球目前最为流行的疾病。全球60多亿人口,有思维病的人不在少数,只是每个人程度各有不同而已。而且,思维病的得病期长,一旦形成,就十分难以根治。绝大多数人的失败,主要是因为思维有病之故。

思维病若要细分,则分为:

这个社会,人们的思维都在广泛歪用,如此多的冲突皆因思维歪用而起。要想扭转这一自伤伤人的局面,就得先查查自己有哪几种思维病。

现实中的思维病有很多种,我们在此试举典型案例剖析:

思维病一:世上没有绝望的处境,只有对处境绝望的人

有位小伙子讲述他一天不幸的遭遇:早晨起晚了,匆匆忙忙洗漱。洗漱完毕,一手拎包,一手拿衣服飞快下楼,谁想跑得太匆忙,不小心把脚扭了。他当时就想:每天下楼从来没有扭过脚,今天一定不是什么好日子,于是一肚子怨气走出家门。看到一辆公共汽车已经缓缓进站了,他赶紧跑了过去。谁想司机没有看到他,把车门关了,汽车开走了。"看见人还关门,太欺负人了!你说这不是倒霉吗?"他越想越生气,气得想回家不上班了,就在这时,又来了一辆车。这辆车很空,上车就有座位,但是他全然没有感到幸运。"倒霉"的事还没完,就在他要下车的时候,司机踩了一脚刹车,前面一位女士没扶住,女士的鞋跟一下子就踩到了小伙子的脚上。他忍无可忍,一阵疼痛点燃了满腔的怒火,狠狠瞪了那位女士,毫不留情地大声斥责她,尽管那位女士已经在不停地道歉。他带着一肚子的怨气到了单位,全没了心情,见谁都烦。一天下来什么事都干不下去,结果临下班又让主管训斥了一顿。

这位小伙子的一天惨极了,没有快乐,只有郁闷和愤怒。

很多人都有过这样的经历,因为一件很小的、偶然的事情,让自己生活在郁闷之中。

人生什么最重要?这样一个老生常谈的问题,很多人一生都没有想清楚。于是,一些人就会不断地抱怨:人活着就是一种"受罪",这真是一种悲哀。生活真的是如此不幸吗?其实,故事中的人思维不够积极,放大了他遇到的问题和困难。在他看来,扭脚是天意,没赶上车和被踩了脚是别人故意与他作对,而被批评就是雪上加霜的"倒霉"。凡事都向坏处想,这样也就把自己的心情搞坏了。

有时候,我们将自己的负面情绪和思想等同于现实本身,而事实却并非如此。如果我们始终以消极的负面方式来回应生活,我们的生活就会无比的沉闷,我们的希望就会变成失望。

思维病二:把自己想像成什么样子,就真的会成为什么样子

一个老师拿出一张中间有个黑点的白纸问同学们看见了什么,全班同学盯住白纸,齐声喊道:一个黑点!老师沮丧地说,这么大的白纸没有看见,只盯着一个黑点,将来你的一生将是非常不幸的。整个教室寂静无声。沉默中,老师又拿出一张黑纸,中间有一个白点,老师又问

同学们看见了什么,这下同学们开窍了,齐声说:一个白点。老师欣慰地笑了,太好了,无限美好的未来在等着你们。

在人的本性中有一种倾向:我们把自己想像成什么样子,就真的会成为什么样子。你有什么样的思想,就会创造什么样的结果。换句话说,造成你目前这个现状的原因就来自于你的思想。思想指导行为,你有什么样的思想,就有什么样的行为。事情从来都不会给我们压力,压力是来自我们对事情的反应。

爱默生说:"一个人就是他整天所想的那些……他怎可能是别的样子呢?"如果我们想的都是快乐的思维,我们就能快乐;如果我们想的都是悲伤的事情,我们就会悲伤;如果我们想到一些可怕的情况,我们就会害怕;如果我们想着不好的念头,我们恐怕就会担心了;如果我们想的尽是失败,我们就会失败;如果我们沉浸在自怜里,大家都会有意躲开我们。

很多的事实都证明:我们的思维方式会影响我们的认知方式,而我们的认知方式又会决定我们看到什么、听到什么、感受到什么,这个经验结果又会加强影响我们的信念。

思维病三:感觉世界抛弃了自己而放弃努力

生活中,人们因美好的期望而感觉到生活的多姿多彩,可希望是美好的,现实是残酷的,有时生活似乎很喜欢和你开玩笑,越是期望得到的东西却得不到,越是盼望达到的终点越是到不了。这样类似的事还有好多,一旦发展严重,对自己的打击太大,就会使挫折感和失望感走向极端——彻底的失败以至绝望。

如何承受打击,如何面对这个败局是我们的最大挑战之一。当人处在失败的痛苦中时,往往会产生三种心理反应:或怨天尤人,或自怨自艾,或彻底放弃努力。

通常,挫败者会有以下几种情况:

一是怨天尤人：认为世界亏待了他，不公平。

二是自怨自艾：这应该是我意料之中的事。我不应该那么努力。

三是放弃努力：我无法面对这一切，什么也改变不了，我的前途被毁了。我以后也不会有什么改变了，再多的努力也都将成为水中的倒影。

如果一直持这种情绪，那么，现实就会真的像你主观感受的那样——一切都毁了。

有时我们之所以会产生挫折感，是我们对生活抱着太多的"应当"和"必须"。一旦生活不是我们想的样子，就失望了，就感觉这个世界抛弃了自己，就放弃努力了。

我们总认为事情、自己或他人"应当这样或不应当那样"。问题是，我们只是世界上的一个个体，事情的结果不会因我们的意志而转移，它总是按自己既定模式展开。

佛教徒早在几千年前就发现，人类的痛苦来源于挫折感，是我们对自身或对他人的过高要求造成的。有时，我们会过分地追求某些理想，放弃它们让我们感到很痛苦。自然不可避免地会掉进自我埋怨的陷阱。我们不愿意接受自己的极限、面对自己的失败，我们避免面对自己的真实感受。

2. 语言错位伤生

你所说的每一句话，就构成了你的命！

过去我们重口才，今天我们重口德。二流人物重口才，一流人物重口德。口才可以当场打动人，口德却能持久地征服人。没口德的人，决不会有品德。下面是没有口德的四大危险——

一是出言不择惹人怨；

二是出言不节惹人恨；

三是出言不吉惹人烦；

四是出言不谦惹人嫌。

口才与口德的区别就在于：口德重德，口才重技；口德重帮助别人，口才重展示自己；口德重在尊重他人，口才重显示自我魅力；口德重长久关系，而口才重达成一时之目的；口德重诚实和真理，口才重词句华丽，多姿多彩；口德者慎言，口才者多言；口才让人口服，口德使人心服。

说话一定要讲究艺术，尽量委婉平和，点到为止，绝对不能快人快语，凭自己的好恶一吐为快。什么该说，什么不该说，自己一定要有分寸。假如自己不会说话，把好意用恶话来说，就会遭人讨厌，弄僵双方的关系。若言词过于尖酸刻薄，批评太过分，也会"惹祸上身"。

在待人处世中，场面话谁都能说，但并不是谁都会说，一不小心，也许你就踏进了言语的"雷区"，触到了对方的隐私和痛处，犯了对方的忌，对听话者造成一定的伤害。其实，每个人都有所长，亦有所短，待人处世的成功，一个很重要的因素就是善于发现对方身上的优点，夸奖对方的长处，而不要抓住别人的隐私、痛处和缺点大作文章。切记：揭人之短，伤人自尊！

揭短，有时是故意的，那是互相敌视的双方用来作为攻击对方的武器。揭短，有时又是无意的，那是因为某种原因一不小心犯了对方的忌讳。有心也好，无意也罢，在待人处世中揭人之短都会伤害对方的自尊，轻则影响双方的感情，重则导致友谊的破裂。

有这样一个真实的例子，有一群人在看电视剧，剧中有婆媳争吵的镜头。张大嫂便随口议论道："我看，现在的儿媳真是不知道好歹，不愿意和老人住在一起。也不想想以后自己老了怎么办？"话未说完，旁边的小齐马上站了起来，怒声说："你说话干净点，不要找不自在，我最讨厌别人指桑骂槐！"原来小齐平素与婆婆关系失和，最近刚从家里搬出另住。张大嫂由于不了解情况，无意中揭了对方的短而得罪了小齐。

所以只有了解交际对象的长处和短处，为人处世才不会伤人也伤己。俗话说得好："打人不打脸 揭人不揭短"，要想与他人友好相处，就要尽量体谅他人，维护他人的自尊，避开言语"雷区"，千万不要戳人痛处！

人，大都喜欢对他有利的、正面的、积极的言行举止，都十分讨厌一切负向的东西。说话也一样。你不能带给他人有利的，别人自然就会烦你，打断你的说话，甚至离你而去。

有这样一则典故：

莫雪崖混迹宦海多年，一次患病多日，气息奄奄，忽觉魂飞体外，四处游荡，遇见一死去多年的同事，便问："莫非我死了么？"同事说："你不到该死的时候，是你的魂魄游离到了冥国。"遂结伴同游。一路上碰到数位死去的官僚，以前仿佛认识，只因人家官大与莫雪崖没甚交情，其形状处境却令莫雪崖惊骇不已。

第一个鬼，状貌大致如生前，只是鼻子下面没有嘴，看见雪崖直摇头晃脑，眼珠子都急得快蹦出来了。问何故，同事说："他生前表态随便，逢会必讲，拉长摸短，没人想听，还喜欢阿谀逢迎，搬弄事非，所以遭到这种报应，不准他说话；遇上辛辣浆汤，也只能以鼻饮之。"

第二个鬼，屁股长在肩上，头悬于肚脐下，两只手撑地而行，行路看人十分困难。同事说："这位老领导生前妄自尊大，所以受此报应，不让他仰面傲人。"

第三个鬼，胸口到小肚子全部被利刃割裂，腔内空空如也，并不见五脏六腑。原来他生前满腑都是抱怨的话，死后才让他两腹空空。

莫雪崖问："这大概就是所谓的地狱吧？"那同事笑着说："地狱是囚牢，哪能随便出入！这只不过是个平常地方罢了。"

第一种人不知道祸从口出的道理，管不住自己的舌头。古语说得好"静坐常思己过，闲谈莫论人非"。王蒙则谈到"话是个有用的东西，话又是个害人的东西。《伊索寓言》里早就说过世界上最好的东西是舌头，最坏的东西还是舌头。"

闲谈莫论人非。不要以惯于诽谤他人而知名。不要精明于怎样损人利己，因为这并不困难，只是会遭人唾弃。所有的人都会向你寻求报复，说你的坏话，并且由于你孤立无援而他们人多势众，你会很容易被打败。

人们是如此喜爱毁谤之辞，他们很难克制自己，为了讨好谈话的对象而去指责不在场的人。如果你一定要款待别人的话，那么就款待点别的东西，不要拿这种于己于人都有害的东西来让对方享受。

再说第二种人。这种人的"自我感觉"特别良好，优越感极强，总感到自己要比他人强，要高明，处处、事事、时时都显示出一副盛气凌人的样子，自以为是，对他人说起话来总有居高临下一副老大的味道，平时的一言一行总会自觉或不自觉地流露出高人一等的样子……而人呢一般都有一个喜欢被他人尊重的特点，都不喜欢被他人歧视、瞧不起，因而对这种高傲无理的人通常敬而远之，躲得远远的。在这种情况下一般这种人是处理不好人际关系的。

至于第三种人就像鲁迅笔下的"祥林嫂"，总是抱怨个不停，一次人们还抱以同情，两次人们当笑话听，三次、四次人们岂能不烦。

有的人好像天生就如此喜欢抱怨，把最没用的事情当成了捍卫自己的盾牌，像上满了弦一样说个不停。虽然知道抱怨对解决问题无济于事，但是他还会义无反顾地去抱怨，因为这是最简单可行的发泄之道。

把抱怨当成习惯，会让你失去与别人交流的能力。你有没有这种经历：在你心情很好的时候碰到一个家伙，这个家伙上来就说天气有多么糟糕，他的生活多么黯然无光，这个时候你的大脑会随着他的语言思考,结果你脑中的画面是一幅幅不愉快的景象,相信你的心情会因此大打折扣。在下一次,你会尽量避开与这个家伙交流。

总而言之,我们既然知道口恶会对人对已造成十分不利的伤害,那么,我们就得反省一下,就得认真改改了,否则,我们的人际关系、事业和健康都不可能有保障。

3. 行为错位伤生

生活中,有谁能胸怀坦荡地说,我从来没犯过错误?有谁能说我没嫉妒过别人?有谁能说,我的行为可以称得上是一位义人的好行为?人的行为错位有很多种,我们试举一些例子说明:

例一、网瘾——虚拟世界的真魔鬼

网络成瘾是一种表现为耐受性、戒断症状等心理、生理性成瘾。互联网的飞速发展改变着信息储存、加工、传递的方式,给人类的社会生活带来了巨大的改革,对人们的生活方式、心理行为产生了深刻的影响。因过度使用网络导致情绪障碍、家庭矛盾、社会适应等问题的人也越来越多。上网在给我们带来方便、效益和快乐的同时,也给人们的健康,尤其是精神健康带来了危害,其中最常见的就是染上网瘾。

上网的人,在网上可以获得超越生活的感受,满足他们在日常生活中难以满足的某些精神需要。如:网上游戏中那曲折离奇、悬念百出、紧张而一步步推向高潮的血腥打斗,给人提供强烈的感官刺激,以此来弥补生活中的寂寞与空虚;网上聊天,直抒胸怀,没有面对面交谈的压抑与戒备;还有那网吧情人、网上婚恋、黄色网页等等,更易获得现实生活中难以获得的精神满足,从而对人有着强烈的吸引力,以致在接触网络后，由乐趣不断增强，上网时间不断延长，到后来与网难解难分，产生身心依赖。

若因故不能上网，就会出现与吸毒成瘾相仿的戒断症状：情绪低落、头昏眼花、双手颤抖、疲乏无力、食欲不振等，并且非上网不可。这样，就迫使上网者不断延长上网时间，而上网时间过长，轻者导致网络综合症，出现手腕关节不适、腰酸背痛、活动不灵、肌腱炎、腱鞘炎、视力下降及注意力不集中、紧张、焦虑、失眠、心情抑郁等有害身心的症状，严重的甚至会像练气功一样出现走火入魔而导致精神异常。

如果有关症状和类型的描述只是让你觉得新奇，甚至你还跃跃欲试的话，下面这些发表在专业期刊上的研究结果可能会让你警惕起来。

首先，网络成瘾虽然不像真正的毒品那样会危及我们的生命，但长时间上网必然会影响我们的健康：视力下降、肩背肌肉劳损、睡眠不足以及免疫功能变弱。当然，更为严重的是网络成瘾给学习、工作和家庭生活带来的灾难。

如果你是个学生，那么就要小心了，网络成瘾会使你的学习成绩下降。虽然互联网被广泛认为是一个重要的教育工具，但加利福尼亚州的一项调查显示，86%的中小学教师认为，使用互联网并不能提高学生的学习成绩。另一项调查发现，宾夕法尼亚州某个大学里58%的大学生因为花费太多时间上网而影响了学习。德克萨斯州大学奥斯丁分校的心理学家更是发现，至少有14%的在校学生符合互联网成瘾症的标准。马里兰大学心理咨询中心的肯得尔医生在对本校学生进行了调查后，立刻组织了全校性的互助小组来帮助互联网成瘾的学生。

如果你是个公司职员，而你所在的公司已经联网，那么就要小心了，网络成瘾会危及你的工作效率。一项对全美前1000家大公司的调查显示，超过55%的管理人员认为，很多雇员把上班时间用在与工作无关的网络活动上。纽约州一家公司暗中统计了本公司职员上班时间的网络活动,发现其中仅有23%是真正与工作相关的。由于上班时间在网上漫游而被辞退的雇员更是不断增加。

如果你有一个温暖的家庭,而最近你丈夫对上网的兴趣越来越大,那么就要小心了,网络成瘾可能会使你成为电脑寡妇!匹兹堡大学心理学教授金波利·杨在过去三年中亲自访谈了数百名网络成瘾患者,她发现一个患有网络成瘾的丈夫每天和他心爱的计算机在一起的时间远比和他亲爱的妻子在一起的时间要长。更糟糕的是,或许他已"一网情深"地爱上了他的英特恋人,正准备带上他的电脑离你而去。

例二、酒瘾——借酒消愁愁更愁

受民族传统和风俗习惯的影响,许多国家和民族把饮酒当作社交和礼仪需要。如逢年过节,亲朋好友相聚,以酒来增添喜庆气氛。高寒地区的人,有空腹饮酒的习惯,并以豪饮为荣,不醉不休。

受心理因素的影响,许多人因生活枯燥、精神空虚,或感到前途悲观、渺茫,常常借酒消愁,以减轻精神上的苦恼,即所谓一醉解千愁。

嗜好饮酒者常常具有家族性,家族中曾有酒精中毒者,其他成员也易发生酒精中毒,并且发生的时间早,症状严重。

嗜酒具有以下几方面的危害:

易形成酒精滥用。酒精滥用这种人的饮酒行为与众不同,通常饮酒量大,经常酒后闹事,或者用赊欠、欺骗等手段去获取酒精饮料。当酒供应匮乏时,会饮用自酿酒或非饮用酒。

酒精依赖就是通常所说的酒瘾或酒癖,指长期饮酒者对酒精产生的一种精神上和躯体上的依赖。只要一日无酒,就会感到若有所失,甚至焦虑不安、精神疲惫,同时躯体方面还会产生许多不适:如头痛、心慌、浑身酸痛乏力等。

嗜酒最易引起胃炎、胃及十二指肠溃疡、胃出血、酒精中毒性肝炎、脂肪肝和肝硬化等症。嗜酒还会增高咽喉、食道、口腔、肝、胰腺等部位癌症的发病率。容易引起小脑变性，发生共济失调，表现为步态蹒跚，走直线困难；震颤，轻者双手颤抖，重者颜面的表情肌、舌肌也发生震颤；还可出现周缘神经疾病、脑梗塞和癫痫。

嗜酒者会产生精神障碍，容易产生焦虑、抑郁情绪，特别是形成酒精依赖后，在身体状况不佳、家庭不和、经济水平下降时尤为突出，严重者还可能产生自杀念头。据报道，住院的酒精依赖患者中，产生自杀观念的占6%~20%。

嗜酒者会发生幻觉症，在神志清醒的状态下产生言语幻听，内容多是威胁性言语，通常以数人交谈或评论他人的方式出现。也可能出现短时幻视，如看见躲在门窗后的人影或闪烁的亮光、地板的条纹变成怪物等。病情可持续数周、数月，甚至长达数年。

嗜酒者易患遗忘综合症(又称柯萨可夫综合症)，表现为识记能力发生障碍，近记忆缺失，对刚发生的事不能回忆，对多年以前的事却能正确回忆。

长期嗜酒的男性，可产生性功能障碍，以性欲低下甚至阳痿较多见。在性功能障碍的基础上，常产生嫉妒妄想，怀疑妻子不忠而无故谩骂、殴打、侮辱、虐待，威胁要将其置于死地，导致一场野蛮的家庭闹剧。次日清醒后，又会不断地请求妻子宽恕。因此导致家庭破裂者不在少数。

震颤谵妄是在慢性中毒的基础上骤然减少酒量或戒酒后忽然出现的精神状态的改变。可出现全身颤抖、大量出汗、不安和易发怒等症状。常见的是混沌和记忆丧失，但最令人恐怖的症状是出现各种逼真的、骇人的幻觉。这是酒精中毒最严重而且最危险的一种症状。

经常酗酒还会损伤生殖功能。医学研究证实：大量的酒精对精子和胎儿都有致命打击和损伤。

4. 情商错位伤生

黑白颠倒、是非混淆、心为物役的人类社会是个大染缸，它极大地污染了人的心灵，使人变得自私、懒散、愚昧、烦恼，严重削弱了心灵的智慧力、觉悟力、慈悲力、意志力……等伟力，使肉体失去了英明的统帅。

五光十色、物质泛滥、热衷享乐的人类社会是个大暖房，它严重娇惯了人的肉体，使人变得怕风怕雨、怕冷怕热、怕苦怕累、怕饿怕渴……变成了生活在暖房中缺乏生命活力的花草。

脆弱的心灵、娇贵的肉体，阴阳的失衡，合成了人类最本质的慢性病。

情绪失衡，造成了人类最普遍的慢性病。

心理平衡，是我们健康最重要的方面之一。人要健康，最为关键的是心理健康，心态好，一切都好。要知道，大约80%的疾病皆因情绪而起，90%的失败是处理不好情绪。

著名的健康专家洪绍光教授在一系列的健康讲座、图书中都说道：

人们要想健康，其健康四大基石中的第四条，心理平衡的作用占50%，合理膳食占25%，其他占25%。心理平衡对身体健康是最重要的，谁能保持心态平衡就等于掌握了身体健康的金钥匙。

得了病没关系，现在的医疗水平，什么糖尿病、高血压、心脏病等都有很好的预防方法和药物。但是，如果心态不好，爱着急、爱生气、没事找事、没气找气，整天跟自己过不去，这样的人死得最快。

根据北京市疾病预防控制中心健康教育所在2003年的一项调查显示，因工作等构成心理压力的，知识分子比非知识分子高出10%，35

岁以上人群则更为突出。知识分子由于价值不能实现的失落感所造成的心理问题导致身体患病,在医学上被称作心理问题的躯体化症状。

脑力劳动者由于工作压力大,影响正常的内分泌,影响睡眠和食欲,在这些人群中服用安眠药的比例高,高血压、颈椎病、糖尿病、心血管疾病的发病率较一般人群高。人情绪不好就容易感冒,而长期抑郁则容易患癌症。如何做到心理健康对他们来说是至关重要的。

人生在世,谁都会遇到无数的困难、压力,而如何保持一颗平衡心,使自己的心态更加平稳,这是十分重要的。

现在是一个竞争十分激烈的时代,每个人几乎都是在自己成长的同时,不断地与周围人进行横向纵向的比较,一旦自己在比较中处于劣势,心里就会产生不平衡感,压力也就陡然而生。当然,这种追求上进的精神我们提倡,但是要有个度的问题。人活在世上,欲望是永无止境的,我们不可能实现所有的愿望,这时我们就要学会放弃,进而摆脱失望后的心理不平衡,避免压力对我们的身心产生各种各样的损害。

心理不平衡是很多疾病的根源。有了心理平衡,才能有生理平衡;有了生理平衡,人体的各个系统才会处于最佳的协调状态,一切疾病都能减少。但心理平衡并非心如枯井,更不是麻木不仁;心理平衡是一种理性的平衡,是人格升华和心灵净化后的崇高境界,是宽宏、远见和睿智的结晶。

七情最能导致的疾病。

人非草木,谁能无情?喜怒哀乐,本是人之常情。人为万物之灵,情志(即喜、怒、忧、悲、思、恐、惊等七种情绪。)反应最为灵敏。然而,反应太强,时间过长,又是反常之情。异常的情志活动,是人体内重要的致病因素。从现代心理学的理论来看,祖国医学中的所谓七情致病可分为两类:一类是激情致病,即爆发性的强烈情绪引起的疾病,如绝望、恐怖、盛怒、狂喜等;另一类是心境引起的疾病,即在一段时间内持续的不良情绪引起的疾病。所谓"七情",就是指喜、怒、忧、悲、思、恐、惊,这些不同情绪的波动,将伤及不同的脏腑,产生不同的病理变化。

喜:喜悦本来是心情开朗、精神愉悦的一种表现形式,能使气血调和,食欲增加。但暴喜,即突如其来的惊喜、大喜,则易伤心,使人精神失常,思维紊乱,也会诱发心脏病的发作。范进中举后喜"疯",牛皋活擒金兀术后喜"亡"等事例,都说明了暴喜的危害性。

怒:怒伤肝。若大怒不止,则肝气横逆。暴怒可导致吐血、腹泻、昏厥、突然失明等情况的发生。经常发怒的人,俗称"肝火重",《三国演义》描写诸葛亮三气周瑜,使周瑜在暴怒之下金疮破裂,口吐鲜血而死。这虽是小说描写,却有科学道理。

忧:忧愁是情绪消沉郁结的状态。忧愁过度,气机就不能舒畅,从而导致一系列疾病。《红楼梦》中林黛玉、秦可卿心地狭窄,争强好胜,郁郁寡欢,最后伤及元气而早夭废命,实为可鉴。

悲:悲哀由哀思、烦恼、痛苦等产生。若悲哀太过,则肺气抑郁,甚至耗气伤阴,引起胸闷气短、饮食不下、肌肉麻木、下肢软乏等疾病。长期处于悲哀状态中的人,机体容易衰老,很少有长寿者。

思:思虑是集中精力思考问题的表现,若过度,则会伤神致病,引起胸腹痞满、食欲不振、腹胀腹泻、头脑胀痛等证。长期思虑过度,可造成神经系统功能紊乱,轻者经常失眠,形体消瘦,重者则会神经错乱。

恐和惊:人受到突然惊吓,或出现恐惧,则心气耗损,肾气受伤,心神惊惕,致使大小便失禁、瘫痪、肌肉消瘦、手足乏力、月经不调、阳事不举,甚至僵卧不省人事、痴呆、心悸而死。现代医学研究表明,突然的恐惧会引起呼吸暂时停止,外周血管收缩,血压升高,脸色苍白,出冷汗,心律失常,甚至发生猝死。

身心平衡,是唯一的治病之道。

另一位著名生理、心理学教授石大璞先生说:随着科学技术的发展和生活方式的改变,社会剧烈竞争和人际关系复杂化,生活节奏日益加快和社会心理应激增强,疾病谱和死亡顺位发生了改变,导致身

51

心疾病异军突起，几乎占人类疾病总数的50~80%，为力求解决临床医学的窘境，现代身心医学才受到重视。

身心疾病是一组与心理因素密切相关，并伴有病理生理和病理形态学变化的疾病。它不同于生物、物理、化学因素引起的躯体疾病，例如肺炎、骨折、烧伤等，也不同于心理因素引起的功能性疾病，如神经衰弱、焦虑症等。

身心医学是针对过去难以诊断的疾病而进一步明确诊断，使过去难以治疗的疾病能得以综合治疗，从而使临床医学摆脱"山重水复疑无路"的旧窘境，因而延长了人的自然寿命。

属于身心疾病范畴的病约200余种，常见的如心血管系统的原发性高血压病，其发病及预后与愤怒、严重的焦虑紧张等情绪及过分好动、好斗、易激动等性格特点有关。冠心病、心肌梗塞其发病虽与多种因素有关，但其中社会心理应激、紧张、受挫都具有临床意义。消化系统的消化性溃疡与精神紧张有关已早为人知，生理试验也得到证实。又如内分泌系统的肥胖症、神经性厌食、糖尿病，泌尿生殖系统的阳痿、早泄，神经系统的偏头痛，皮肤科的荨麻疹、神经性皮炎等均属身心疾病，皆不可忽视社会心理因素对疾病的影响。

身心疾病的患者，除必要的药物治疗外，应配合医生的疏导、解释和心理治疗。调整生活习惯，解除焦虑、紧张或愤怒的情绪，以心理干预进行心理治疗。

只有处于精神上、身体上以及社会上的完好状态，人们才能预防身心疾病的发生和发展。

俗话说："笑一笑，十年少；愁一愁，白了头。"它形象地说明了心理与健康的关系。相传伍子胥过昭关，一夜间愁白了头发。虽然这种传说未免有些夸张，但从医学心理学的理论来看，情绪的紊乱的确可以使头发发白。医学的理论与实践表明，不仅有害的物质因素能造成各种各样的疾病，而且有害的心理因素也同样可以起到这种作用。

第二卷
解除万苦之道——正位顺生

一、内正位生

1. 正思生

人要想彻底解脱痛苦,我们已知道得先纠正错位,尤其是内错位。而在内错位之中,又以思维错位为首要问题。因此,要纠正内错位,就不得不谈思维错位问题,就不得不先解决这个问题。

怎么解决?当然是用正位纠正错位啦!

我们的命运是我们正思维箭头指向的结果。我们怎么思维,思维什么内容,都直接决定我们是否快乐。

思维对一个人的苦乐如此重要,那么有什么直接的办法能掌握思维呢?

那就是思维箭头。在大脑中，思维箭头有如电脑的鼠标，电脑的表现不是由电脑内在储存的内容决定的，而是由电脑上那个小小的鼠标决定的。人生也是如此，一个人的苦乐及命运不是由他脑内的信息决定的，而是由他的思维鼠标，思维箭头决定的。他的命运不是由物质决定，而是由精神决定。

当你的思维箭头指向垃圾时，你就会产生厌恶和逃离感；当男人思维箭头指向美女时，就会产生兴奋加快血液循环；当你的思维箭头指向作恶时，你就会干出伤天害理的事来；等等。

总之，思维箭头决定了你的苦与乐，命好与命坏。有一个最能反映这一问题的故事：一个人长期雕刻母夜叉就会生病，当他改为雕刻观音相时病就会好，就会活得阳光有生机。

由此看来，我们要有正思维，就得修炼我们的思维箭头，就得每时每刻看住我们的思维箭头，一旦它指向了消极、失败、负向的对象时，我们就应立刻将之调整到正面、积极、阳光的对象上来。

新问题又出现了：什么才是正对象，什么才是负对象呢？

在此我给个基本判别式，即凡是有利生的因素都是正的，凡是不利于生的因素都是负对象。

因为运动是宇宙的总纲，变是宇宙的总法则，那么，于人来说生是一切问题正确与否的总判别式。利于生者为正，伤生害生阻止生的则为负。

历代智者证明——内心的巨大能量，只有通过正面思维才能导入健康的正确的轨道，否则就会走火入魔，自伤伤人！

不会正面思维的人，一般命都不会太长；就算活得较长，其生存质量也是非常之低。

人的思维与健康之间的关系，也和环境一样，一个人的健康状况就是此人内心世界思维的明确表现。带有病态的思维，通过自身肉体的病态形式表现出来。非常可怕的是，这种表现速度之快，有时候就类似一个子弹打死一个人那样快！那些抱着对疾病的恐惧活着的人，事实上正是怀抱着疾病的人。将各种各样的不安稳情绪混杂在肉体里面的人，对于疾病是毫无防备能力的。

正思维就是干净的思维。肮脏的思维，即便就是不赴之以行动，也会把人的精神系统搞得粉碎。而强有力的清新的思维，会创造出充满活力的躯体！反复循环在人体大脑中的思维，无论她是正确的也好，还是错误的也罢，都会在不断地调节肉体，去表现内心的思维状况。

美丽的心灵，会把美丽的人生和躯体创造出来！

而肮脏的思维，则创造出那肮脏的人生和躯体。

无论怎样去调整饮食，如果不去改进自身的思维，基本上看不到那些本来应该是有益健康的饮食效果！美好的思维，创造出美好的习惯。时刻强化自身的内心思维，净化自己心灵的人与疾病无缘！

正思维就是运动的思维。

绝大多数人都知道：生命在于运动。但是，绝大多数人对运动的内容理解几乎都是狭义的：身体的运动。其实，运动的内容应当是广义的：包括身体的运动和思想的运动。

所谓思想的运动，就是思维。在思维中至少应当包括记忆、思考、分析、归纳、再记忆、再思考、再分析、再归纳等内容和过程。

通过身体的运动，身体的细胞得到锻炼，促进身体的新陈代谢，从而有利于生命健康。通过思想的运动，大脑的细胞得到锻炼，促进大脑的新陈代谢，从而有利于生命健康。

人们普遍认识到，经常开展身体运动的人，不管运动的方式如何，只要坚持运动，就能使身体保持健康，最后达到相对长寿的效果。

然而人们很少认识到，经常开展思维活动的人，同样也会收到相对长寿的效果。

如果一个人既坚持身体的运动，又坚持思想的运动，会不会更健康、更长寿呢？回答是肯定的。

◎正思维的好处之一——导致出现健康的α脑波。

令人惊讶的是,我们人类几万年前的祖先已经具有了能够进行登月旅行的高度发达的脑细胞组织了。但是尽管如此,他们仍然没有能够走出原始人类的生活。

以后,虽然人类的生活水平取得了日新月异的进步,但是在智力的开发和应用方面,极端地说,就好像用大型计算机来做简单的加减乘除运算一样,还做得远远不够。

换个说法的话,这种状况就像对电脑的使用,仅仅只是应用了电脑的硬件功能。然而众所周知,电脑并非只能用来进行计算,它还可以根据输入的各种数据来解决当前的问题或者对未来做出预测。

也就是说,只有充实了向电脑输入各种数据的软件,才能使电脑充分发挥自己的威力。如果仅仅将电脑用于进行单纯的计算,其存在的意义也就极为有限了。

大脑也是一样,只有充实了软件,同时也具备了将其输入大脑的硬件,才能提高对大脑的应用水平,从而最终充分地开发出潜在的智力。

不过,使用方法,也就是"软件"的开发仍然是个问题。输入怎样的数据,诱发出什么样的回应,可以说是决定智力开发成功与否的关键所在。

现在已经有很多在"软件"的开发方面取得成功的事例,在美国得到应用的治疗癌症的医疗方法就是其中之一。这种医疗方法在开发之初曾受到那些自称为"正统派"的科学家们的四面围攻,但是现在它却以其不可动摇的治疗业绩赢得了越来越多的支持者。

这种医疗方法便是美国医生卡尔·塞蒙顿为治疗癌症开发出来的"塞蒙顿疗法"。塞蒙顿在其撰写的《让我们康复!》一书中,用确切的数据对这一疗法的治疗效果作了介绍,其中充满了令人惊叹的数字。

159名已经被宣告"死刑"的晚期癌症患者的生命竟然比诊断结果

延长了一倍以上。

令人惊叹的还远远不止这些,14名患者的癌细胞最终完全消失,还有29名患者的症状连续4年始终保持稳定。

取得如此骄人治疗业绩的"塞蒙顿疗法"究竟有着怎样的内容呢?这一点令人非常感兴趣。简单地说,这一疗法就是先让患者的大脑进入α控制状态,让他们想象"正义军团歼灭癌细胞的情景",然后再让他们不停地在脑子里再现那些画面。

一言以蔽之,这一疗法不外乎是先使大脑进入α控制状态,然后再通过特定的软件设置——在脑子里想象消灭癌细胞的情景,从而在大脑里重新建立"癌症并不可怕"、"癌细胞全部消失"的回路,最终达到癌细胞消失或者阻止病情继续恶化的效果。

◎正思维的好处之二——是养心的金钥匙。

对思维有了大体的了解之后,我们接着讨论思维对于养心的意义。从养心的角度来看,思维同样可以分为正面思维和负面思维。所谓正面思维,就是遇到对自己有利或不利的一切事情,思考时都朝着对自己有利的方面也就是积极美好的方面去想。同理,负面思维就是凡事都往坏的方面也就是消极悲观的方面去想。正面思维是养心入门的金钥匙,而负面思维则是心理障碍的策源地。养心必须重视正面思维。

清代某笔记小说中有一首《行路歌》:"别人骑马我骑驴,仔细思量总不如,回头再一看,还有挑脚汉。"这首歌谣虽浅显,仍可以作为养心的借鉴。哲人说,人生就是一块多棱镜,从不同角度去比较,就会产生不同的效果。这句话可以这样理解,正面思维和负面思维对人的心境的影响是完全不一样的。日本学者春山茂雄在《脑内革命》一书中曾这样说:"想好事,好事降临,想坏事,坏事敲门。"

一个人会发现,当他改变对事物和其他人的看法时,事物和其他人对他来说就会发生改变。要是一个人把他的思想朝向光明,他就会很吃惊地发现,他的生活受到光明很大的影响。能变化气质的神性就存在于我们自己的心里,也就是我们自己的思维。一个人所能得到的,正是他们自己思想的直接结果。有了奋发向上的思想之后,一个人才能兴起、征服,并有所成就。如果他不能奋起他的思想,他就永远只能衰弱而愁苦。

◎ **正思维好处之三——能够驱除病魔。**

美国还有许多与前例类似的医疗方法取得成功的事例。凯特林癌症研究中心负责人路易斯·托马斯博士,也采用了类似的方法来治疗癌症患者,并同样取得了很好的效果。托马斯博士的观点是:

"患者都是被'说法'置于死地的。大多数人在知道自己得了癌症以后都会一蹶不振,他们会对自己说'这可是癌症啊'、'已经没有希望了'等等。岂不知,恰恰正是这些'说法'使得自己真的无法救治了。如果反过来对自己说'一定能治愈',那么病情就会朝着治愈的方向迅速好转。"

人们根据过去接触到的知识或者经验都普遍认为癌症是无法治疗的。因此,一旦知道自己得的是癌症,人们就会立刻丧失治愈的信心,认定"自己已经来日无多",而正是这种想法使人们丧失了抵抗能力,并直接加速病情恶化的进程。也就是说,当仅仅利用大脑的硬件功能的时候,在听到"癌症"这一词语的时候,立刻浮现出来的只能是"无法救治"这一形象。但是,如果将大脑调节为应用程序模式,输入"癌症能够治愈"之类的数据,由此来利用大脑的软件功能的话,那么在被宣告"得了癌症"之后,至少能够避免情绪的剧烈起伏,保持稳定的心境,从而起到阻止病情继续恶化,进而向痊愈的方向转化的作用。

如上所述,托马斯博士证实了只要大脑的软件功能得到充分的开发,就可以通过形象确认来驱除病魔的道理。这一观点的源流则可以上溯到"病为心之魔"这一谚语所代表的东方思想。托马斯博士也坦言，"自己的'托马斯疗法'是受到东方的'病以气而治'的思想启发而形成的"。

过去80%以上的疾病都是主要由病原菌引起的。但是，随着不断地研制出新的能够杀死病原菌的疫苗，精神因素正在转变为越来越多的疾病的致病原因。

因此，今后对作为"气"之本的"心"(或者是脑)的调控必将越来越得到人们的重视。

换言之，如果平时注意自己的身心调控，就可以避免负面恶性压力的堆积，保持良好心理状态，从而避免病魔缠身。这也就是智力开发之所以能够防治疾病的道理。

2. 正语生

正语的传统解释是：

(1)不妄语。当一件东西是绿色的，我们就说它是绿色的，而不说它是紫色的。

(2)不两舌。我们不会对一个人是一种说法，对另一个人又是另一种说法。当然，为了帮助不同的听众理解我们的意思，我们可以用不同的方式来描绘事情的真相，可是我们必须一直忠实于事实真相。

(3)不恶口。我们不大喊大叫，不诽谤，不诅咒，不制造痛苦或嗔恨。即使那些有善心的人，他们本不想伤害别人，可是有时候，有毒的话还是从他们嘴里溜了出来。我们的心里既有佛性的种子，也有很多束缚或曰结使(samyojana)。当我们说出有毒的话时，通常是因为我们的习气在作怪。我们的话语是非常有力量的。它们能够给别人造成心理情结，使他们丧失生活目标，或者甚至驱使他们去自杀。

(4)不绮语。我们没有必要用戏剧性的口吻说话，使事情听起来更好、更坏，或比它的实际情况更离奇。如果某人有一点不安，我们就不要说他狂怒。修习正语就是为了改变我们的习惯，以使我们的话语从我们心中的佛种中流出，而不是从我们纷乱的不善之种中流出。

前面我们在语言错位里讲过两种人：一种是开口就杀人；另一种是开口就烦人。但生活中还有另外两种人：一种是开口就服人；另一种是开口就乐人。这两种人就是会使用正语的人。

先说一说开口就服人。

世上最难的事有两件，一是叫人心服口服，二是常有利他之心。叫人口服容易，权力、势力、压力都能叫人口服，但很难叫人心服。所谓心服，一定是从内心深处认同了你的观点，一定是发自内心佩服你的观点。有时候，在与人交往中，有理不在声高，事实胜于雄辩，娓娓道来胜过言词激烈、咄咄逼人。而有些事理，说不如不说好，干脆任其火烧牛皮自转弯。

劝人不必语高深，还要知道心服胜口服。一发出声音，就有音乐的旋律，一开口说话就句句是真理，一举手一投足，就成为世人的规范，可能么？动不动就把利害是非摆到人的面前，然后评定是非好坏，人有那么简单么？

假若领导一群人，要带领大伙儿办成一件事，遇到麻烦时，采取心服的办法，不违逆人情去强词夺理，也不依仗权势胁迫就范。有理，大家会逐渐接受，不对也会从容认识，不致造成巨大损失。

这就是人们接受一种道理，转变一种看法，总是自然而然的。人和社会上的事情也有自然而然的一面。强迫众人口服，即使他们迫于强大压力嘴里说是，心里却早已说了不是，脚下跟强迫者走十步，心里早向相反的方向走了百步。到头来还是要坏事的。

所以，凡是关于是非的事，人们信不信、服不服，都得慢慢来。服与不服不能口说了算，只能看其为人。

再说一说开口就乐人。

开口就能给人带来快乐,这样的人的主要表现有二:

一是,他是一个喜欢赞美别人的人;二是,他是一个幽默的人。

无论何时,对于别人表示诚实而真挚的赞赏和鼓励,别人在享受它的同时都会很感激地记着你,这是给别人也是给自己带来快乐的源泉。

在你每天所到的地方,不妨多说几句感谢的话,留下一些友善的小小火花。你将无法想象,这些小小的火花如何点燃起友谊的火焰,当你下次再到这个地方的时候,这友谊的火焰就会照亮你。

没有一只狗会在打骂中学会站立;没有一个孩子会在批评中产生学习的兴趣;没有一对情侣会在相互的指责中增加彼此的爱意;也没有一对朋友会在嘲笑中增进彼此的友谊。因此,学会由衷地赞赏和鼓励是给别人机会,也同样是给自己机会。

女人要优雅,男人要幽默,优雅与幽默是一种恒久的时尚。从一个人优雅的举止里可以看到一种文化教养,让人赏心悦目;从一个人的幽默中可以品味出一种独特的机智。开口就让人开怀大笑的人,无疑也是一个语言大师。

正语通过训练是可以达到的,我们下面对此做个说明。

正说1——冷冰冰的话,要加热了说

冷话,就是指生硬的话,不带情感的话,甚至是冷酷无情的话。这样的话,谁都不愿意听,常言道:温言一句三春暖,恶语伤人半月寒。

要知道,语言是有温度的,不同的语言给人的感觉迥然不同。文明礼貌的语言是温暖的,比如:谢谢、对不起、没关系;尊重他人的语言是温暖的,比如:您好、您先请、请坐;关心他人的语言是温暖的,比如:注意身体健康、多保重!伤害人、侮辱人的语言是冰冷的。生活中,或许你也受过冰冷语言的伤害吧?如果你是戴着眼镜的男孩,有人会喊你"四眼";如果你是一个身材矮小的女孩,有人会叫你"豆包"。听到类似的话,相信你一定会很难过。"己所不欲,勿施于人",既然你不愿意听这些话,那么请你一定不要对别人说这些冷冰冰的话了!

结婚后,随着时间的拉长,日常琐事的增多,夫妻感情难免较之热恋时期愈来愈淡,彼此单独相处次数减少,关心程度似乎也随之降低,进入到一个感情危机的"隐伏期",后果自然不容乐观。

此时若能有效地说上几句温暖如春的话,为双方感情升升温,则会起到意想不到的效果。我们都知道,爱情需要双方的激情,但更需要双方小心维护。婚后,要想家庭幸福和睦,夫妻也需要共同努力营造幸福的婚姻。

总之,我们平时最好用点语言加温术。

正说2——高调大话,要降三级后说

所谓大话,就是说过了头的话,说超出自己能力范围的话。这种话说时很过瘾,因为一则显示了你的能力强大,让听众觉得你了不起,二则有可能给你带来新的发展机会。

大凡说大话的人,都会口若悬河,热血沸腾,只顾图嘴巴快活,逞一时之能,以博取听从廉价的佩服和赞美。就算听众是仇人,是绝不会赞美说大话的人,哪怕能激起一些便宜的怨恨与恼怒的回应,似乎也是一种享受。

人生的诸多烦恼若追根,几乎都可以追到嘴巴上来。有时候,一句大话几秒钟就说出去了,但要兑现,可能三天甚至三年还办不到!

1992年1月全国宣传部长会议上,时任中共中央政治局常委的李瑞环针对某些干部讲空话、不干实事的问题,在讲话中说——

湖北神农架野猪糟蹋庄稼厉害,群众叫苦不迭。为此,乡村组织民兵巡逻驱赶,花费很多人力。后来有人想了一个"高招",用录音机录上狮子、老虎的吼声和人声、枪声,用高音喇叭播放。开始果然有效,吓得

野猪跑得远远的。几天后,野猪试探着往庄稼地里凑,并用身子靠了靠绑着高音喇叭的杆子,发现仍然只是叫喊而没动作,于是便甩开嘴巴,把绑着喇叭的杆子给拱倒了。(笑声)同志们,唱高调、说空话连野猪都骗不了,何况人呢?(热烈鼓掌)

　　吹牛若只是朋友间相互娱乐一下,不必兑现,倒不会留下太多的后患,最多给人一种肤浅或轻狂的感觉。但若遇上别人当场对你强大的能力寻求帮助时,那就很麻烦了,就会造成一个两难——若答应的话,会因为自己能力不够而办不到,就算办到也要花大功夫;若不答应的话,就是自己在打自己嘴巴,不负责任瞎吹牛。总之,无论选哪种方式,都会给自己带来新的麻烦。

　　这个世界上有多少人,尤其是男人,都因说了大话而吃了许多哑巴亏,有多少人因说了大话兑不了现而失去朋友和恋人;有多少人因说了大话造成了不可挽回的损失。

　　那么应该怎样规避这一问题呢?最好的办法是一句大话也不讲。但要一句都不讲,女人也许做得到,男人却基本上做不到,男人是靠能力取胜的动物,当别人看不到你的能力时,讲大话就成了一种必然途径了。因此,男人要彻底解决这一问题相当难,但有一种方式还是比较实际的,那就是降级后说出来。

　　比如说:你说你一顿饭能喝二斤白酒,不能太吹,你至少是真能喝上一斤半,而不是只有喝二两的量却吹成能喝二斤,那样,一旦人家较真,你就有可能喝得趴下。

　　当然说话也有两面性,话说过一点点,有时并不是坏事,也许它还能激励你更加努力呢?但要把握一个分寸,绝不能太过,过到就算你努力也做不到的地步,那就会失信于人,造成不好的结局或不利的人际关系。

　　总之,只要你想开口说大话时,你就应该记住,先将大话降三级了

第二卷　解除万苦之道——正位顺生

再说出口。

正说3——露骨的话，要含蓄地说

有些时候，说话太露骨，就显得没有人情味了，尤其是心中十分不想伤害对方时，不想破坏曾经美好的感情或友情时，就可以将要说的话变得含蓄一点，那样既体现了说话者的善意与真诚，也能真正达到劝阻他人的目的。

为什么一定要含蓄？

中国文化的精髓就是中庸，就是不太过分，不走极端，含蓄是中庸文化的经典表现，它是有人情味的表现，也是真实反映动态社会的智见。

比方说，你有几个哥们关系特好，但其中有一个最近出了点错，他本人又特别爱面子，此时，你就只能含蓄地劝戒他了，若说得太露骨你就觉得难以启齿。

含蓄是一种最高明的艺术。不仅能当场避免尴尬，而且，看上去似乎什么也没有说，但却能收到什么都说了的效果。

中国艺术中有一种美叫朦胧美，这种美给人回味无穷，叫人遐想万千，由此可见，含蓄是一种超越直白和更高的人生态度，它表达的是动态的人生成长观。

什么话，点到为止，不要太露骨，否则，就易伤对方面子，就不易达成认同。

3. 正定生

正定就是为了纠正我们的行为错位。

修习正定就是去培养一颗能够心专一境的心。汉字"定"的字面意思是"等持"，既不高也不低，既不激动也不昏沉。有时候用另一个汉字"止"来表示定，它的意思是"真心的住所"。

定有两种：有为定和无为定。在无为定中，心总是安住在当下所发生的任何事情上，哪怕这事情是变化着的。有位和尚写了这样一首诗来描述无为定："风生竹舞，风停竹止。"风来的时候竹子就欢迎它。风去的时候竹子就随它去。这首诗的下两句是："雁过秋湖，不留痕迹。"当大雁从湖上飞过的时候，它的倒影是很清楚的。当它飞走以后，湖水依然清晰地倒映出云朵和天空。当我们修习无为定的时候，我们欢迎出现的任何事物。我们不想或渴望任何其它的事物。我们只是用我们的全部生命安住于当下。不管什么，来了就来了。当我们定的对象已然消失的时候，我们的心依然保持着澄澈，就像一面平静的湖。

当我们修习无为定的时候，我们要选择一个对象并抓紧它。我们知道天空有鸟儿，可是我们的注意力只集中在我们的对象上。如果我们定(专注)的对象是一道数学题，那我们就不要看电视了，也不在电话里聊天。我们要放弃其它一切事情，全神贯注于这个对象上。当我们开车的时候，车里乘客的性命就取决于我们的定力。

我们不是借助于定去逃避痛苦。我们修定是为了使自己活得更深入。当我们行、住、坐、卧皆在定中的时候，人们就可以看到我们的安稳和寂静。深深地安住于当下，并且过好每一刻，持续的定就会自然而然地产生，而按照次第，它将会生起慧。

正定导致喜，它也导致正业。我们的定力越强，我们生活的质量就会越高。越南的母亲们经常告诫她们的女儿说，如果她们从容镇定，她们就会变得更漂亮。这种美来自她们深深地安住于当下。她们的母亲也许不会使用这些词句，不过她们确实是在鼓励她们的女儿修习正定。很遗憾，她们没有鼓励她们的儿子也这样做。因为每个人都需要定。

所有不能成事的人，都有一个通病，就是摇摆病。每个不安分的身子里都跳动着一颗不安分的心。这个社会今天出现了一大批频频换行业的人，他们这山望着那山高，刚到一个单位，就想到另一个单位，朝秦暮楚，朝三暮四。

我们经常在生活中看到亲人朋友，筹钱开了个酒店或发廊或娱乐场所或书店或做点小本经营，刚开张三五天或一二个月由于生意不好，便立即想到关门，便埋怨自己选错了行业，转而又去寻找更赚钱的行业。

我对大城市的年轻人作过几次调查，大部分年轻人都对本行业没有兴趣，只说了为了生存而工作，他们一致抬着头，不时向左邻右舍环视打听，看哪里还有更合适他干的工作。

为什么这个社会会出现众多心神不安、摇摆不定的人呢？

一是浮躁的偏执教育。我们的偏执教育为了单方面的效益教了不少急功近利的教学内容，如讲迅速成功，如排名次，如目标锁定，如赶超去年等等，从而在我们每个受偏执教育者心中造成了一种速成的人生观，一种不择手段的人生观，一种只求生活表层的人生观。

我们的工作本来是有乐趣的，但由于过分地强调目的达成，过分地将我们的注意力转引到关注结果上，因此，我们的快乐便由原来享受过程而转移到享受结果上去了。

结果却迟迟不来，因此我们在切盼中等待，在焦虑中痛苦，在折磨中难以忍受。于是我们便在希望渺小的情况下，在大脑负面思维的支持下将注意力转向了下一个目标，我们将希望寄托在另一个未知而看不清的目标上。

其实，其他的行业要干出名堂来，也将会遇到同样的阻碍。于是，我们频频换行业，频频自我转移注意力。

二是因为享乐的偏执教育。这个时代都在崇拜竞争、崇拜物欲、崇尚攀比。如比占有、比财物、比权力、比老婆、比情人、比享乐等等。

物欲横流，心灵空虚，而在正常的工作生活中又找不到应有的快乐，找不到合理的情绪排泄的沟通者，于是只好将一腔烦恼，牵于对自我身体力量的打击和削弱。这种自虐行为更加重了我们对感官的刺激，满街是红灯、绿灯，刚出东坡楼，又进风月楼。今天这样，明天照旧，长此以往，便一步一步滋长了我们追寻享乐的想法。享乐是要花钱的，而你在一个固定的单位却无法正常解决这一问题，因为工资奖金相对稳定，而你的欲望却在日渐膨胀，这便造成了冲突和不平衡，于是你便不得不将目光盯着别处，你就调适出了一双这山望见那山高的目光来了。

总之，我们生活在这个竞争导致大生产，大生产导致大物产，大物产导致大消费，大消费导致大刺激，大刺激导致大享乐，大享乐导致大花钱，大花钱导致大挣钱，大挣钱导致找好工作，找好工作导致大竞争的社会大循环之中，我们只是这个大循环中的一个环节，一个必不可少的链条，我们只是物质现代化的被设计者，我们只是物质现代化的奴仆而已。

这个时代是不崇尚精神快乐的，不崇尚开发我们心灵的力量的。或者说得好听一点，即使想开发，但由于花费成本太高，谁也不想去投入太多。何况那些平庸的人、那些摇摆不定的人，他们只睁着欲求的目光，只欲求金钱、名誉、地位、美女等感官的内容，他们根本不知道自己有对心灵成长的需要，所以，反过来更助长了摇摆不定的目光。

摇摆思维的危害何在？

一是浅尝辄止，浮光掠影，掘不到真正的甘泉。

我们只要看庸庸常人，他们日夜都在干着几乎相同的工作，都和其他庸人一样做着相同的事，做着成千上万人都正在做的事，做浮在浅层的事，他们没有耐心毅力，没有上好器具，于是决定了只能在表层努力着、苦闷着、烦恼着。

深度，他们有心无力，甚至没有心，凡事不愿深究；广度，他们画地为牢，固步自封，仅仅乐于小得小失。所以，他们不可能背井离乡，到陌生的世界去寻找人生的彩虹，去寻找那些不能当饭吃的虚无。

成千上万人就自限于既不能深入又不能拓宽的小天地里。由于人太多，曾经肥沃的土地早已被这数目庞大的人开采完开采尽了；曾经拥有甘泉的河水也被这些人污染了，消耗了。因此，只有那些深挖者那些坚持者，才有可能掘到从岩隙中渗出的清澈甘泉。

无论是马克思写《资本论》，还是歌德写《浮士德》，还是那些一生孜孜以求为了解决一个仅仅是一个分支中的分支问题的科学家们，他们都深知，一个人的时间、精力、学历、阅历、经验都是相当有限的，若以有限的力量去将人生战线拖得太长太长，从表面上来看虽有些花哨，但结果必然是失败的，更何况当今无数行业的起点都已很高，同一个行业都有无数的竞争者，所以，你贸然从这个山头转向另一个全新的山头，那么先交大笔学费也是很正常的。

二是失去深层的真正的快乐。一个总在摇摆的人，一个举棋不定的人是不会有快乐的。他们总以为快乐会在下一个片刻来临，总以为下一个对象才是给他带来快乐的对象，每次都这么想，自然对手头的工作，对干了多年有些枯燥的工作失去了耐心。何况那些肤浅的见解、肤浅的行动、陈旧的习俗，那千篇一律的模式，那一潭死水的环境，怎么可能激发你的兴趣呢？怎么可能给你带来新的快乐呢？工作有三个层面，同一份工作，你如果只依常人的行为能力和思维目的，那么你只开采了表层工作的经济价值，于是你得到的自然只是工资和奖金。这是最低的物欲层面，这个层面你是没有快乐可言的，你与工作常常是敌视的，与老板也是敌视的。你只是工作的仆人，而且你只会越来越被工作愚化。

第二个层面的工作是将你的注意力集中在你的工作过程中来，你开始关注你的工作。由于关注，你开始由被动变为主动，你开始发现工作之中是有许多乐趣的,于是你将快乐寄希望于别处的想法,自然被寄于手头正在做的工作所代替,接着你便爱上了工作,甚至达到了沉醉和痴迷的程度。此时,虽然你能从工作中得到快乐,但是由于你沉醉其中,你太依靠它了,以至于你又陷入了痴迷之中,陷入了另一个极端,即迷失了自我。

一个人只有进了第三个阶段,才能真正享受工作,才能很快地进入到工作快乐状态,也能快速地从那种沉醉中苏醒过来、跳跃出来,既能在工作之中,又能随时出离工作,不被工作所累。这才是真正自主的工作者,才是一个知进知退,能从事工作却觉知自我的超然自足者。

一个人能从从事的工作中随时得到自足了,那么,他怎么还会去抬起他贪婪不足、四处搜寻的眼睛呢?又怎么会在各种行业职业之中摇摆不定呢?

深度的快乐会在我们脑内神经细胞内形成雕刻般的记忆。记忆有助于你热爱曾给你带来深度狂喜的人、事、物。于是,你会更爱你所爱。

一个摇摆不定的人,可以肯定地说,是一个没有爱的人,至少是没有挚爱的人,或者说是一个爱还没驻扎的人,一个爱的漂泊者。

那么,我们究竟怎样才能从摇摆中解脱出来呢?处方:止。

"大学之道,在明明德,在亲民,在止于至善。知止而后有定,定而后能静,静而后能安,安而后能虑,虑而后能得"!人生的一切追求都得从"止"这个字开始。

企业的企字,就是人止,这就说明了什么是企业。企业,就是一群天马行空的人停止下来了,停在某一个地方,停在某一件事上,停在某一个项目上。人不停,就不会有企业。试想,一个人居然静都静不下来,还谈什么成功呢,这正如一个人连种子都没撒播,背着一袋子种子,到处游走,不知道要撒在何处,那么,你又怎能指望秋天的收获呢?

如果不止下来，整天游走在大地上，它能开花结果吗？它能吸收大地的能量吗？只有止下来后，它才有可能膨胀自己的欲望，展示自己的生命力，根开始向大地延伸，身子开始向蓝天生长，空气才对你有用，阳光才对你有用，大地的化学元素，才能为你所用，才算得上铺开了你全新的动态人生。

　　不止不定，世界与你全无关系。你止于教育，那么古今中外的教育方法就与你有关；你止于乒乓球，那么全球乒乓球的所有事才与你有关；你止于卖牛奶，那么全球关于牛奶的信息都与你有关；你止于发明一流的汽车，那么全世界的代步工具都是你研究的对象；你止于管理，那么所有关于人的行为、思维都是你的分析范围；你止于广告，那么世上所有宣传方式都是你研究的对象；你止于讲话，那么全世界的幽默故事都与你相关；你止于演讲，那么全世界的精彩演讲都与你相关。

　　世界是一个角度的世界，你如果不切下一个角度，就永远只是一个旁观者，世上的一切均与你毫无关系。相反，你止于一个点，止于一件事，那么，立即就有一系列的人、事、物与你有关，而且是大有关系。你开始写小说，那么，你与全球小说家都是一家人，你与诗人、歌唱家都是邻居，而且出版社也会想尽办法与你们这些人联系，整个社会发生的事件，也会立即与你的小说有关系。

　　定而后能安。不定下来，你的心永远在奔走。到一个单位，发现手头的事也不是那么好干的，你又恐惧或担忧起来，于是你又在为下一份工作而一路侧耳倾听着，你怕错过更好的机会。如此一来，你整天都在牵挂着，所以，你活得太累。你若定下来了，你就不再为无关的事情而烦恼。

　　心不安定是世界上最残酷的事。一个母亲在家等上学的儿子回家，一直等到晚上十二点，儿子才回来。她在这期间找遍了儿子会去的地方，但都不在，她心定不下来。只有当她儿子停止在她面前时，她才心安下来。一个谈判只有定下来了，你才会心安；一个大型活动只有定下来后,你才心安。如果没有定下来,你总会充满着担忧与等待。一旦定下来,你就坦然了,你就安定了,你就平稳下来了。

总之,人只有止了,才能定、才能静、才能得。止为总发源,止不下来,一切一切都没有基础。不止,是一种无果人生;不止,是一种虚幻人生;不止,是一种失败人生!

4. 正情生

情有情感和情绪。正的情感和情绪都是有利于快乐幸福的,负的情感和情绪都是错位的带来烦恼和痛苦的。

在此,我首先要强调的还是情之箭头。

有利于生之情感→正情感→快乐

不利于生之情感→负情感→痛苦

有利于生的情绪→正情绪→快乐

不利于生的情绪→负情绪→痛苦

你的情箭头指向何处,就决定了你是快乐还是痛苦。

那么,情绪和情感是怎么产生的呢?

认识产生观念,观念组合运动产生思维,在入睡后表现为梦,在白天表现为理智和情感。当内部观念发生冲突的错位时,就会产生负情感和负情绪,如此一来痛苦就产生了。

一个快乐的人是情商很高的人,一个杰出的人也必然是操控内部情绪十分到位的人。无论是商界首富比尔·盖茨,还是政界领袖孙中山、毛泽东、林肯、丘吉尔等,古今中外的卓越人士都是会充分调动自身内在情绪情感的人。

有一次,李嘉诚对美国《时代》周刊记者谈到自己的成功经验时,不无感慨地说:其实,我并不是一个天生的成功者。许多人——从我还是一个孩子,直到现在——都比我更聪明,更有才华;我惟一比他们强的是我更容易控制自己的情绪罢了。我从不为那些情绪化的事情浪费时间和精力——我的意思是说,我享受不起因情绪带来的伤感,我认为穷人没有闹情绪的权利。

李嘉诚操控自己情绪箭头的能力十分强大,他不是没有负情绪负情感,而是一旦有可能进入负情绪之中时,他能立即清醒过来,能立即调整情绪箭头,将之指向正情绪正情感之中。

情绪升起有两个原因,一是外界刺激,二是内部观点运动。

一个达到情绪管理的最高境界的人必然是能操控情绪的人,是情绪自主的人,是能控制住自己的情绪箭头的人。

在训练我们能否掌控自己的情绪箭头时,我们要加强如下几种辅助能力:

一是自警力。我们随时都要觉察自己的情感情绪状态,了解自己当下的状态是正是负,是生气、是兴奋、是悲伤、是气愤等等,一个人只要多在自己身上观照,时间一长,我们就能及时发现自己的情之状态了。

二是理解力。观点引发思考,思考引发情感情绪。因此,当一个情感情绪状态产生时,我们要知其产生的原因及过程。要清楚它的产生是内在观点的反应。

三是转正力。当负情绪产生时,你不是消灭它,你也不可能彻底消灭它,你只可能将之转化,转化成正面的能量。你要深记负情绪导致失败痛苦,正情绪导致成功快乐。

一个快乐的人,就是要激起自己内在积极的情绪,使之持久不衰;引导中性情绪,使之向积极方面转化;还要化解消极情绪,使之转化为中性乃至积极情绪。

每个人几乎都活在情绪之中,但情绪是正是负就由你的情绪指向标,情绪鼠标决定了,当你的情绪箭头指向正时,你就必定处于快乐之中,当你情绪箭头指向负时,你就必然苦不堪言。

二、外正位生

1. 正位生

人在江湖走,不是件容易事。且不说江湖险滩急流多,就是人面对自身时,也有许多无尽的迷茫困惑着他。

当你长大成人后走向社会;当你身在职场打拼为未来买单;当你与各种各样的人打交道而产生一些矛盾与苦恼时……你的人生定位、职业角色、个人处事态度等无时不在暗示你:你是谁?

为了寻找幸福,为了追寻那片属于自己的梦想天空,你和许多人一样唱着流浪的歌,扛着当初离家时的梦想,从一个城市走到一个城市,也许在你的眼中,你的每一次"迁徙"奔走都是一次梦的追寻。为此,你不惜拿自己青春作赌注,不惜在拥挤不堪的公交人流中把自己挤成一张照片,不惜一月内搬家数次,不惜……

也许未来的梦离你还太遥远,世界上值得你追求的事业还太多太多,面对一次次失败,面对职场的重重压力、人事磨擦,在寂静无人的黑夜里,你不妨反问自己:你是谁?你从何而来又将从何而去?

年轻而经历了太多磨难的你,也许还需要一面镜子。每天清晨起床时,你不妨揽镜回顾,认真审视自己:你是谁?也许当你真正面对自己时,你又茫然了。为何?"不识庐山真面目,只缘身在此山在"如此而

第一卷 解除万苦之道——正位顺生

已。所以,认清自己难,难在自己看不到自己。

世界太精彩,世界上值得你追求的事业又太多,然而生命有限、时间有限、精力有限,人们又太浮躁,世界上有梦想的人太多太多,而成功实现梦想的人又太少太少。很多人终其一生空怀梦想一辈子都游离在现实与梦幻之间摇摆不定,在举棋不定中求索失败,又在无情竞争中错失良机。原因何在?

不能知已,定位不力;角色错位,身份不对;方向不明,没头苍蝇;位置不对,一生全毁!那么有没有规避以上盲目求索风险的妙方指南呢?

答案是肯定的,那就是:正位。

正位就是重新审视自身价值,选好目标,定好角色,做对人和事。

要知道,每个人都是世上独一无二的,成功关键在于找准自己的定位,运用适合的方式,发挥自己的最强项。

成功的道路千条万条,而属于你的只有一条;三百六十行,行行出状元,你该选选择哪一行?试想一下,如果让毕加索写小说,让马克·吐温去作画,他们还会被人们尊为大师吗?这里涉及到一个定位问题,简单地说,就是找准自己的位置。

◎有什么样的定位就有什么样的人生。

有人认为定位这两个字内涵太大,无从下手。其实不然,定位就是确定你的身份:你是干什么的?你未来是何种设定境况?以及你将要过什么样的人生等等。

一个乞丐站在地铁出口卖铅笔,一名商人路过,向乞丐杯子里投入几枚硬币,便匆匆而去。过了一会后商人回来取铅笔,说:"对不起,我忘了拿铅笔,因为你我毕竟都是商人。"几年后,这位商人参加一次高级酒会,遇见了一位衣冠楚楚的先生向他敬酒致谢,说:"我就是当年卖铅笔的乞丐。"生活的改变,得益于商人的那句话:你我都是商人。

如何改善自我的条件,关键可能就在于改变自己:一个人定位于乞丐,他就是乞丐;定位于商人,他就是商人。

乞丐的成功,不能不归功于他的定位正确。既使当年生活所迫落魄为乞丐,过着让人舍施的乞讨生活,这位乞丐也没忘了用卖铅笔这种微利的交易方式生存。也许在他的意念中他天生就是块经商的料,只是生活所迫才沦为乞丐。

怎样选好自己的位置,没有一概而论的法则可言,但也不是没有规律可循。这里我暂时举个例子,供读者参照。

第一是比较定位。即通过不同选择的相互比较,找到最感兴趣,最能发挥自身才能的位置。

有个男孩,他每一科成绩都保持中上等,他考大学时,语文与数学成绩不相上下。大一时,所选全是科学课程,还打算主修理论物理。一年后,他发现物理学打动他的是抽象的公式和概念,于是他改为主修数学。三年级时,他又受不了数学冷冰冰的感觉,于是决定改学美术。整整七学期,这个年轻人在反复权衡比较中终于给自己定位于建筑师,从此一生再没有改变过他的定位,结果干得非常出色,大大出乎人们的预料。

可见只有不断进行自我比较及修正权衡才能发掘自己的长处,明确自己的定位。

第二种是重新定位。人是在成长的经历中,不断调整自己的目标的。所以人生的不同发展阶段,我们都有可能需要重新定位。

有两位年近古稀的老太太,一位以为到了这个年纪,人生七十古来稀,已到了生命的尽头,于是便开始料理后事,没多久就去世了;另一个则认为,70岁是生命的一个新的开始,她要给自己重新定位。她认为,重要的不在年龄,而在于你在世上重新找一个什么样的位置,怎么活出新的意义来,于是她开始学习登山,凭着坚强的信念和毅力,克服了许多困难,在随后的十多年里,她一直冒险登高山,登上了好几座世界有名的高峰。95岁那年,她还登上了日本的富士山,打破了攀登此山最高年龄的世界纪录。她就是著名的胡达·克鲁斯太太。

人生处于不同的阶段,一定有不同的境遇风景线,面对坎坷挫折必须调整好心态,以理智、乐观、毅力设定既走的线路,只有这样,你才能创造一个完美的人生。

第三,超前定位。要以高瞻远瞩的目光,站在时代的前列,来确定自己的位置。

曾经世界首富比尔·盖茨成功的原因是多方面的。正像当今世界许多成功人士一样他是通才又是专才,是技术天才又是管理专家。他的父亲是律师,母亲是教师。他从小酷爱读书,而且喜读成人书,他最喜欢读的就是父亲的藏书《世界图书百科全书》,曾经一连几个小时地读。18岁时他进入了当地最好的中学,这所中学是全美第一个开设电脑课程的学校。盖茨就成了电脑房的常客,一有上机机会,他就全身心扑上去,而且他还迷上了计算机方面的资料和书籍。1971年盖茨所在的中学接到了一项业务,为一家公司编写工资表程序,盖茨和几个同学接受了这项任务,完成后他们获得了一笔奖金。随即他们合资购买了一台处理器和电脑,合伙办起了一家交通数据公司,就是设计软件来规划汽车量并决定红绿灯转接时间长短, 这是盖茨微软帝国的雏形。盖茨定位成功的方法在于,当人们不知电脑为何物时,他已经在编写实用程序了。

第四种是目标定位。

还是那个当今世界上富可敌国、光芒四射的盖茨吧。他可是一个一生选定一件事,一生只做一件事的人。正是这种明确的目标选择,使他的软件世界在经过几年打拼之后,成为了电脑领域"庞大的帝国",而他本人则成了世界巨富。他在谈及他的成功经验时说:没有别的,我之所以走到了他人前面,不过是我认准了一个目标,并将这个目标做得更完美一些而已。人生也莫不如此,有了奋斗的目标定位,我们才能聚集四周的能量,才能吸引实现目标的人力、物力、财力。蚌蛤因有中心而结生珍珠,台风因有中心而力大无穷。超前定位可以帮你获取独一无二的机会,当别人尚未开始时,你已牢牢占据了先机。

第五种是纠正错位。任何人都不可能永远正确,关键是及时纠正。

法国著名作家雨果作品《悲惨世界》中的主人公冉阿让由于偷了一块面包给饥饿的友人,结果被当作窃贼判了几年苦役。当他刑满出狱走投无路时,一位好心的神父收留了他。但他自认自己已被别人当作贼,就一不做二不休偷了神父家中的银器不告而别,半路被警察扣查,并被带到神父那里对质。

如果被查属实,他将被判终身监禁。不料神父说,银器是他送给冉阿让的。警察走后,神父还让他带走这些银器。神父从未把他当贼,而始终把他当作人,此事震撼了他的灵魂。从此他就到了一个新的城市从事公益事业,专做好事,很快成为当地的一名绅士和知名人物。

由此可见,正确定位真是人生成功神奇的妙方。

当你的人生定位发生偏差时,要及时发现并修正。不知回头只会愈陷愈深,离成功越来越远远。因此,我们必须远离定位的陷阱。

个人定位是一个很主观的过程,即使你掌握了正确的观念与方法,一不小心,仍然可能出现错误。定位的错误将直接导致人生的失败,因此,我们必须理解定位中各种可能的错误,远离定位的陷阱。

第一,"盲目生产"。

在卖方市场时代,只要是产品就一定能够销售出去;在营销时代,这些情况不是没有,但常常是奇迹。

在个人定位中,以为凭借自己特定的能力、素质、专长、吃苦等要素就可以获得成功,就是掉进了"盲目生产"的陷阱。

小王学的是地质外语,这是一个十分冷僻的专业。大学毕业之后,她不愿意放弃自己的专业,去作一名普通的翻译,而是继续就读研究生,以为自己水平提高之后,就会从事自己的专业。但毕业之后,她依然很失望，因为还是没有合适的岗位。

事实上，地质外语已经是一个过时的专业。现在的地质专业人员，要么不需要外语，例如普通工作人员；要么自己已经具备一定的外语水平，如技术人员。小王事实上已经掉进了定位中"盲目生产"的陷阱中了。

营销时代，定位必须从社会需求出发，不能一厢情愿单从个人的特定要素出发，从自己的愿望出发而闭门造车。

第二，博而不专。

博学多才是一个美丽的陷阱，一般来说一个无所不知的人当然最有希望成功了。事实上，营销时代已经宣布博学多才的终结，专一、独特才是个人定位的正确途径。

试图满足所有的需求，这种定位在卖方市场阶段还是可行的，一物多用。而现在，你能够找到这样工作岗位吗？博学多才并非不好，而是很少人能达到博而精。通才也并不是没有，但已经越来越少，越来越没有市场了。个人市场需要的是专才。事实上，特定的岗位都要求一定的专业知识与技能；使用的也是特定的专业知识与技能。多余的能力只会干扰你的成功。国营企业的下岗人员，一般有技术的工作人员都可以再就业；最难就业的通常是办事人员。在企业中，这种工作通常要求什么都会，但什么都不熟。进入市场之后，就很少有工作机会。

第三，一厢情愿。

人是以自我为中心的动物，通常用自己的观点来看待世界，这样就难免陷入一厢情愿的定位陷阱。

小李一直都认为自己是营销部长的不可替代的接班人，现在是地区营销主管，业绩很好，名牌大学的文凭。他忽略了很多同事也具有与他类似的资历与成绩，也忽略了老板的一个老朋友最近加盟企业，进入了营销部。他只认为现任的营销部长是自己的竞争对手，以为现任营销部长走了，自己就是理所当然的接班人。但事情的结果出乎他的意料，小李没有如愿当上营销部长，使他很受挫折，有怀才不遇之感，觉得命运对他很不公平。

第四，延长跟进陷阱。

现实生活中，很多产品在成功地占领市场后，都会再推出很多新产品，并使用同样的品牌，这就是品牌延长线策略。这种策略是一种有效的营销策略，但有一些起码条件。最重要的是，延伸的产品通常不可能取得原始产品同样辉煌的成功。海尔推出电视机，尽管会成功，但很难获得冰箱那样的成功。

对于个人定位来说，也是同样的道理，你不可能在各个领域都取得第一名，人的精力与能力毕竟是有限的。

第五，误上贼船，找错了人。

人生定位中，选择一匹合适的马来骑是重要的策略。如果你选错了行业，跟错了人，失败就是必然的事情。

跟错人是最大的定位陷阱。

第六，自相矛盾。

人生目标是一个复杂的体系，很多细分目标是相互矛盾的。人生定位是要处理好各个细分目标之间的关系，不能使不同的目标发生自相矛盾。

一个人既希望过平静的生活，又选择动荡的职业，这就是矛盾。

拿小李的自身经历来说，曾几何时，在反复动荡的职场折腾后终于让他明白了一个道理：天生懒散，爱自由的他，喜欢过一种无拘无束的日子，面对工作又喜欢挑战，上班族朝九晚五的生活不但觉得平淡无波澜，低薪又受约束的生活更几乎令他窒息。于是，小李自己做起了自由职业。可过不了多久，又发现自由职业危险动荡，收入时好时坏，虽刺激也不太好玩。于是又念起安稳无风险的上班生活来。从围城几进几出，把小李折磨得精疲力尽。

矛盾的定位会导致激烈的冲突，这也是定位的一大陷阱。删除那些与总目标相互矛盾的小目标,这样才不会分散你的注意力,专心做好一件事。

总之,选好位置,需要超人的自信、卓越的眼光和坚强的毅力,因此我们有必要全力以赴,别一不留神掉入陷阱,使生命偏离辉煌的轨道。

◎找到自己的竞争优势

所谓的成功者,说来也简单,就是那些找到了能够充分发挥自己特长的领域的人。因为找到了一个自己得心应手的领域,加上他对这个领域有着得天独厚的研究,他不成功才怪呢。

许多人并非自己想要东游西荡,而是因为老是找不准方向,找不准角色。究其原因,主要是对自己的估计不准确,估计太高,则流于幻想,虽有远大抱负,却无实际可能,除了碰壁,终究是一场空;估计太低又可能浪费资源,高射炮打蚊子,不仅可惜了炮弹,蚊子也不一定打得好。

大材小用,小材大用,都是方向不对头。

决策失误总是由认识失误造成的,所以关键是认识自己,任何事业的成功之路,都是从认识自己的竞争优势开始的,认识自己的竞争优势有很多方法。

自我反省可帮助我们深入了解自己的才能及事业倾向,了解在过去的生活及工作中有哪些是自己最乐意做而又取得较大成功的事,检查一下往几年间自己性格和"自我形象"的转变,其中有哪些明显的优势,能否借以推断出以后的转变方向及自身发展的趋势。

向自己提出需要解决的问题,可分为两类:先问:"我是谁?"其中要搞清楚的具体问题包括:人生观、价值观、满足需要次序、资质、兴趣、能力、学业背景、个人形象、动机、家庭背景和影响、其他性格特征等。再问:我的优势是什么?

包括目前从事的工作、旅行经验、工作经验、喜爱的工作环境、推销产品的能力、喜欢冒险等等。

也可以向自己的父母、亲人、同学朋友、师长同事征求意见，了解他们对自己的看法评价，让周围的人指出自己的优势所在。也可以用事实作证明。譬如，你有没有经商的才能，不妨先练练摊，试一试，看看能挣多少钱。通常人们对自己无把握的事，本能地会产生一种畏难情绪，这是无才能的反映，与此相反，如果对所做的事情感到确有信心做好的话，则往往说明你在这方面或许有一定的才能。

弄清楚自己到底有哪些优点，弄清楚自己到底是一块什么"料"，这有助于你今后的发展。

成功需要我们的优点，需要我们去扬己之长避己之短。

其实，真正成功者正是选对了和他天生相吻合的，能让一个人的技能、个性、社会关系都发挥得淋漓尽致的舞台。每个成功者都是抓住了自己的长处，并把它发挥到了淋漓尽致的地步。盖茨能成为商界的首富，迪期尼能画出天才的老鼠，追根溯源，无不是充分发挥了自己的长处，只不过他们将这种长处发挥到了极至而已。

长处在哪里？长处在人们天性中的某个地方，在人们最感兴趣的事物身上。甚至在你最不注意的角落，连你自己也浑然不知。

有一个商人刚开始创业时，为了找到一处合适的房子，他托人找到房东用很便宜的价格把房子租了下来。后来由于各种原因，他将房子又转租出去，自己开了一家饭馆。三年之中，开饭馆没有赚到钱，反而他发现，他原来更适合做转租房子的生意，这位经商人反复反省自己，发现在与原房主计价还价方面及对房产市场都很感兴趣。于是，他放弃了饭馆，继而专门做起二手房出租业务。结果，他成了房屋出租中介商，大赚一笔。

如果一个人不甘于自己的平庸，他的潜能就会立即被唤醒。一旦自身潜能苏醒，它会带你到达往昔你从未登临的高峰，这是因为在你

第二卷 解除万苦之道——正位顺生

的长处里,隐藏着你人生的秘密,那里有你的价值所在。

在这个赢家通吃的市场化社会里,不知道自己的弱点还不太可怕,可怕的是不知道自己的长处,因为长处可以让你在这个世界上立足,弱点只是影响你立足的稳定性。

用你的长处安身立足,或许能使你的长处从中得到更好的发挥。

2. 跟位生

人生之苦是由于错位伤生造成,之所以有错位是因为有生长的距离,要想不苦,就得消灭彼此的距离。

那么,当你知道别人在某方面比你强时,你应当怎么办?当然正位的方法就是追上别人,就是跟上去。是你去追上前行者,而不是对方后退追你,也不是对方停止等你,是你要超越自我,超越现状,不然,你就不可能"生"。

当别人的观点比你新时,比你的认识到位时,你正确的态度是接受他人的观点,并向之学习,使你的旧观点被淘汰出脑,从而将别人的新观点移植到你的大脑中去,越快越好,如此一来,你就获得了新生,你就更优秀了,你也就快乐了。

我们需要跟位的内容有:新知识、新信息、新技术、新产品、新能力、新事业、新项目、新品格、新境界、新智慧等。

那我们该如何"跟位",通过下面例子就会有明确的答案。

话说当年当日,大唐"诗仙"李白登上黄鹤楼,眼球转瞬即被同朝诗人崔颢留在楼上的诗句所"勾去"。该诗名曰《登黄鹤楼》,如今已是千古传诵、尽人皆知的名诗。诗句内容如下:

昔人已乘黄鹤去,此地空余黄鹤楼。

黄鹤一去不复返,白云千载空悠悠。

晴川历历汉阳树,芳草萋萋鹦鹉洲。

日暮乡关何处是,烟波江上使人愁。

这首先写景,后抒情,一气贯注,浑然仙成的天才杰作,每每令登临黄鹤楼之后来者赞不绝口,佩服不已。当然,大诗人李白也没有例外。

李诗仙吟咏着《登黄鹤楼》一路下来,越发佩服崔颢之才情,不由得感叹:"眼前有这么美好的景色却不能赞美,因为崔颢已经先题诗了啊!"口中虽然叹唱,心中毕竟不服,李白先生还是很想找一个机会,写出一首诗来与崔颢较较劲儿。

果然,后来李白在游金陵凤凰台时,灵感迸发,写下了一首《登金陵凤凰台》:

凤凰台上凤凰游,凤去台空江自流。

吴宫花草埋幽径,晋代衣冠成古丘。

三山半落青天外,二水中分白鹭洲。

总为浮云能蔽日,长安不见使人愁。

单吟此诗,无论是才情,还是气势,恐怕都未输给《登黄鹤楼》。此后,"凤凰"与"黄鹤"在诗坛上两"鸟""比翼齐飞",嘤嘤相鸣,传为千古佳话。

此时,细心的读者想必早就看出来了,李白的诗虽好虽妙,却有着似曾相识的眼熟。

你真的没有看错。李白确实运用了一个极为重要的技巧和方法,那就是——模仿!李白的这首诗明显是模仿崔颢的诗写成的。像这种形似神似,却青出于蓝的模仿,就被我们称之为超级模仿。

可以说,自从有了人类开始,模仿就绝对是我们最事半功倍且卓有成效的成事方法!而且,我们极力赞誉推崇"模仿",更是因为——

每个人都在模仿中迅速长大!

对于人类而言,模仿本来是一件自然而然、稀松平常的事儿。然而,不知出于何种原因,人类运用模仿的强大本能却长期受到了某种诟病和压抑。但凡谁若做出模仿之举,这些人必定要对其口诛笔伐,直至痛打落水狗。

殊不知,每个人从降生到咿呀学语,从幼童到长大成人,甚至可以说在人生的每个阶段都离不开模仿,因为模仿是人类学会事情的主要方法,是一个人学习过程中必然经历的阶段。只要是人,就"逃不过"模仿,你要模仿别人,同时也可能被别人模仿。因为,模仿一直以来就是一种事半功倍且卓有成效的方法,而且很多人都在无意识地使用着。

我们不必"重新发明轮子"!

在是否模仿他人的态度上,西方有一句非常著名的话语叫"重新发明轮子"。而在东方的中国,同样有一句耳熟能详的话:"摸着石头过河"。"重新发明轮子",听起来有点拗口别扭,这句话语有点调侃的意味,也有点讽刺挖苦的味道,因为轮子的问题早已经解决千万年了,如果今天有人还在努力地去发明轮子,不是令人好气又好笑吗?

可惜,重新发明轮子的现象,每天都在不断上演。而每"发明一次轮子",当然就代表着又一次人力、物力、财力和时间的耗费。

据《世界新闻报》报道,2000年2月26日,印度航天科学家及有关方面的专家在古吉拉特邦的艾哈迈德巴德市召开了一次高层会议,与会者对印度空间研究组织实施月球探测表示赞成。同年3月,由特里凡得朗火箭研究中心和班加罗尔卫星中心的科学家组成的规划班子成立,开始进行有关月球探测计划的先期准备工作。印度科学家们计划花费9000万美元,用于研发登月计划的可行性。

然而,自从"登月计划"报道后,印度各方便开始了各种意见的大讨论。从民众和媒体的评论看,此举争议极大。持反对意见的科学家指责印度的探月计划是在"重新发明轮子"。印度理工学院航天工程系主任穆昆达教授毫不讳言地称:"这是一项最愚蠢的计划。别人30年前已经做过的事情,印度现在还要吃回头草。"

有批评家则提出，在印度有一半人口还处于贫困线以下，每天的人均收入不到1美元的情况下，印度是否有必要花钱开展人家美国30年前就已经做过的事情呢？

有一位做空调生意的印度商人就此问题表示："探月简直就是在糟蹋纳税人的钱，如果真想登上月球，可以跟美国人交流，购买他们的技术嘛。但这又有什么用处呢？政府如果把更多的资源和精力花在老百姓身上，印度会发展得更快。"在一片反对声中，"登月研究计划"只好半途而废。

于是，印度的这次不得人心的登月计划被世界科技界称为了"经典笑话"，而在"重新发明轮子"的史册上，又多了一个案例。

每天都有很多人在"重新发明轮子"；每天也有很多人在"摸着石头过河"。事实上，超级模仿告诉我们，你不需要摸着石头过河，只要你愿意主动地向"成功过河者"学习，问他们"石头在哪里？"而不是自己盲目地随便地去摸，只要你踩着成功者的脚步向前走，你就能以最快的速度到达成功的彼岸。

模仿，是最古老而又最先进的学习方法。事实上，我们日常生活中的百分之九十五以上，成功者处事行为的百分之九十五以上，都是模仿别人得来的。我们中华民族重视了几千年的学习，不就正是一种模仿吗？

人类从有意识起，就对自己周围的事物进行观察和模仿，这是人的一种本能。古希腊哲学家德谟克利特曾说过："在许多重要的事情上，我们是模仿禽兽，作禽兽的小学生。从蜘蛛，我们学会了织布和缝补，从燕子学会了造房子，从天鹅和黄莺等歌唱的鸟学会了唱歌。"

而我们提倡的"超级模仿"，就是把被模仿者最核心的东西学习到手，融入到自己的行动中。它是一种既学其形更学其神的学习方法，是一种学到骨子里的方法，是抓住被模仿者灵魂的方法。超级模仿的最高境界叫做"克隆"或复制，直接就是"拿来主义"。

然而，有些人常常习惯于沉溺在自我摸索之中，而不屑于观察和模仿别人。这样做的结果往往极易使自己失去借鉴别人先进经验的机会，最终吃亏的还是自己！

使用被验证的有效方法能最快成功！

成功最快的方法，就是使用被证明有效的方法。但是，大部分人不懂得这样做，他们都用最慢的方法去追求成功——就是自己摸索。自己摸索着慢慢积累经验也可能会成功，但即使成功了，也是事倍功半，同时还失去了宝贵的光阴和青春。

成功者学习别人成功的经验，一般人学习自己的经验。而自己又往往没有什么经验，即使有，也只是一些失败的经验。

走一条从来没有人走过的新路，总是要比走别人已经走过的旧路要慢的。看清楚自己眼前要走的路，尤其是留意别人怎样走同样的路，一定会有让你受益无穷的地方。总有一些路，会值得你走下去，令你更靠近成功。

正如我前面所说的，你不用摸着石头过河，预先知道石头在哪里，就可以帮助你节省大量时间。你什么都可以赔得起，惟一赔不起的是时间。每个人生命的长度都是有限的！对于每个人来说，在有限的生命里，每天还会面临着若干不确定性和风险。

无论是个人、企业还是国家，最麻烦最头疼的事情莫过于要面对各种不确定性与风险。因此，选择是最考验管理者(个人的管理者是自己)的一件事。

在这个不确定性急速增加和风险无处不在的世界里，具备应变能力，以及在剧烈变化的条件下进行选择和决策，对于每个人来说都极其重要。那么，我们如何才能对症下药，控制和降低不确定性与风险呢？且看温州商人是如何做的。

每年都会有"巴黎时装周"、"意大利时装周"之类的服装展，正当人们在电视上看到那些模特身上最新潮的时装后的印象犹新时，用不了多久,在市场上就会出现式样相似的时装,并随之销售到全国各地。于是,钱就比同行对手们更快地赚到了自己的口袋。做出如此迅速反应的,便是温州商人。

据说他们往往委托国外的亲戚在服装节后,马上以高价购得新产品。乘飞机带回温州,连夜拆开,从里子到面料,从领口到袖口,从口袋到门襟,一一解剖,然后将式样图交给大师傅做出样板,交给裁剪部门。过不了几天,崭新的样式便可投放市场。

当年深圳提出口号:"时间就是金钱,效率就是生命。"温州人的表现和收获就是对"时间就是金钱"最好的注解。

温州人非常善于仿造,他们是世界上最善于使用"拿来主义"的商人群体之一。对温州人来说,小到钮扣、打火机,大到皮鞋、服装流水生产线,他们都能放出眼光,自己拿来!

又如,温州眼镜业就是从仿造而兴起的。上世纪90年代,温州眼镜企业发展到了一百多家,并以式样新颖、质优价廉吸引来了外商。据统计,1997年温州眼镜业产值突破10亿元,1999年上升为15亿元,占全球销量的三分之一,畅销世界二十多个国家和地区。

在商业领域,追逐利润是进行商业行为的主要目的。对于资金有限的小老板们来说,如何尽可能地避免风险,实现赢利,是他们每天都在思考和寻找答案的问题。而对于小本经营者,"模仿策略"是规避风险的上佳手法。这个经验已经被许多成功的小老板一次又一次地证明。在商业旅途中,首先要生存下来!

模仿就是站在巨人的肩上!

无论谁,在遇到一个问题并想要去解决它时,就都必须对其同类事物进行综合与分析。这一点你是否认同呢?我们同样知道,不管多么伟大的发明,多么精彩的艺术创造,都有一个基础和模式。

最典型而著名的要算瓦特发明的蒸汽机了,只是,如果没有纽科曼制造的蒸汽机作为参考。瓦特的蒸汽机是不是能够发明出来都是一个问题。因此，瓦特也很诚恳地说道："我不是一个发明家，我只是一个改良家。"著名的科学家牛顿也说过："我之所以比前人看得更远，是因为我站在了巨人的肩膀上。"这不是科学家谦虚，而是实事求是的大实话。

一切发明创造都是如此，这如同一步登不上珠穆朗玛峰一样，所谓发明创造就是在前人智慧的基础上所进行的不断改良而已。实业家万德尔·菲利浦说得更加直白："一切与发明创造有关的事物都是借来的，美与形莫不如此。"

贝多芬的音乐创作对近代西方音乐的发展有着深远的影响。不过，你知道他的不朽作品是怎样产生的吗？他是继承了海顿、莫扎特的传统，吸取了法国大革命时期的音乐成果，集古典派的大成，从而再创造出来的。特别是《第九交响曲》中的第四乐章《欢乐颂》的合唱，是模仿法国作曲家卡比尼创作歌曲的结果。贝多芬在这里的模仿，既有思想模仿，又有音乐风格的模仿，还有作曲技法上的模仿。

成就大业者往往是后来者，伟人不一定都是天生的巨人，但是他们通常都是站在了巨人肩上。

站在巨人的肩上，能让我们站得更高，看得更远。瓦特、牛顿、贝多芬等具有划时代意义的前辈们都是通过模仿前人，在前人成果的基础上，取得了辉煌成就的。连他们都是通过模仿获得成功的，那我们呢？

从现在开始，模仿成功者的想法，模仿成功者的行为模式，早一天学以致用，早一天改变命运！

3. 归位生

这世上有三种人，一种比你强的人，你成长正位的态度应该是跟位；一种是比你弱的人，你成长正位的态度是归位；一种是和你不相上下的人，你成长正位的态度是跨越他并将之远远地甩在身后。

在人生的道路上，别人比你弱，他向你发火，此时，你不能跟他一般见识，你不能被他的情绪左右，你不能回到更低层面中去，不能由你的高姿态转向对方的低姿态之中去。你若一时被对方负情绪影响，你应当立即回到你自己的高姿态之中来。不说你此时要超越自我，但你至少要保持旧的发展状态，千万不能向比你低的人靠近，无论是做人做事，还是情感情绪，还是人生境界等等。

当别人骂你时——你要归正位；

当别人拖累你时——你要归正位；

当别人干扰你时——你要归正位；

当别人阻止你时——你要归正位；

当别人左右你时——你要归正位；

……

凡是不如你者，你都不能向他们看齐，常言道"人往高处走，水往低处流"正是此意，我们的人生是一个追求超越的过程，中间虽然有许多阻碍，有峰回路转，但我们要抱定一个宗旨，——百川总要归大海。人生是一个矢量，生命是有追求方向的，在这个过程中我们尽量不要退步，不要走向负面和反面，否则就是自取灭亡，就是自造痛苦。

当你是别人跟进的对象时，就证明你已不错了，已生得很好了，此时，你要想继续生长，当然得继续保持自己良好的发展态势，决不能松懈怠慢，更不能等待向后看齐，而应保持警觉，稳步向前，而应守好自己的正业。

我总结了中外近1000家企业过去和现在的失败和教训。为了用事实说话，我们一起来看看亿万富豪史玉柱对"归位战略"有何高见：

平头、眼镜，红T恤配白色裤子、运动鞋，斯斯文文，略显腼腆，看不

89

出这个曾经搞过软件开发的人有什么特殊之处。然而在中国科协2005年学术年会"新疆民营科技企业发展论坛"上，他的演讲反响特别强烈。

他叫史玉柱，前巨人集团总裁。如果还想不起来，那"今年过节不收礼，收礼只收脑白金"这句话您一定不太陌生，没错，他就是"脑白金"和"黄金搭档"的掌门人。其实他成为论坛上的焦点，是因为他经历过从一夜暴富到瞬间破产再到东山再起的大起大落的戏剧人生。

1989年8月，深圳大学毕业的穷学生史玉柱借了几千元开始创业之旅，在创业之初，他给自己制定了清晰的发展战略——一次只做一件事。

由于他的集中战略，他很快就开发出一种名为M-6401的文字处理系统软件，在一家报纸上打了三期小广告后，当月就赚回了4万元。3个月后，史玉柱赚到了第一个100万元，成为了百万富翁，1991年巨人集团成立，1995年，史玉柱被《福布斯》列为中国大陆富豪第8位。在论坛上，史玉柱向大家聊起了巨人的发迹。

"企业走得太顺，就容易头脑发热，认为自己做什么都成。"史玉柱说，"从1995年开始，巨人开始走多元化之路，其中之一就是斥资2.5亿元在珠海修建了72层的巨人大厦。"

就从史玉柱领导的巨人集团来说，最终轰然倒下的直接原因，就是由于巨人集团的盲目投资和扩张。

巨人集团从开发M-6140桌面排版系统起步，以此技术为基础，通过大力度的广告和促销，从而获得了巨大的成功，并迅速成为一家亿元企业。

1993年，由于国际电脑公司的进入，中国的电脑业逐渐步入低谷，巨人集团也受到冲击。掌门人史玉柱为了寻找新的产业支柱，开始迈向多元化经营之路。

1993年1月，巨人集团在北京、深圳、上海、成都、西安、武汉、沈阳、香港成立了8家全资子公司。12月，在全国各地成立了38家全资子公司。当时可谓风光无限。

巨人集团开始进军生物工程。生物工程对史玉柱来说，是一个完全陌生的领域。巨人集团不仅是一步跨进，而且陷得很深。

1993年史玉柱在生物工程刚刚打开局面但尚未巩固的情况下，又毅然向房地产这一完全陌生的领域发起了冲击。

欲想在房地产业中一展宏图的巨人集团一改初衷，拟建的巨人大厦从18层一直涨到70层，投资从2亿元涨到12亿元。

1994年8月，史玉柱提出"巨人集团第二次创业的总体构想"。决定走产业多元化的扩张之路。1995年，巨人推出12种保健品，投放广告1个亿。1995年5月18日，巨人集团在全国发动促销电脑、保健品、药品的"三大战役"。一时间，以集中轰炸的方式，一次性推出三大系列30个产品。巨人产品广告同时以整版篇幅跃然于全国各大报刊。

此外，服装实业部、化妆品实业部、供销实业部等十几个实业部宣布成立，并先后开发出了服装、保健品、药品、软件等30多类产品，但最后大都不了了之。

不到半年，巨人集团的分、子公司就从38个发展到228个，人员也从200人发展到2000人。然而多元化的快速发展使得巨人集团自身的弊端一下子暴露无遗。

盲目扩张导致巨人集团很快陷入财务危机，管理跟不上又导致经营失控。集团公司内各种违规违纪事件层出不穷。在经媒体曝光后，讨债者蜂拥上门，资金周转失灵，巨人大厦在不断攀高的过程中，突然间轰然倒塌。

究其原因，史玉柱在进军房地产和生物工程时，并没有考虑到与巨人集团的电脑产业是否相关，是否熟悉，而是看到有利可图时，拍脑袋就上。巨人集团面临的经济危机在很大程度上取决于投资决策的失误。巨人集团就那么多资金，要在多条战线上作战，当然顾此失彼、疲于奔命。如今,在谈及多元化的时候,史玉柱仍然心有余悸:"多元化经营没有几个可以成功的, 巨人集团就是典型的多元化的失败案例,最后的下场是一塌糊涂。"

史玉柱在演讲中不无风趣地说,我的领带是最多的,因为服装实业部当年生产的那些领带,至今还有不少堆在家里。

史玉柱说,一系列不成功的投资和巨资修建的大厦拖垮了巨人的资金链,1996年,巨人的资金告急,1997年,巨人已没有现金可用。企业没有现金,像人没有血液一样,没法生存,一个礼拜之内,巨人迅速地垮了,并欠下了两亿元的债务,从休克到死亡,过程非常短。

从头再来后,靠脑白金和黄金搭档这几年的滚动发展,如今史玉柱又恢复了往日的风光,重回中国企业家大腕的行列。聊起最深的体会,史玉柱说,中国民营企业面临最大的挑战不是发现机会的能力,而是能不能经得起诱惑。

史玉柱说,现在民企几乎无一避免走多元化之路,一做大就多元化,但往往三五年就完蛋,我就这样完蛋过一次。其中道理很简单,领导者的知识面、团队的精力、企业的财力都是有限的,但机会是无穷的,现在各领域的竞争都是白热化,企业只有发挥最大的精力,形成核心竞争力才能立足,投资不熟悉的领域一定要慎重,宁可错过100次机会,也绝不要投错一个项目。

网易创始人丁磊曾经一针见血地指出:往往在不专注的时候,也是你最容易犯错误的时候。不专注,人们的精力就难以集中,心思无法放在一件事物上面。

春秋战国时期著名的思想家、兵家鬼谷子曾说:"心散则志衰,志衰则思不达。"人的精力毕竟是有限的,往往穷尽全力也不见得能把事做好,更何况是不专心致志呢。

一心几用,看来可以提高做事的效率,其实不然。每一件事都应该竭尽全力,如果该用百分之百心思的地方你只用了百分之五十,结果便不能如你所愿,甚至连预期结果的百分之五十都不一定能达到。

若是你同时去做的是两件事,那么两件事都难以圆满完成。这样一来,你不得不重新开始,于是耽误的不仅是时间和精力,也会延误你下一步的行动。如此恶性循环,即使眼下没有出现问题,时间长了,出现的问题和错误也会让你穷于应付。到那时,关乎你生活和前途的这些错误后果,将让你追悔莫及。

史玉柱说,世界零售业航母——阿尔迪,目前身价已达到400亿欧元,成为了世界上最大的批发商。人们想知道阿尔迪成功的秘诀,猜想阿尔迪一定会把它的营销方案隐藏起来,作为商业机密的一部分。不料,阿尔迪恰恰公布了它的所有资料,以供人们研究。而人们反复研究,却无法模仿,阿尔迪成功的秘诀只有两个字——简单。最简单也就意味着最难模仿。当世界被一些人弄得越来越复杂的时候,简单——恰恰成了阿尔迪用来战胜复杂的法宝。

弗兰茨·卡夫卡说,不要把时间浪费在隐藏着的奥秘上,或许原来本没有什么奥秘。阿尔迪的管理,形象地说来就是,如果你的能力和经验只能放一只羊,你就不必去放一群羊。

这个道理很浅显,世间明白这个道理的人数不胜数,可是能做到这一点的人却寥寥无几。通常人们普遍的心态是,既然放了一只,何不再去放一只,何不扩大到一群?

无论是在商界还是在其他社会领域,放一群羊式的扩张心态,成为导致许多人失败的心理毒瘤。多少曾经的风云人物,也正是栽在了追逐放一群羊的荒原上。

人生最重要的算盘往往在于,要明白自己能放几只羊,而目前又放了几只羊。

史玉柱是中国最典型的大起大落的商人。他以前做100多个产品却失败了,而只归位做一个产品却成功了,这决不是偶然。由此看来,对弱者而言，只有归位做一个产品，才是唯一制胜的战略！

史玉柱的经历告诉我们：人的目标一旦确定，就不要盲目越位，头脑发热跨位，否则，失败就会如影随形。

4. 跨位生

所谓跨位，就是超越，就是突破，就是不断升级！

贾平凹刚开始时，最喜欢写千来字的小品文，在生活中随便找个点，就能发出一些人生感慨来。随着年龄增长，智慧增进，再加上社会上对美文的需求市场有很大的局限性，对人生干出点大名堂帮助不大，于是，他觉得必须升级自己的写作对象、写作能力和写作文字量，于是他便开始写起了长篇小说。

升级，是这个世界的必然规律。只有升级才能生存。社会升级我们最清楚，原始社会、奴隶社会、封建社会、资本主义社会……当然，除了社会升级之外，这世上升级的东西可谓无处不在。

因为，世界是一个创造的世界，旧的组合不断被新的组合物替代，电脑硬件从二八六、到三八六、四八六、五八六，就这样一代代不断升级。个人成长也是从幼儿班、到小学、中学、大学一步一步在升级。

一个产品、一项技术、一个产业、一个国家，若不考虑升级换代，就会被陶汰出局。在这个裂变时代，人个、企业和国家的竞争，主要集中在升级之争。

今天，只有想方设法升级，我们才能生存，才能有基础谈成功卓越。对个人来说，要立即设计个人的升级点，升级步骤，升级程序。对于企业来说，要立即动手在某些环节上升级，或人才升级，或产品设计升级，或网络渠道升级，或传播升级等。

周星驰的成功就是个很好的实例。

周星驰跟周润发、刘德华一样,草根出生,这也是很多香港明星的共同特点,也许这是英雄不问出处的最好注解。周星驰跟其他演员一样,在进入电影圈子之初,都是从跑龙套开始,这是很多明星出道的必经之路。这个经历在后来的《喜剧之王》中得到了全面的诠释。但是周星驰并没有因为跑龙套而看低了自己——"我是一名演员"这是别人嘲笑他"跑龙套"的回应。正如在很多品牌进入市场的初期一样,"什么产品,小玩意儿!"当面对这样的责难的时候,创始人有不少也会回复"我是一个品牌"。这样的品牌势必经过艰难的跨位,而成为令万众瞩目的全国驰名、甚至跨国品牌!如何实现?通过不断地定位与跨位实现!

周星驰在《射雕英雄传》中最早扮演了"侍卫",从出现到倒地死去前后仅仅只有5秒钟,但是,周星驰凭着自己的努力,1989年凭《霹雳先锋》中的出色表演获得香港金像奖最佳男配角!这是星品牌开始从默默无闻而成长为明星品牌的标志!是星品牌的第一个跨位!

香港无线开始为周星驰寻找适合的角色,对于周星驰来讲,1989年是他演艺生涯中的关键一年。"《斗气一族》之后都有些机会,但在当时加上我的第一部电影《霹雳先锋》刚刚出来,又拿到金像奖最佳男配角,TVB才开始发觉原来有这个人,就给我担正《盖世豪侠》。这算是一个很大胆的尝试,我的意思是给一个叫周星驰的人担正是个很大胆的尝试。因为在《斗气一族》之后,我都还是担演一些不重要的角色,譬如一些警匪录影带啦,有个戏是跟吴镇宇演的一个连续20集的戏,但是没一集有台词讲,我就站在最后,甄子丹就站在最前面……就是因为拿了奖,无线才给我试一下《盖世豪侠》。"周星驰后来回忆说。

《盖世豪侠》中周星驰无厘头的表演可以说是后来周式电影的雏形,一个武林盟主的儿子,一天到晚想着做生意,打不过就嬉皮笑脸地说:不如大家坐下来,饮杯茶,食个包,慢慢说。周星驰后来纵横电影江湖的那些手段,有80%以上能从这里看出端倪。

《盖世豪侠》获得了极大的成功,香港的观众开始记住了周星驰的"无厘头"表演功夫,可以说这成为周星驰此后10多年能够驰骋香港电影的绝活！1992年凭《审死官》获得亚太电影展最佳男主角;1997年凭《大话西游之大圣娶亲》获香港回归后第一个政府电影奖:香港电影学会之金紫荆奖最佳男主角奖,《大话西游》在香港和大陆都获得了空前的成功,这是周星驰成为巨星的标志,当然前后拍的《大内密探零零发》、《九品芝麻官》、《百变星君》及《鹿鼎记》等都在不同程度上实现着"无厘头搞笑"品牌的跨位,如果把"搞笑"作为星品牌的核心价值,那么跨位,则是星品牌从优秀到卓越的途径！

星品牌越来越娴熟地通过肢体、语言、道具的应用而跨位,让星品牌成为电影的王者,周星驰成了票房的保证。

在1999年拍摄了《千王之王2000》之后,周星驰开始了品牌的第三次跨位——成为名导！2001年筹资拍摄了电影《少林足球》,获得了空前的成功,《少林足球》获得了最佳影片/最佳导演/最佳男主角等七项大奖,而2004年《功夫》则真正地把星品牌送上了香港名导的行列。《功夫》成为第42届台湾金马奖颁奖典礼的大赢家,共获得五奖,周星驰更凭此片夺得"最佳导演"及"最佳剧情片"两项大奖。这样的成绩对于一直沉浸于演技中的香港众多巨星来讲,已经是非常难能可贵了！媒体对于《功夫》的好评如潮。也许这是香港电影明星最成功的品牌和职业跨位了！

《功夫》的纯喜剧特点和"无厘头"搞笑的核心价值成就了星品牌从名演到名导的跨位！也是对周星驰20多年星路历程的最大回报。

周星驰的电影不是简单的写实的搞笑,更多的是他给了社会的弱势群体一个希望,是精神世界的跨位,即使在你身处逆境时,你仍然可以通过他的电影而追求人生的意义,得到心灵的慰藉。

让我们闭上眼睛,回忆着星品牌从诞生,到市场导入,到成长、成熟,到最终由巨星向名导的跨位,这既是一个品牌的必然历程,更是一个人人生的短暂回放。星品牌留给我们的是坚韧与快乐,通过坚韧体验最后的快乐,这也是一个人生的真谛——先苦后甜!吃得苦中苦,方为人上人。这也是跨位实现品牌超越的人生演绎。

实现品牌跨位,必须具备三个条件——

一是成功的核心价值挖掘和练就;星品牌快乐和正义是他的核心价值,而体现则是他的"无厘头"搞笑;

二是跨位策略的制定和实施。调动全部的手段(包括音乐等)和环境来让核心价值进入顾客的视野,并且在此当中获得顾客最大程度的接受和认可,只有这样才能实现对比竞争品牌的跨位;

三是品牌的转型最终实现价值跨位,从简单的制造价值而最终奉献象征性的终极"快乐",无论什么样的产品,对于世界各地的消费者,快乐是最重要的。

真正实现了"快乐"跨位的品牌,才能真正成为一个深入人心和永续多年的品牌!

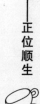

第三卷
解除物欲之苦——创物养生

一、三点生

1. 终点生

你究竟要到哪里去？

这是人生的首要问题！

每一个奋斗成才的人，无疑都会有一个选择方向、确定目标的问题，因为人生须臾不能离开目标的引导。

有了目标，人们才会下定决心攻占事业高地；有了目标，深藏在内心的力量才会找到"用武之地"。若没有目标，绝不会采取真正的实际行动，自然与成功无缘。只要你选准了目标，选对了适合自己的道路，并义无反顾地走下去，终能走向成功。确立了目标并坚定地"咬住"目标的人,才是最有力量的人。

目标,是一切行动的前提。事业有成,是目标的赠与。确立了有价值的目标,才能较好地布局好自己的时间和精力,较准确地寻到突破口,找到聚光的"焦点",专心致志地向既定方向猛打猛冲。那些目标如一的人能抛除一切杂念,会积聚起自己的所有力量,成为工作狂,全力以赴向目标的高地挺进。

◎成大事一定要有野心

想都不敢想的人,梦都不敢做的人,你会指望他有出息?绝不可能的!

法国有一位画家,年轻时特别穷。后来,他以推销装饰肖像画起家,在不到10年的时间里,迅速跻身于法国50大富翁之列。不幸的是,他患了癌症,他去世后,报纸刊登了他的一份遗嘱。在这份遗嘱里,他说:"我曾经是一位穷人,在以一个富人的身份跨入天堂的门槛之前,我把自己成为富人的秘诀留下,谁若能通过回答'穷人最缺少的是什么'而猜中我成为富人的秘诀,我留在银行私人保险箱内的100万法郎,将作为睿智地揭开贫穷之谜的人的奖金。"

遗嘱刊出之后,近两万人寄来了自己的答案。一部分人认为,穷人之所以穷,最缺少的是机会;有一部分人认为,穷人最缺少的是技能,有一技之长才能致富……

后来,他的律师和代理人在公证部门的监督下,公开了他致富的秘诀:穷人最缺少的是成为富人的野心。

在画家的谜底公布后,富翁们无不承认:"野心"是永恒的治穷特效药,是所有奇迹的萌发点。

美国《时代》杂志曾提到,美国加利福尼亚大学的心理学家迪安·斯曼特研究发现,"野心"是人类行为的推动力,人类通过拥有"野心",可以有力量攫取更多的资源。

◎心有多大，舞台就有多大

在人生的追求过程中，起步前要多长一只眼睛去审视时机，起步时要多长一只手去抓住时机。欲起步的人生贵在立志，已起步的人生贵在坚持。

秦朝的丞相李斯，辅佐秦始皇统一并管理中国，立下汗马功劳。可少有人知，李斯年轻时只是一名小小的粮仓管理员，他的立志发奋，竟然是从一次"上厕所"开始的。

那时，李斯26岁，是楚国上蔡郡府里一个看守粮仓的小文书。他的工作是负责仓内存粮进出的登记，将一笔笔斗进升出的粮食进出情况认真记录清楚。

日子就这么一天天过着，直到有一天，李斯到粮仓外的一个厕所解手，这样一个极其平常的小事竟改变了李斯的人生态度。

李斯走进厕所，惊动了厕内的一群老鼠。这群在厕所内安身的老鼠，个个瘦小枯干探头缩爪，且毛色灰暗，身上又脏又臭，让人恶心至极。

李斯看着这些老鼠，忽然想起了自己管理的粮仓中的老鼠。那些家伙一个个吃得脑满肠肥，皮毛油亮，整日在粮仓中逍遥自在。与眼前厕所中这些老鼠相比，真是天壤之别啊！人生如鼠，不在"仓"就在"厕"，位置不同，命运也就不同。自己在上蔡城里这个小小的仓库中做了8年小文书，从未出去看过外面的世界，不就如同这些厕所中的小老鼠一样吗？整日在这里挣扎，却全然不知有"粮仓"这样的天堂。

李斯决定换一种活法，第二天他就离开了这个小城，去投奔一代儒学大师荀况，开始了寻找"粮仓"之路。20多年后，他把家安在了秦都咸阳的丞相府中。

一个人追求的目标越高，他自身的潜能就发挥得越充分，他的才能就发展得越快。人之伟大或渺小都决定于志向和理想。伟大的毅力只为伟大的目标而产生。理想如果是笃诚而又持之以恒的话，必将极大地激发蕴藏在你体内的巨大潜能，这将使你冲破一切困难和险阻，达到成功的目标。

坚韧不拔地为事业而奋斗，是成功人士特有的气质。自古以来把这种精神称之为"气"，没有"气"就不能成功。史宾塞·约翰逊在激励人们追求成功人生时，常常引用《圣经》上的一段话："去追求吧，这样做了将有所收获；去探索吧，这样做了将有所发现。凡追求者得，凡探索者获。"确实如此。

一个人一旦有了信念，就会把信念与目标结合起来；而连接信念与目标的，便是富有创造性的实践。

没有生活目标和远大志向的人，只会变得慵懒，只会听天由命，永远不会去把握成功的契机，永远不会有所创造和发明。永远记着：心有多大，舞台就有多大。

2. 支点生

天下无论是谁，无论在干什么行业，你若不能找到你的支点，不能找到那个撬动人生的支点，那么，你就不可能突破，不可能质变，不可能创造卓越。

远大空调有限公司董事长兼总经理张剑，1988年6月，在大学做过教师的张剑成立远大热工研究所，次年开发成功我国第一台无压锅炉。1988年至1992年，主要做技术转让。

1992年6月，成立长沙远大空调实业公司，投入开发中央空调，开发成功我国第一台直燃机，自1996年起，远大成为全球同行业产销量最大的企业事业由此起飞。

目前,远大集团已经发展成为全球规模最大、技术水平最高的直燃吸收式空调生产企业。产品销往30多个国家,在国际市场占有率为同行业之首。

张剑的成功,显然是因为找准了那撬动地球的支点——中央空调。我们再来看看下面这些卓越人士又是找到了哪些支点而创造辉煌的。

史玉柱找准了脑白金这个支点,他带来人生的第二次辉煌;比尔·盖茨发明了Basic语言程序这个支点,他推出Windows系列而成为了世界首富;格罗夫的CPU微机处理器,也卖向了全世界的各个角落。

一个人只要找到了属于他的那个支点,那么,他能创造卓越就是顺理成章的事了,这就是支点的重要。支点等于卓越,这是今天追求卓越人生首先要吃透的观点。

问题是,怎样才能认识支点呢?

支点一般都具有这样的特征:一是能开创一片全新的市场,二是能引爆一系列市场的跟进,三是与传统支点大不相同。拿美国发明第一颗原子弹这个支点来说,它为美国成为世界超级大国铺就许多成功之路。人类历史上的每一种进步,都是因为人类找到了一个全新的支点。

那么,我们怎样才能找到那个属于你我的支点呢?

一是从自己已经熟悉的行业找。

孔子是如何找到"仁"这个支点的呢?因为他的家族当时都是帮别人做祭祀的,使他接触了祭祀过程中的一些仪式活动,他在工作中逐渐学会了礼节、礼仪这一套东西,孔子身份低微,但他又有颗上进的心,于是他便在"礼"上做文章,虚心向各位大师学习。首先,他在"礼"上做到了全国第一,在后来,他在礼的基础上进一步丰富,找到"仁"这个撬动生命的支点。

牛根生找到了牛奶这个支点,是因为他最熟悉的行业就是牛奶。

除了本行,就是外行。苏秦、张仪分别找到"合纵""联横"这个支点,是因为他们最早一直善于言辞,于是就结合当世崇尚雄辩人才,找到了鬼谷子当老师,自然他们在内外努力下终于铸成了他们的亮点,实现了支点撬动人生的梦想。

二是从外在的市场中寻找支点。

这是许多人成功的另一条途径。人由于各种局限,可能一开始并没找到最适合自己的事,或者没有看清自己的能力和条件而做了不该做的事。随着见识和眼界的开阔,或者在高人的指点下终于认识了自己,找到了自己最喜欢最善长的事业支点。

毛泽东在读书时先找到过用体育救国的支点,而学习了马克思主义后才找到了"枪杆子里面出政权"这个支点。

鲁迅先前是学医的,他在日本学医,医学水平也很高,但在一回国后,看到了中国人麻木的心灵更为无可药救,于是,他就从救民于"疾病"之支点转变到"唤醒麻木灵魂"这个支点上来了。

总之,无论是从自己熟悉的本行中找支点,还是在别人的启发下从外面引进支点都成。

今天市面上都十分强调细节,而支点却是与细枝末节相反的。支点是人生的战略,它的实现远远不只是一个微不足道的细节所能比拟的。

3. 卖点生

"天生我材必有用,千金散尽还复来"。每个人都有其魅力所在,就如同商店里琳琅满目的商品,每一件都有其卖点。只要找对了自己的卖点,才能够更快地走向成功。

在营销界流传着一个请总统荐书的经典传播个案。一位书商手头积压了一批书卖不出去，眼看就要亏本。情急之下，出版商想了一个点子：给总统送去一本，并频频联系征求意见。忙得不可开交的总统随便回了一句："这书不错"。

这一来出版商如获至宝，大作传播："现有总统喜爱的书出售。"还把"这书不错"四个字印在封面上。于是手头的书很快被抢购一空。不久，这个出版商又有一批书，便照方抓药，给总统送去一本，总统有了上次的教训，想借机奚落一番，就在送上的书上写道："这书糟透了"。

总统还是着了"道"，书商又大肆做传播："现有总统讨厌的书出售"。人们出于好奇争相抢购，书很快便全部卖掉。第三次，出版商再次把书送给总统，总统有了前两次被利用的教训，干脆紧闭金口不理不睬。然而出版商还有话说。这次他的传播是"现有令总统难以下结论的书，欲购从速"。

结果，书还是被抢购一空。

这是一个典型的拿大个儿说事儿的营销传播策划案例，在这个案例中总统被设计成了卖点，这个卖点显然是强行借来的。

成熟产品又将如何进行营销卖点提炼呢？最高明的手法就是从产品本身出发，把产品的营销卖点考虑进产品开发设计中去。目前，国外的品牌基本上均是这种做法，其产品本身的技术内涵便是最强有力的卖点；而大部分的国内品牌由于无法突破技术的瓶颈，于是只能翻来覆去的炒概念作卖点。其实任何产品的传播提炼均不可游离产品本身，成熟产品更是如此。一般成熟产品的差异化传播有三种方式。

一是"变形象营销卖点"。由于这种差异化传播仅限于外观本身，而非核心传播，容易遭到消费者的淘汰，因为消费者是不愿掏高价只买"长相"的。悲哀的是国内的很多企业还乐衷于此，如燃气热水器行业，今天你对外壳来个"屏"，明天我则来个"窗"，后天你又接着来个"彩"。

二是"变心营销卖点"。"变心"就是指企业依靠技术创新、升级或取得重大突破，导致产品自然更新换代，形成由里及外的整体差异卖点的做法。如燃气热水器，由直排至烟道至强制再至现在的恒温；如碟机，从VCD到DVD的演绎。每一次"变心"导致众多企业灰飞烟灭，而率先"变心"者则因整体的产品差异卖点傲立不倒。

三是"变类别营销卖点"。指的是当一些企业既达不到"变心传播"的高度，又不甘心仅仅于"变脸传播"，便两者取其中，不动筋骨，增添一些可有可无(甚至无胜过有)的附加功能以形成产品差异化的做法。如空调净化空气，热水器竟能美容。这种偏离本身核心卖点"变种"的做法，若不以增加消费成本而作竞争需要尚可被消费者接受；倘若增加消费者的负担，消费者是不愿意掏钱为其买单的。

找卖点需要眼光，需要一个人的战略决策能力，这就是我们平时讲的做正确的事。一旦找到卖点就需要我们全力以赴。

那么，怎样在支点上延伸出卖点呢？

一是向深度进军，走专业化路子。

无论做什么，将那个点向深度挖掘，将全部精力投入进去，时间一长，自然就能打造出高、精、尖的顶级产品。海尔的张瑞敏一接手海尔，做了最重要的一件事，就是找到了海尔的支点，集中精力打造电冰箱，将电冰箱做到全国第一。从末流水平到一流水平之间，自然有许多事要做，如高级研发人才、管理人才、营销人才等等。通过努力，海尔的第一个梦想终于实现了，他们上下齐心共同将海尔冰箱做成了全国第一品牌。

二是在广度上集中，调动一切可以调动的力量延伸支点，打造出卖点群。

向深度进军是在一个点上大做文章，而在广度上集中，则是调动一切可以调动的力量，将一个支点打造成一个产品流程上的多个卖点，当然也可能是一个最优卖点。

第三卷 解除物欲之苦——创物养生

牛根生在打造牛奶这个支点时,采取了更广泛的集中。牛根生说了三个"只要":"只要有利于管理的方法,就要迅速整合过来,只要有利于产品最优化的方法,就要迅速整合过来,只要有利于传播品牌的方法,就要迅速整合过来。"

正因有了这三个集中,才有蒙牛的广泛集中资金,才有引进外资,才有与超女接盟,才有与航天员"联姻"等等一系列的更广泛的举措,才有飞速发展的蒙牛。

三是始终坚持走差异化的路子。

差异是这个世上的惟一价值。长城若有一万个,那么它就毫无历史价值;长江若有一万条,它就毫无价值。物以稀为贵,以多为贱,这就是目前世上的价值判别式。

做过营销的人都知道卖点是什么以及卖点对于品牌突围和个人的重要性。随着各行业的日趋成熟,个人品牌拉力、知识水平、甚至营销手法,推广手段都越近乎雷同时,如何进行卖点差异化提炼就成为个人营销能否成功的关键因素。

二、三创生

1. 破创生

破创就是破界创造。

什么是破?破是分解旧定义;破是打破权威;破是打破框架;破是分解旧有的信息集合;破是看清对象的全部构成要素;破是解开事物

旧有的秩序。

破者,分解也。破者,更改旧定义、旧框架也!你不能创造新产品,是因为你不能打破对旧产品的概念。你不能创造成功,是因为你不能打破对旧关系的倚赖。无论是开发丰富的物质产品,还是开发多姿多彩的精神产品;无论是追求名利,还是追求快乐自由,都得打破旧框架、旧定义,才有可能实现。否则,一切免谈。

"破"有两个区间:一是打破外在的概念,如茶杯是由颜色、材料、形状、大小、图案等等要素组合而成。二是打破内部的条条框框,使我们不带任何成见、任何有色眼镜去观察事物、判断事物,从而使我们成为全然开放、全然敞开的人。"破"有一个程度问题,即破得越细越好。

什么是界?界是边界;界是已有的平衡;界是现状现实的存在;界是框框架架;界是铁链和束缚!

天地本无界,庸人自界之。宇宙是一个开放的系统,是一个能量流动场。自然界需要能量流动,人类社会需要能量流动,人的肌体与思想一刻也离不开能量流动。生命的过程,本是一个与外界进行信息的凝聚、组合和分解的过程。

破界,就是小鸡破壳而出;就是蝴蝶破茧而出;就是颠覆一切;就是打破一切界限;就是打破陈规陋习。

人类史上有两大破界:

一是物质文明的破界,如青铜器时代、铁器时代、机器生产时代、电器时代、电子时代等,这都是破界。

另一大就是精神破界。如世界史上的哥白尼革命、文艺复兴、启蒙运动、独立宣言、明治维新、共产党宣言;中国史上的辛亥革命、五四运动、延安整风、真理标准大讨论、南巡讲话、三个代表等,都是跳跃性的破界。

物质文明的一次次破界,使人类从繁重的劳动中解放出来,从贫穷落后中解放出来,使人类如今活得更富足,更健康,更长寿。

精神文明的一次次破界，使人类的心灵从压迫中解放出来，使人类的智慧从禁锢中解放出来，使人类如今活得更快乐，更自由，更潇洒！

不破界就会停滞，就会得不到外来的新能量，就会日渐枯萎而死亡。不破界，就会陷入被动，陷入无奈，陷入不能自拔之中，陷入万劫不复的深渊之中。

总之，破界，是开放的需要，是发展的需要，是质变的需要，是生命更替的需要，是万物相演互动的需要，是和谐平衡的需要。只有破界，才能实现无障碍人生；只有破界，才能实现自己解放自己！

破界，需要讲究速度和力度吗？

速度就是生命，速度就是财富，速度就是价值。这是一个速度为王的时代，失去速度，必将失去一切！

生命是以阶梯性的跳跃而进步的，谁能加快破界的力度，谁就发展得更快；谁能加快破界的频率，谁就能领先一步而抢占致高领地。一切的进步都是相对的，你破界的力度与速度，就直接决定了你的命运和意义。

2. 连创生

连创，就是如何破界。一切都是可以联系在一起的，越是独到的"连接"越能达到破界的目的。

一切的改变都是从点开始，也只可能从点开始。

当然，一个产品的流程之中，有太多太多的点，如自行车的流程点有自行车的设计、自行车的生产、自行车的营销，而且每一个大点又可细分为无数个点，如自行车的设计，又可分为形状设计点、色彩设计点、男女式不同设计点、结构设计点、名称设计点，等等。

可用图式表示：

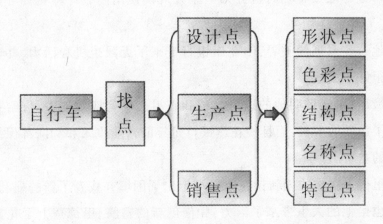

自行车分级找点图

在单位，我们每一个人都要成为困局的突破者。当单位发展陷入困局，遭遇发展的严冬时，作为单位的员工，你是被动待命还是主动请缨？

毋庸置疑，一个不墨守陈规的员工，一定会调动体内所有的创新潜能，出谋划策，帮助单位摆脱困境。

在实际工作中，我们可以看到这种善于思考、敢于突破常规的破界型员工，往往能立于不败之地，并给企业带来无限生机。

约翰·里德对于花旗银行就是如此。1965年里德从麻省理工学院毕业后，进入了花旗银行。不久后，时任花旗银行总裁的威斯顿召见了他并说："我们需要一个最好的财务系统和预算系统，这个任务就交给你了。"

回去后，约翰·里德作了大量的研究，在以前的财务系统和预算系统的基础上作了很多破界性的改动。

他大胆破界，觉得单位的后勤部是一个薄弱环节，有必要采取措施破界，于是解散了以前的后勤部，重新组建了一个由几十位年轻的工业自动化专家组成的后勤部。接着，他对客户银行进行了整顿，把花旗客户银行改成了当时世界第一家大规模使用高级计算机传呼机的银行。

他这一系列的破界，给花旗银行带来了无限生机和活力，并且收到了很好的成效。

最后，事实证明他的这个改革和破界是卓有成效的，不仅给企业带来了蓬勃的生机，而且使花旗银行每年的营业收入和利润都保持在很好的水平上。

里德一次次的创新让花旗银行走出了困境并找到了新的赢利点，同时也给他的人生带来了活力，凭借创新的翅膀，里德登上了花旗银行CEO的宝座。

里德无疑是一个有破界思维的人，他通过破界突破了公司遇到的一个又一个困局，带领公司逐步走向辉煌。

破界的第一步是破解。因此，为了训练我们对圈内找点的速度和认识度，不妨作一些对圈内破界的基础训练。如："男人是刚强的动物。"

现在我们来分解它、破除它、更改它、丰富它的旧定义、旧概念。男人不一定就是强大的。从"男人"这个词出发，向外延伸可得出许许多多的定义。怎么更改这一定义呢？

眼科专家说，男人也是有泪腺的动物。孩子说，男人就是只会说"是"的动物。女强人说，男人只是工具。情人说，男人是嘴里生产蜜的动物。风景说，男人是想天天游山玩水的动物。情诗说，男人是最会含蓄的动物。成功者说，男人如水绕山行。

总之，男人的概念可以是一百个、一千个、一万个，甚至可以是一切词组。而男人之所以痛苦，主要是因为我们只认死了一个定义、一个概念——男人是刚强的动物。其实不是，刚强只是男人的一个侧面，只是千万种性格中的一个小小侧面。

每当痛苦降临时,就应想想男人不只是会故意板着面孔、穿着笔挺的西装、脸上长期呈现刚毅的人。

男人完全没有必要去做、去扮演一个虚伪的角色。男人在大千世界里扮演的角色太多。男人完全也可以想哭就哭,想笑就笑的,没必要强压住自己的情绪和情感。

3. 选创生

选创就是"选择"了。

所谓选,就是当你在破解、连接、虚构之后,必然会同时产生一系列的方案,或三五个,或数百个不等,面对这些新信息,你要作出重新选择。

当然,我们要从中选出最优秀的信息重组方案。只是怎样才能选出最优秀的方案呢？这就得有个标准了。

选择标准是什么呢？

选择标准有七个:一是实际。二是实用。三是低成本。四是高效。五是美的尺度。六是有差异。七是暴利。

先说实际。

比如:你要想在十八岁之前写出一本文学性很高的畅销书。你没有基本的文字功力;你没有新奇的构想力;你没有积累任何生活素材;你没有,什么也没有,你能做到么？

又如:你想造一台永动机。

你了解了基本的物理定律;你有良好的机件加工室;你有许多人帮助你;你有充足的时间和钱财;你能实现么？这根本违背了物理中能

量递减规律。

再如：你想在半年内成为中国首富。

你一没有人力，二没有财力，三没有智力，你能实现么？

总之，一切创造的第一步都要建立在实际的基础之上，如果一种产品设计方案你自己或其他厂家都生产不出来，那么结果只能是徒劳无益。

再说实用。

如生产出一台三吨重的高效洗衣机或十斤重的筷子，我想是不会卖出的；又如生产了一台一百万元的家用电器，我想在中国也难有市场。

低成本就更不用说了。

再说高效。

高效是指单位时间内能生产出最多的产品，再就是别人使用时信息含量多，功能多。

我们重点谈一谈美。

哪里有产品，哪里就应该有美的踪迹。无论是物质产品，还是精神产品，都离不开美的旋律。美是人类文明的最初尺度。美感，是人们追求的重要元素之一。爱美之心，人皆有之。产品不美，就缺乏对消费者的吸引。

怎样才能按照美的规律来制造产品？

人对产品的审美趣味，是随着物质文明的发展变化而变化的，同时，人们对美感的体验又是各个感官彼此相互联系、相互交叉、相互渗透、相互烘托的。

美通常没有一定的衡量标准，但我们大都能感觉到它的存在。美是理性和非理性的统一。大凡美的产品，能使顾客多看上几眼，多尝上几口，多抚摸几下。

美的形式多种多样,它反映了物质世界蕴藏的动态的辩证法。美是各种矛盾的统一,一件产品若能同时反映出更多的矛盾统一,那么这个产品是美的。美与产品统一矛盾对数的多少成正比。

这才是惟一的对美的判别标准。

例如:一部电影揭示了男女主人公的真爱,这是美的。若还揭示了当时社会的黑暗与丑陋,这也是美的。若又反映了人性中的正义与邪恶,这是美上加美的。若再反映了整个社会的前进与落后的必然性,这是超美的了。

六是坚持有差异原则。

学习这种破界技术的目的,决不只是培养做些小动作的人,而是培养顶级创造性人才和制造暴利的产品,否则,就没有学这一技术的必要了。所以说,我们在选择新方案时,一定要大胆选择那些新类别的有差异的方案。因为有差异就意味一片全新空间,正如哥伦布发现了美洲那样才叫真有价值与意义。凡是没有差异、不能产生新类别的方案,我们在第一轮选择时可以直接淘汰掉。

七是坚持暴利原则。

我们找质变突破的最直接目的就是要能找到最大的利润点,找到全新的奶酪,而不是那些零碎的散银子,那些别人剩下的小奶酪。

下面我们一起来看看,分粥制度是怎样运用择优录取的。

权力的制约一直是某公司领导者感到头痛的问题。为了彻底解决这一问题,该公司不得不策动了一次较深层次的讨论。公司领导提出了问题:

假设有一个由工人组成的小团队,其成员想用非暴力的方式,通过制定制度来解决每天吃饭的问题:分食一锅粥,但没有称量用具,也没有刻度容器。辅助条件是,小组中人平凡且平等,没有凶险祸害之心,但却不免有些自私自利。

于是开始了破界讨论,终于得出解题结果。

①指定一个人负责分粥。

②大家轮流主持分粥,每人一天。

③大家选举一个信得过的人主持分粥。

④选举一个分粥委员会和一个监督委员会,形成监督和制约。

⑤每个人轮流值日分粥,但分粥者须最后一个分到粥。

方案出来后,便是评价和筛选。评价如下:

对于方案①,大家发现,负责分粥的人为自己分的粥最多。换一个,结果依然如故。于是成员们得出结论:权力会导致腐败;绝对的权力会导致绝对的腐败。

方案②实际上承认了每个人都有给自己多分粥的权力,同时又给予了每个人为自己多分粥的机会。表面上看起来很平等,但是每个人在一周中只有一天吃得饱且有剩余,其余6天都吃不饱,甚至挨饿。大家一致认为,此方案造成资源浪费。

对于方案③, 开始这位受信任的品德上乘的人还能公平分粥,但不久他开始为他自己和对他溜须拍马的人多分。有人觉得,这会导致堕落和风气败坏。

方案④基本上能实现公平,但是由于监督委员会常常提出各种方案,分粥委员会又据理力争,等粥分完时,早已凉了。此方案保证了公平、公正,但效果不佳,而且浪费了许多精力。

方案⑤虽然简单,但却产生了令人惊奇的效果,7只碗里的粥每次一样多,就像用仪器量过一样。其秘密在于:每个分粥者都知道,如果不公平,他自己得到的将是最少的一碗。

当然,通过对以上分粥方案的分析,通过这场破界的策动,公司领导们对权力制约又有了进一步的了解。

第四卷
解除人际之苦——互予共生

一、三凭生

1. 凭理生

本文"凭理生",就人际关系来说,讲的是以理服人。常言道:"君子动口不动手",言下之意就是说嘴角工夫可要比拳脚工夫好多了。

春秋时期鲁国人宓子,为官治理亶父,实行以德化民。过了三年,鲁国国君派人去暗访,见夜晚渔人把打上的小鱼都统统放了。遂问其故?渔人答:"宓子不想让老百姓打取小鱼,所以放了它们。"

来人感叹道:宓子的德性达到了最高境界!连普通老百姓都成了圣人。亶父之所以出现"夜鱼不欺"的现象最为关键的是宓子率先垂范,在他的影响和感召下,百姓也都成了有德之人。

俗话称"上之所为,人之所瞻",讲的就是上行下效的意思。领导者的一言一行、一举一动,对于下级、群众来说,就如同摆在他们面前的"一本书",倘若是本好书,就会得到他们的褒赞,以致很快被他们效法;反之即会被他们否定,甚至嗤之以鼻,面服而心不服。

古往今来,无数事实告诉我们,凡是有所作为的领导者、决策者,都是主张"德服"的。他们坚持以人格的力量,以模范的行动,去影响别人、感召别人。反过来,某些领导者之所以无作为、无成就,就是光靠权势压人,对群众施行"力服",甚至自主官德不正,以权谋私,却要群众克己奉公;自己贪图安逸,却要群众艰苦奋斗;自己弄虚作假,却要群众实事求是;自己贪污腐化,却要群众廉洁奉公。这种低下的道德品格,怎么能去说服教育他人,又怎么能"治国齐家平天下"呢?

征服别人不外就是从力和理两方面入手。从人类历史和现实看,人和人之间的较量也不外乎力和理。在宏观层面——最典型的如国家与国家之间,力就是军事,理就是文化。用哈佛大学肯尼迪政治学院院长约瑟夫·奈的话说,军事属于"硬实力",文化属于"软实力"。当然,国家与国家之间的较量更可能是这两者甚至更多因素的结合,即所谓的"综合国力"。

2. 凭养生

人际交往的一条最重要的原则,就是多为对方着想。在生活中,若遇到只为自己的利益着想的人,我们常常会说这个人自私自利,大家就会鄙视其为人,自然就会跟他老死不相往来。

相反,若遇到的是一个能处处为他人着想的人,我们自然会敬佩其为人,也很乐意亲近他,常常与他往来。为了创建一个良好的人际交往的社会和谐环境,我们应该尽心尽力地为对方着想。

有些人总是想着自己，不顾别人的死活，不管对方的感受，心目中只有"我"，这种人这一生是不可能拥有幸福人生的，他一定会劳而无功的。

成功的人有一条重要经验说：世界上惟一能够影响对方、感动对方的方法，就是时刻关心对方的需要，并且还要想方设法满足对方的这种需要。在对方与你谈论起他的需要时，你最好真诚地告诉对方，如何才能满足他的愿望，达到他的目的。

那什么是本文所说的"养"呢？戴高帽、软刀子和吹吹拍拍及一切"水"法都属于养的范畴，但还不是真正的养。孟子虽没有详细阐明养的内涵，但"以善养人，然后能服天下"这么一句，既画龙，又点睛，全包括在内了。宋朝的理学大师朱熹曾就孟夫子这句话作了两个注解，一个是："服人者，欲以取胜于人。养人者，欲其同归于善。"另一个是："养，谓涵育薰陶，俟其自化也。"从这两个注解看，朱子认为"养"有两个要点：养者首先需要有一个善，没有这一个善，就谈不上养，此其一；养者还需要对被养者有耐心，不可急于求成，此其二。

从今天来看，"养"有三个最基本的要点：第一、养不是无偿的，"我"养别人并不是"我"放弃了别人的注目礼，"我"仍然是一个自利的人；第二、养是非暴力的，"我"养别人意味着"我"不再对别人使用暴力；第三、养意味着"我"有一个能养住别人的东西，不管这东西是好是坏是对是错是善是恶，抑或什么都不是，但必须能养住别人。没一个能养别人的东西，就谈不上养。这就像赞美别人，若不能说出别人可赞美的地方究竟在哪里，那就真的是拍马屁了。

且听下面这个故事——

温柔是一位乡村女教师，她实副其名，做人做事都非常的温柔，特别是对她所教的孩子们。众所周知，孩子们中难免有调皮捣蛋鬼，甚至问题孩子，特别是那些问题男孩。对这样的问题男孩，别的老师往往都敬而远之，而温柔的调养却常常立竿见影。就因为温柔的一次调养，一

你
幸
福
了
吗
？
——
北
大
心
理
学
博
士
教
给
你
的
痛
苦
解
脱
术

个叫刚毅的所谓"健忘症"男孩顿时没了健忘症。

那是温柔第一次去刚毅的班里上课，发现坐在教室左边第一排靠墙的男生课桌上根本没有书。温柔已经从班主任那里得知这个男孩叫刚毅，她走过去俯身问道："你叫什么名字？"

男生答道："我叫刚毅。"

温柔又问："哪两个字？"

男生答道："刚强的刚，毅力的毅。"

温柔笑道："你的名字真棒，你怎么没有课本呢？"

男生回答："我忘带了！"

这时候，同学们一个个都笑了起来，一些男生甚至站起来对温柔说："老师，您别理他，他有健忘症！""温老师，他没有记性，有一次他甚至忘了提脑袋。说自己的脖子上怎么没顶个球。"

温柔连忙呵住同学们的说笑，非常慈祥地望了望刚毅，没再说什么。

第二天，温柔照样来到班里上课，第一眼就发现刚毅的桌上仍然空空如也。她没有任何的异常，平静地宣布"上课"，同学们喊"老师好"，她回礼说"同学们好"。要讲课了，温柔突然发现自己没有带教案。她摊开双手，甚至有点不知所措，说："同学们，真抱歉，老师也没记性，我今天忘带教案了。我不会猜错，那教案一定正躺在办公桌上睡大觉！"

"谁帮我到办公室把那教案给提过来，别让它再睡懒觉？"温柔紧接着又说。这时候，她已经走到刚毅的桌边："刚毅，老师请你办这桩事，好吗？"

刚毅受宠若惊，高兴地跑出教室，又高兴地跑回教室，完成了老师交给的光荣任务。温柔在讲台前接过刚毅递上来的教案，然后握住他的小手，向同学们说："同学们，一个人如果经常马马虎虎，丢三落四的，那是多么误事啊！从今天开始，我和刚毅还有你们大家一起相约，消灭马虎，从不健忘。你们说好不好？"

从那以后,这个叫刚毅的男生再也没了健忘症。

温柔去除刚毅的"健忘症"就是属于典型的养:这不是无偿的,温柔是要征服刚毅,去除他不带书上课的坏习惯;这是非暴力的,温柔没有批评刚毅,更没有指责和呵斥,而是满含同情和关爱,通过故意忘记带教案,然后请求刚毅的帮助,最后巧妙地教化刚毅;这里面有一个养人的东西,刚毅老不带课本并不是真的健忘症,而只是他一个坏习惯,完全能够改过自新,这正是温柔以养服人的根据——如果没有这一个,所谓以养服人就流于阴谋诡计,变成欺骗,最后也不会真正奏效。

3. 凭爱生

爱是生命中最绚丽的奇迹,爱帮助我们拥有开放的心灵,更好地理解别人。

生命中最美丽的东西就是爱、开心和大度。试着打开心灵,更深地倾听和理解。我们要用开放的心态、专注和同情来看待一切。

所以,我建议你们,清晨起床照镜子时,微笑一下,冲自己的脸微笑,冲着生命微笑。还要学习用开放的心态,用深深的倾听和理解来爱自己和周围的人们。于是,你就可以用谅解和包容,而不是挑剔和歧视的目光来看别人,就像妈妈看她幼弱的宝宝一样。

给别人送去爱,然后享受能给别人送去爱的那种心潮澎湃和惬意无比,正所谓送人玫瑰手留余香。而幸福呢?就是送出一份爱之后还想着继续送出爱,乃幸福也。痛苦也是一种感觉,给别人带来伤害,然后在大家的谴责和声讨中"享受"着制造伤害而为自己带来的伤害。而痛苦之痛苦呢?就是在感知自己的错误后,欲改却终身无法弥补,乃痛中之痛,苦中之苦。

◎阳光比北风更有魅力

用宽容的心，温和友善的态度对待别人，会得到别人更多的尊重和支持。

有这样一则寓言：太阳和风在争论谁更强而有力。风说："我来证明我更行。看到那个穿大衣的老头了吗？我打赌我能比你更快地使他脱掉大衣。"

于是，太阳躲到云后，风就开始吹起来了。风越吹越大，但是，吹得越急，老人就越把大衣紧裹在身上。

终于，风平息下来，退却了。然后，太阳从云后露面，开始以温和的微笑照着老人。不久，老人开始流汗，脱掉了大衣。这时，太阳对风说：温和与友善总是要比愤怒和暴力更强而有力。

"如果你握紧一双拳头来见我。"美国前总统威尔逊说，"我想，我可以保证，我的拳头会握得比你得更紧。但是如果你来找我说：'我们坐下，好好商量，看看彼此意见相异的原因是什么。'我们就会发觉，彼此的距离并不那么大，相异的观点并不多，而且看法一致的观点反而居多。你也会发觉，只要我们有彼此沟通的耐心、诚意和愿望，我们就能沟通。"

◎时刻怀有一颗感恩的心

幸福的人善于忘记自己给过别人什么，却永远记得别人给过自己什么。

有一次，美国前总统罗斯福家失盗，被偷去了许多东西，一位朋友闻讯后，忙写信安慰他，劝他不必太在意。罗斯福给朋友写了一封回信："亲爱的朋友，谢谢你来信安慰我，我现在很平安。感谢上帝，因为第一，贼偷去的是我的东西，而没有伤害我的生命；第二，贼只偷去我部分东西，而不是全部；第三，最值得庆幸的是，做贼的是他，而不是我。"对任何一个人来说，失盗绝对是不幸的事，而罗斯福却找出了感恩的三条理由。这个故事提醒了我们,人应该学会感恩。

感恩是一种处世哲学,是生活中的大智慧。人生在世,不可能一帆风顺,种种失败、无奈都需要我们勇敢地面对,豁达地处理。这时,是一味地埋怨生活,从此变得消沉、萎靡不振;还是对生活满怀感恩,跌倒了再爬起来?

英国作家萨克雷说:"生活就是一面镜子,你笑,它也笑;你哭,它也哭。"你感恩生活,生活将赐予你灿烂阳光;你不感恩,只知一味地怨天尤人,最终可能一无所有!成功时,感恩的理由固然能找到许多;失败时,不感恩的借口却只需一个。

殊不知,失败或不幸时更应该感恩生活。感恩,使我们在失败时看到差距,在不幸时得到慰藉,获得温暖,激发我们挑战困难的勇气,进而获取前进的动力。就像罗斯福那样,换一种角度去看待人生的失意与不幸,对生活时时怀一份感恩的心情,则能使自己永远保持健康的心态、完美的人格和进取的信念。

我们要永远用一颗感恩的心看待自然、社会以及命运,要学会感激,学会宽容,学会应对灾害和不幸。感恩让我们变得充实和快乐,享受温暖;感恩,让人明白爱,然后去爱,最后才能得到爱。

◎让你的善良成为天使的翅膀

贡献不在于大小,付出不在于多少,而是看你是否愿意去做,是否愿意为此努力。

温和、友善和赞赏的态度更能令人改变心意。所以当你希望别人接受你的想法,并对你信服时,请记住:以向别人问好的方式开始。

有些人似乎生来就恶,他们对待别人,对待周围的世界,对待生活,甚至对待自己,似乎都充满了恶意。让我们试想,如果你对他人没有真诚,毫不友好,又怎能期望从他人身上得到友善的回报?

林肯说过:一滴蜂蜜要比一加仑胆汁能招到更多的苍蝇。人也是如此,首先要使人相信你是最忠诚的朋友,那样就像有一滴蜂蜜吸引住他的心,也就有一条平坦大道通向他的心里,交往起来也就容易了。

当你与人相处时,请记住"投之以桃,报之以李"这一准则。你友好地对待别人,别人也会友好地对待你,这样你们的交往就容易得多了。所以请你记住卡耐基先生的准则:以友好的方式开始!

◎爱心照亮别人也点亮自己

人际交往时,人们总是带有很强的情感色彩,注重建立情感联系。

1988年菲律宾总统阿基诺夫人访华,阿基诺夫人是在推翻马科斯统治之后当上总统的。阿基诺夫人碰到的第一个问题就是如何在中国树立自己的新形象。为此,她访问中国的第一站是福建,因为她有华人的血缘,陪伴她的是她的两个女儿,这种"寻根"色彩对于充满人情味的中国人来说是乐于接受的,阿基诺夫人很快便赢得了中国人民的信任和支持,她的政府在中国人心目中树立起了良好的形象。

但在现实中,人与人之间,由于竞争的扩展反而使人对人更加的封闭,更甚的冷漠,对别人疾苦的关心消失殆尽,人情味在这个世界上也变成了一种隐藏在自己内心的幸灾乐祸的伪饰。在表达自己的同时,对别人的诋毁甚至诽谤已经肆无忌惮、淋漓尽致。

看过一个故事,关于幽默大师罗吉士的。

1898年,他经营了一个牧场,他的一头牛因为跑进附近的农舍,吃了人家的玉米被杀了。农夫也没有按照当地规定先通知罗吉士。他很生气,于是他和农夫去理论。

半路上遇到了寒流,他和佣人快冻僵时,到了农夫家,农夫不在,妻子热情地招待他们,请他们到屋里烤火。

这时,罗吉士发现,女人消瘦、疲惫,更让他一惊的是5个躲在门后偷看的骨瘦如柴的孩子。

女人说若不是牛还没宰好,还可以请他吃牛肉了,可眼下只有些豆子,而农夫的孩子听说有牛肉吃时,眼睛都亮得不得了。

罗吉士没提牛的事。

第二天,风没停,更厉害了。盛情难却,两人留在了农夫家里。

两人被农夫留下过夜。第二天,两人喝了咖啡,吃了豆子,上路了。

佣人问起时,罗吉士说:

"世上牛何止千万,人情味却是稀罕。"

而且,他还说过一句很有名的话:我从来没有发现一个我不喜欢的人。

一颗明亮的心能把这个世界全照亮,并不是因为这一颗心是太阳、是月亮,而是因为,一颗心在鼓足勇气去照这个世界的时候,有很多人,很多心,因为它的明亮而明亮,因为明亮而照亮别人。这样的光亮是相互之间的一种支持、一种鼓励、一种安慰,少了这些肯去感受明亮,撒播明亮的心,再伟大再光明的一颗心也不能把这个世界全点亮。

二、三给生

1. 给实惠生

美国斯坦福大学社会心理学家弗利特曼和弗利哲两位教授,曾与学校附近一位家庭主妇巴特太太做了个有趣的实验,他们打了个电话给她:

"这儿是加州消费者联谊会,为具体了解消费者状况,我们想请教几个关于家庭用品的问题。"

"好吧,请问吧!"

于是他们提出了一两个例如府上使用哪一种肥皂等简单问题。当然，这个电话，不仅仅只是打给巴特太太。

过了几天，他们又打电话了："对不起，又打扰你了，现在，为了扩大调查，这两天将有五六位调查员到府上当面请教，希望你多多支持这件事。"

这实在是件不好办的事儿，但也只好同意，什么原因呢？只因为有了第一个电话的铺路。相反地，他们在没有打过第一个电话，而直接有第二个电话要求时，却遭到了拒绝。他们最后以百分比作为结论。前一种答应他们的占52.8%，后一种只有22.2%。

人们在办事时，对方能不能答应你的要求，能不能全力帮助你把事情办成，关键在什么？关键在他心里是怎么想的。他的心理世界怎么想问题，就决定了他对你提出的事是给办还是不给办。那么，心理学家告诉我们，人们怎样想一件事情完全是外在情趣和利益诱惑的结果。他对A问题感兴趣或者想获得A，他就会说对A有利的话，也会做对A有利的事，反之，他便具有原始的不自觉的拒绝心理。所以，人们在办事时，要想争取对方应允或帮忙，就应该设法引起对方对这件事产生积极的兴趣，或者设法让对方感觉到办完这件事后会得到自己感兴趣的利益。

很显然，人们对什么事儿有兴趣或认为什么事儿有满意的回报，就会乐于对什么事儿投入感情，投入精力甚至投入资金。这种办事方法就叫做情趣、利益诱惑法。

利用情趣、利益诱惑法必须让对方感到自然愉悦，深信不疑，大有希望，只有利用情趣或利益把对方吸引住对方才肯为你的事付出代价。这就是我们所说的"给实惠"。

◎不以利益大小亲疏你的朋友

廉颇被免官回故乡时，门下的宾客都走光了；等他重新做官时，宾客都回来了。廉颇说："你们不是都走了吗？"宾客说："唉，你怎么这才看出来？当今天下结交朋友，如同做生意，你有权有势，就跟着你，你无权无势，就离开你。世道本来就是如此，你何必这样气愤呢？"廉颇对此颇有感慨，从此交友谨慎起来。

人与人相聚、相处是缘分，可偏偏有人与人交往纯粹是为了自己的利益，有利可图的就去交，无利可图的就不交，难怪人们说："人走茶凉"。那些在职的领导，有权的时候，与他交往的人多，到了他退居二线或者退休后，他身边的朋友就很少了，然而正是这为数不多的朋友才是真正的朋友。

关键是有的人不这么想，他有权有势的时候朋友多，却不问问自己这些人为什么如此热乎乎地亲近自己。到失势的时候，便骂人狗眼看人低，就痛苦绝望。其实，问题还是在自己身上，你有权有势的时候为什么不注意对朋友的审察呢？哪些是为利而来的人？哪些是真心敬佩你的人？哪些是志同道合的人？等等。

了解了这些，你就不会为自己"朋友满天下而自豪"了，就意识到将来退休后的情景了。

如果你不为利益大小亲疏你的朋友，那么，你有权有势与无权无势都一样，只要你有人品，坚持自己的择友标准，即使只有一个朋友，也不感到寂寞，那又会"人在情在"吗？鲁迅说："得一知己而足矣！"这样的交友出发点，是不会以朋友多少来衡量自己处世的成败的。

吕布真是让人一说就摇头的汉子，他虽是天下无双的超一流武将，曾在虎牢关大战刘备、关羽、张飞三人，曾一人独斗曹操手下六员大将，可他还是没有得到好的社会评价，问题就出在他是个势利之人，他先认丁原为干爹，后来董卓封他高官，他心一硬，就把丁原给杀了，又跟在董卓后面，认董卓为义父。接着王允用美女貂蝉为诱饵，设下连环计，赚取了吕布，吕布为了貂蝉便又杀了董卓，成为王允的干儿子。吕布就这样成了"三姓家奴"，弄臭了自己的名声。

与人相处,完全做到回避利益那是很难的,也大可不必,但以利益大小来择友,有利者亲之,无利者疏之,就是对缘分的践踏了。

◎尽可能满足对方的欲望

楚、汉争霸时,两军在荥阳一带展开拉锯战,谁也没有占到多大优势。于是双方约定,以鸿沟为界,中分天下,其西归汉,其东归楚。

汉四年九月,项羽解围东撤,刘邦也要引兵西归。张良充分认识到此时的项羽因刚愎自用,到了众叛亲离、捉襟见肘的地步。于是,张良、陈平二人共谏刘邦,希望他趁机灭楚,免得养虎遗患。刘邦从谏,亲自统率大军追击项羽,另外派人约韩信、彭越合围楚军。

汉五年十月,汉军追到一个叫固陵的地方,却不见韩信、彭越二人前来驰援。项羽回击汉军,刘邦又复败北。刘邦躲在山洞中,不胜焦躁,询问张良道:"诸侯不来践约,那将怎么办?"张良是一位工于心计的谋略家,他时刻关注着几个影响时局的重要角色的一举一动,筹划着应对之策。

当时,虽然韩信名义上是淮阴侯,彭越是建成侯,实际上却只是空头衔,没有一点实权。因此,张良回答刘邦道:"楚兵即将败亡,韩信、彭越虽然受封为王,却未有确定疆界,二人不来赴援,原因就在于此。你若能与之共分天下,当可立招二将。若不能,成败之事尚无法预料。我请你将陈地至东海的土地划给韩信,睢阳以北到谷城的土地划归彭越,让他们各自为战,楚军将会很容易被攻破。"刘邦一心要解燃眉之急,听从了张良的劝谏,不久,韩信、彭越果然率兵来援。十二月,各路兵马会集垓下。韩信设下十面埋伏,与楚决战。项羽兵败,逃到乌江自刎。长达四年之久的楚汉战争,以刘邦的胜利而告终。

无论是伟大领袖,还是圣贤哲士、凡夫俗子,每个人都有缺点,都有被人利用的弱点。为人处事,你掌握了对方的弱点而利用之,处理问题或求人办事就可以被对方认可与接受。这是一种主动出击的战术,一切都将得心应手，称心如意，但是要利用得恰到好处。

人们无时不在为名而生存，无时不在为利而生存。世间有为名甚于为利的人，有为利甚于为名的人，有既为名又为利的人。有名义上是为名，实际上为利的人，有名义上是为利，实际上是为名的人。你需要做细致的观察，使利用的技巧恰到好处，不留痕迹。

在处理韩信、彭越索要实惠这件事情上，张良做得十分周到，也充分利用了人性的弱点——好名、好利。划归一些封地给他们，就满足了他们的心愿，使他们尽力而战。

人没有不自私的，与其让他为你办事，不如让他为自己办事。后者比前者的成功率要高得多。

一个人有特殊的欲望，这个特殊的欲望，就是他特有的弱点。你抓住了他的弱点，并满足了他的欲望，他就乐于效用于你。利用人们心中真正的欲望去制约他，让他为我办事，这种方法才可谓恰到好处。

2. 给尊严生

你想成就大事吗？那么请记住，成大事的人在人际交往中应善于给足别人尊严。

善于网织人际关系的人，都知道如何去搞好人际关系，他们都深知人际关系的重要性，因而都懂得尊重他人以及如何去尊重他人，目的是要获得他人的认同和支持。当你找人办事的时候，不妨也放低姿态，摆正位置，用真诚的心和实际行动，去尊重他人，这样才会在他人心目中留下良好的印象。这必将为你找人办事奠定扎实的基础，办起事来才会顺顺利利。

◎把别人的自尊放在第一位

一天中午，一位老板到工厂进行例行检查时，看到一些员工在挂着"禁止吸烟"的标牌下面吸烟。没有比明知故犯更可恶的事情了，这是多数人的看法。这位老板却没有多数人这么敏感。他走到这些工人们身边，递给每个人一支烟，说："小伙子们，如果你们能在外面抽烟的话，我就真要感谢你们了。"

小伙子自然知道自己违反了厂里的规定。但老板不仅没有指责他们，反而送给每人一件礼物。他们的自尊得到了保护，而且也明白了老板的良苦用心，公然在厂内吸烟的人再也没有了。

别人也许真的错了，但他们自己并不这么认为。或者，他虽然明知错了，也希望得到足够的尊重。所以，别去指责他们，那是愚人的做法。

一个人犯错误，往往不是因为他不知道是在犯错误，而是因为他想犯错误。宣传教育对于想犯错误的人基本无效。防止犯错的方法有两种，一种是让人不敢犯错，一种是让人不想犯错。前者是强制手段，见效快而难服人心；后者是沟通艺术，见效较慢而作用力持久。要想让一个人对自己的行为真正负责，依赖于他的自尊和良知的觉醒。

有一种人，脾气粗野狂暴，能把任何事都搞得像滔天大罪那样不可饶恕。他们这样做并不是出于一时的狂怒，而是源于他们自己的禀性。他们谴责每一个人，要么为这个人做过的某件事，要么为他将做的某件事。这暴露出一种比残忍还要可恶的性情，这种性情才真是糟糕透顶。他们是如此夸张地非难别人以致于他们能把别人原本是芝麻大小的一个问题渲染得像西瓜那样大，并藉此将其全盘否定。他们是不通人情的工头，能把天堂糟践成牢房。

这样做有什么好处呢？别人丢了面子，而他得到了怨恨。

有智慧的人绝不如此处理问题，他把别人的自尊放在第一位，然后才设法将事情导向好的方面。

◎努力使人感到他的尊严

有一个年轻人应邀去参加一个盛大的舞会,可是年轻人却显得心事重重。一位年长的女士邀请他共舞一曲,随着欢快的舞曲,年轻人也变得开朗起来。

一曲结束,年轻人对年长的女士给予由衷的赞美,对她的舞技大加赞赏。年长的女士听到有人这么欣赏她的长处,显得很开心。出于好奇,女士忍不住询问年轻人刚开始时,为何愁眉不展。

年轻人讲出了原由,原来年轻人是一家运输公司的老板,可是由于自然灾害的原因,他的公司遭受了很大的损失,已经接近破产的边缘。年轻人已经没有多余的资金维持公司的周转了,即使想翻身也没有机会。

事有凑巧,年长的女士的丈夫是当地一家大银行的行长,女士很爽快地把年轻人介绍给了她的丈夫,她的丈夫随即找人对年轻人的公司进行了分析和调查,给他贷款100万,帮助年轻人度过了难关,解了燃眉之急。

有一条十分重要的涉及人们品行的准则,如果你足够重视这条准则,它就会帮助你摆脱困难的境地。能成大事的人往往十分重视这条准则,所以他们无往而不胜。这条准则就是:"肯定他人的存在,尊重他人的意见,承认他人的优点。"

你想得到他人的赞扬,你想让别人承认你的优点,你想闯出自己的一片天吗?那么你就要尊重他人的优点,努力使人感到他的尊严。

生活中十有九次的争吵结果是,每个人都更加相信自己是正确的,但是往往成大事的人是不会通过跟别人争吵去抢占上风的。

说服某人并不意味着同他争论,说服人同与人争吵毫无相同之处,争吵不能改变别人的看法。

如果你想让人们高兴,应遵循的一条准则就是:"努力使人感到他的尊严。"

◎给弱者的尊重更可贵

一次，因出演《盲井》而获得第四十届金马奖最佳新人奖的王宝强到台湾去领奖。王宝强在排队进洗手间时，偶然地一回头，发现了排在自己身后的香港影视巨星刘德华。有些紧张的他立即闪到刘德华身后，说："你排前面吧。"刘德华看着面前这位不相识的年轻人，友好地谢绝道："不不不，你先请。"随后两人就互相推让起来。最终，刘德华还是坚持排在了王宝强的后面。

方便之后，从未使用过感应式水龙头的王宝强到洗手池旁洗手。面对水龙头，他先扭后按再提，可就是不见水流出来。他有些纳闷：咦，明明看见前面的人刚使用过，怎么突然就不灵了呢？

因为身后还有人等着洗手，王宝强急得额头上冒出了细汗。这时，正准备往外走的刘德华，从壁镜中看到了王宝强的窘境，于是便转过身抠抠指甲缝，假装还没将手洗干净的样子，然后走近洗手池，将双手放在了水龙头下面。两秒钟过后，水自动流出来了。

刘德华的"示范"，让王宝强立即明白了是怎么回事儿，于是，他也将手放在了水龙头下面。

事后，王宝强感激地说："当时，刘德华连我的名字都不知道，但他仍假装没将手洗干净，折回来给我做了一次示范。善解人意的他，照顾了我的面子，以一种润物无声的方式帮助了我。对此，我很感激。"

在日常生活中，谁都难免会遇到像王宝强所遇到的尴尬情形。此时，作为旁观者，出面帮助化解尴尬当然值得称道，但如果不注意方式，言行过于直接和暴露，就很容易引起更多人对受助者尴尬的关注，从而使其陷入更大的难堪。所以，润物无声、不动声色地给对方做"示范"，便成了此时的首选。上例中，面对王宝强不会使用感应式水龙头的情形，刘德华没有当着众人的面直接告诉他怎样使用，而是以重新洗手的方式给对方做了一次"示范"，在他人没能察觉的情形下，及时帮助王宝强解除了窘境。这种充分顾及受助者的心理感受和面子的帮助方式，于无声处温暖着王宝强的心田，同时也彰显了刘德华的交际风范。

3. 给激励生

据心理权威说，你每天读什么书，就会决定你每天的言行思维是什么，这叫心理短期占据定律。如，你若整天读言情小说，你会满脑子都是漂荡的烂漫的爱呀恨呀；你若整天读武侠小说，你就会比平时更具有暴力倾向。因此可以推断，你整天读激励故事，你在压力如此大的今天，就会越挫越勇，信心倍增，斗志昂扬。这就是读书的直接好处。

人这东西，表面上看起来十分强大，但实际上内心深处却是十分的弱小和自卑。无论处在哪个层面的人，都会有各自的烦恼，而且层面越高，压力越大，问题越复杂，因此，这世上真正自信的其实并没有几个。因为人的自信都只可能在某个点上存在，在某件事上存在，而不可能在所有事上所有时间上都能自信，因此，人总是在自信和自卑之间轮流转换。

人是一种惰性很强的动物，如果缺乏外部的刺激，总是会处于一种懒惰悠闲的状态。人，只有被他的欲望所唤醒的时候，才会努力。当一个人的欲望处于潜伏状态时，人的优点和才能就永远不可能被挖掘出来。这台迟钝且懒惰的机器，如果没有他人的刺激影响，就可能恰似一台没有一丝风时的庞大风车。

另外，人的能量是会耗散的，当我们对外工作一段时间后，我们就会觉得自身能量已大量流失，就会产生一种莫名的新的自卑感，进入一种新的消极状态，此时，我们真正缺的就是新能量。

那么怎样快速获取新能量呢？

最有效的办法就是打气，不断地打气。

人人都有做不到的事，人人都有怀疑、退步和忧虑的时候，此时，别人也不一定能安慰你，给你以勇气和力量，你最能依靠的就是自己拯救自己，自己调整自己。

因此，此时你读一读本书中轻松的激励故事，你就会产生新的能量，就有可能主动化解冲突，振奋情绪，坚强意志，变得自信快乐，从而获得全新的人生。

哈佛大学心理学家威廉·詹姆士研究发现，一个没有受激励的人，仅能发挥其能力的20%~30%，而当他受到激励后，所发挥的作用相当于激励前的3~4倍。而这种激励，要通过本人对自己的鼓励或者外部的激励来完成。但是光靠别人，就像仅仅往血管里注射营养剂，是不能从根本上强身健体的。因此，最重要的，还是要靠自己，真正的力量，来自自我，来自内心。

有时我们信心不足，想把心态调整过来又感到没有好办法。世界激励大师安东尼·罗宾告诉我们，只有学会了自我激励，你才能不断地战胜自我，真正成为命运的主人。如果你自己没有积极性，是不能调动别人的积极性的；你自己没有信念，是不能使别人有信念的；你自己没有冲劲，是不能使别人有冲劲的；你自己没有前进的决心，是不能带动别人前进的。

美国有一位小说家写过一篇小说，叫做《最后一片叶子》。说的是一位年轻的艺术家得了严重的肺炎，生命垂危。她看着窗外的树叶一片一片地飘落，绝望地感到自己的病再也不会好转了。她认为当最后一片叶子落下时，她也将孤独地死去。而那最后一片树叶在寒风中随时可能被风吹落。一片平常的树叶维系着一个艺术家的生命。一位好心的画家在寒风中画了一片不会凋落的树叶。靠着这片树叶，年轻人终于又产生了生的希望,战胜了疾病。没有这片蕴涵着激励和希望的树叶她很可能被病魔夺去脆弱的生命。这虽然是小说,却科学地反映出激励对人的生命力的重大作用。

激励是人对美好事物的向往、追求和希望,它能激发力量、引发智慧、鼓舞斗志。如果没有激励就不会有学习产生,就不会有相应的行为和产生良好的效果。

对任何人来说,生命需要激励,学习更需要有激励。美国心理学家罗森塔尔有一次到一所中学,与一些同学谈了话以后,在学生名单中圈出了若干个名字,告诉老师说,这些学生很有天赋,前程远大(这些学生中,有优生,也有差生,还有平平常常的学生,是随机圈出的)。听了罗森塔尔的话,老师增强了信心,学生也产生了新的希望。过了一段时间,罗森塔尔再次来到这所中学,发现他圈名的学生全都有了很大的进步。事实证明,罗森塔尔正是运用激励的原理唤起了学生的自信感,使他们产生了进步的力量。这就是教育心理学史上著名的罗森塔尔效应。

激励的力量得到过许多有力的佐证。美国有个病人得了癌症,病情严重。此时她已经怀孕,她唯一的愿望就是能够在癌症征服生命之前生下孩子。腹中的孩子是她最大的希望,给了她极大的激励,产生了极大的力量。为了孩子,她同疾病进行了顽强的斗争。她终于等到了孩子的出生。孩子出生后,对她的激励更大了——她要抚养孩子,让孩子长大。后来奇迹出现了,她的癌肿瘤渐渐缩小,最后完全消失了。

激励的力量来源于自我奋发向上的心理。如果自己以为不行,就不可能产生力量。有个心理学家做过这样一个实验,他给试验者进行催眠,然后,给一部分人进行暗示:你们有着非凡的力量;同时对另一些受试者进行相反的暗示,暗示他们疾病缠绵,衰弱不堪。在这两种不同的心志下,对他们进行握力的测试。结果,第一组的成绩非常出色,而第二组的成绩十分低下。

第五卷
解除肉体之苦——养身强生

一、虚养身体

1. 气养身生

"气"是人的精神世界的外在表现，一个修炼得道的人，接触他的人便会感觉到一种气度、气概、气质。交相互感，便会产生一种气氛、气场。源出于孔子的仁爱心，源出于老子的清净心，源出于释迦牟尼的和气心，是东方大道的根本。修之于内，磨砺既久，就会自然而然地生发出使人敬之畏之的正气、清气、和气，度己度人，显现人格的无穷魅力。

气，是中国人视野里的哲学"三元老"之一，中医"三剑客"之一。

气，"通天下一气耳"，生命由之化。生为中国人，不能不重视"气"。

气为何物？从古代走来三个中国人，他们分别是：哲学家、科学家、医学家。

哲学家：气，其大无外，其细无内，"气"具有物质性、功能性和运动性。

科学家：气，是自然万物。地上是"五味"，天上是"五气"。气，一种能流动、活力很强的细微物质。

医学家：气，有正气，邪气。

同一气，不同的人，有不同的看法。他们分别从各自的角度，诠释中国人心目中，那个天天离不开的"气"。

在中国还有一种说法叫做"人生四惑——酒、色、财、气"。这四项对人的伤害一个比一个重。酒伤身，亦能乱性，它可以让人丧失理智。但许多人一旦意识到这一点，就能做到不喝酒。其次是色。对有些人来说，也可以不沾。再次是财。俗语说"人为财死、鸟为食亡"，但是实际上，有人也是不贪财的。人人都躲不过去的一件事是：气。人难免会生气。生活中有些老人什么都有了，钱也够花，儿女也够孝顺，但是他还是会生气，还是会郁闷。所以，这个"气"到最后伤人最重，百病生于气。

《黄帝内经·素问·举痛论》中这样记载"百病生于气也。怒则气上，喜则气缓，悲则气消，恐则气下，寒则气收，炅则气泄，惊则气乱，劳则气耗，思则气结。""怒则气上"意思是说，一发怒，气就会往上走。有脑梗类疾病的人尤其忌讳发怒。发怒的话，怒气就会往上冲，脑血管就会破裂。应对这种情况，中医有一个简单有效的方法，就是"十宣放血"。我们可以用针把十个手指尖挑破，把血挤出来，这样就能够缓释一下头部的压力。把十宣穴开了，就可以减轻头部的压力。

"怒则气上"还会导致什么样的病呢？由于气往上走而胃气不降，这个时候人就会出现呕血的现象。如果怒气全在上边，那么下面出现的病症就是"飧泄"。"飧泄"就是大便不成形，或者食谷不化。因为气全在上面壅着，而下焦穴的气虚掉了，就没有力量去让大便成形了。这是"怒则气上"在我们人身上的一种表现。

"喜则气缓"，缓是一个通假字，在这里通"涣"字，是涣散的意思。过喜则心神涣散。喜乐超过正常限度，气就散掉了。过喜或过恐都会导致人突然死亡，这两种情志会严重地影响人的生命。在中国古代历史上就有大笑而亡的人。传说宋代的抗金名将牛皋听到金兀术被杀以后，就大笑而亡了。这就是他的气一下子散掉了。

"悲则气消"，中医认为，一哭就神魂散乱，气就会短。哭的时候，越哭气越短，这叫"悲则气消"。

"恐则气下"，即受到惊吓或过于恐惧时，气就会下陷。这时，上焦穴完全闭住了，下焦穴整个打开。那么在人身上会出现什么样的象呢？我们常说有人吓得尿裤子，或大便失禁，这都是因为气往下走，人体固摄不住，一下子全泄了。

在中医文化里还曾经流传过这样的小故事：有一个孕妇要生产了，可一直生不下来。有一个叫叶天士的名医到了那个人家里以后，抓起一把铜钱往墙上一扔，那个妇女就把孩子生下来了。人家就问那个名医是怎么回事，医生是这样解释的："人都是为了抓钱而来的，所以小孩一听见钱声，就赶快出生了。"实际上这是笑谈。根本的原因是什么呢？就是"恐则气下"，那个孕妇听见"哗啦"一响，一紧张，气往下一走，就把孩子给推出来了。

"寒则气收"，意思是如果过冷的话，那么人体的气就会往里收。人体都有自保功能，自保功能首先要保五脏，所以天气一冷，人的肌肤腠理就会马上关闭。气要先回到中焦来，就是都要回到身体上来，所以就会出现四肢冰冷的象。

"炅则气泄"，"炅"是热的意思。如果过热的话，我们人体的气机就会宣散出去，气就会散掉，就会使人汗大泄。汗为心液，汗是从心这里变现出来的，同时也是由血变现出来的。所以过热就会出大汗，这也是对身体非常有害的。

"惊则气乱"，关于受到惊吓这个问题，在《黄帝内经》里有好几篇都涉及了。比如说得了胃病的人就会出现一个症状，叫做"闻木声则惕然而惊"，就是说一听到木头的声响就会吓一跳。这是什么原因呢？从五行生克角度来说，木克土，土为中焦脾胃，所以听到响声就会害怕，这是胃病的一个象。其实，凡是惊恐方面的病症，都跟两个经脉有关：一是胃经，一是肾经。有一种人的状况是"心竭惕如人将捕之"，他老觉得后面有人想抓他，这实际上是肾精不足造成的恐惧。

"劳则气耗"，古代只要提到"劳"，就是指房事、房劳，而不是指劳动。房劳在古人看来是耗气最厉害的。房劳会喘息出汗，实际上是动了五脏六腑。所以，房劳对人的损伤很大。

"思则气结"，意思是，如果过思的话，我们的气就会凝聚而不通畅。气凝聚在那里，就会影响消化，久而久之，脾胃都会出现问题。

很多时候，人们都是在遭遇病痛，或面临类如瘟疫这样的自然灾害威胁时，才会引起对健康问题以及自身免疫力的关注。

但是，提高免疫力，不能奢望危机来临时的临阵磨枪。须知，人类与病魔的战斗是一个永远持续下去的过程——非典、禽流感……这是知道的，事实上，人的免疫系统哪一刻不是在紧张地"战斗"着呢？如果它稍有不慎，就可能造成大患。所以，保持健康的身心应成为每个人日常的自觉选择，只有这样，我们才能有效地提高自身的免疫力和发挥自愈的功能，从而让它始终毫不"懈怠"地工作，让幸福生活的香甜陪伴我们一生。

提高自身的免疫力和发挥自身痊愈力的功能，最好的方略就是中国人所说的"浩然正气"。

浩然正气是一种大健康观。

何谓"浩然之气"？孟子云："难言也。其为气也，至大至刚；以直养而无害，则塞于天地之间。其为气也，配义与道，无是，馁也。是集义所生者，非义袭而取之也。行有不慊于心，则馁矣。"

"浩然之气"就是对自己所言所行的正确性充满自信，并能在日常生活中,用正直无私的品德来培育它,如是,"浩然正气"就会没有任何阻碍地充溢、匀布在天地之间。"浩然之气"只与修道之法则、人生之大道、人生之正义相携与共、相互酝酿,而耻于与背信弃义者共生。"浩然之气"不会凭偶然的机会获得,只有不断努力,持之以恒,将道义的力量与健康的生活方式一并融成自己身体和言行的一部分时,"浩然之气"才会不期而至,与你如影随形。

"浩然之气"不会无缘无故地到来,关键是要落实在"善养"上,也就是说,我们不仅会,而且要善于养护"浩然之气"。如何"善养吾之浩然正气"呢?

第一,全面改善情绪化的品性,让浩然正气溢满身心。当今,多元化的生活方式中有许多是有损于人的身心健康的。比如,过分强调人的个性化生活,则会使人深陷七情六欲的泥潭而不能自拔,如果这样,因七情六欲所引起的心脏病、肾病、癌症等疾病就会日益严重地纠缠这些人。其实,人许多后天养成的习性,对身心的健康有百害而无一益。

第二,心底无私天地宽。无私则不惧权势、不贪利色、不畏强暴,从而能以公平之心维护正道和正义,如果是卑微猥琐的性格、懦弱无力的行为方式,浩然正气就会荡然无存。

2. 意养身生

意养身生,就是用意志意识意念来调节身心,达到心理平衡,它是我们健康最重要的方面之一。

一个人的全部能量有两种,一种是外显的行为能量,一种是内隐的意识能量。这两种能量的精华部分都是意识的有序性。

只要是优秀的医生都知道,治病先治人,治人先治心。这个治心就是调整和控制人的内在意识力。

思想绝对不是抽象的、形式上的概念，它是个具有能量且具体的东西。当一个人思想与一种强烈的一定要达成目标的挚热愿望和坚持不懈的耐力相结合，开始产生行动力时，便会开始发挥出一种强大的能量，这种能量可以与宇宙的能量相通，而协助你达成你人生所想要达成的目标与理想。

每个人身体内都隐藏着巨大的能量，这种能量是中性的，它对不会掌握的人来说是自伤的利器，对会运用的人来说，是健身治病、成就事业的最大功巨。

心理能量如此之巨大，究竟有没有掌握的捷径？

有，当然有。那就是思维，就是看人怎么想。

一个人是否健康，事业是否有成，关键就是看他怎么想。

◎身心放松想——治好了一名教授严重的颈椎病

近些年来，人们发现，无论是东方的气功、瑜伽训练，还是西方的自我催眠、生物反馈、行为疗法等，都是靠自己或借助于仪器、他人通过身体的放松，保持心理清静，以达到自己调节自己身心功能的一种自我锻炼方法，所以，人们把它们统称为身心自我放松术。

临床医学表明，人的身心在有意识放松的时刻，会发生许多奇迹般的变化。如注意力容易集中和明显改善，脑力劳动的效率提高，抗疲劳程度增强。

因此，无论是国内还是国外，身心自我放松术都受到了人们的重视。对那些心事很多、忧虑过度，或易兴奋激动而较难自控的人来说，要使全身放松，特别是使大脑保持清静、排除所有杂念是较难做到的。但只要能掌握身心放松术的要领，使身心处于一种较为松弛、协调的状态，达到身心的放松还是不难的。

有一名教授一天他对我说，他得颈椎病很长时间了，久治不好，有没有什么特殊方法可以根治。

我说，这没有什么特效药，这种病是一种生活方式病，你若不改变你的生活方式、工作方式，此病就不可能根治。

我首先跟他讲了导致颈椎病的根本原因，以纠正他的错误认识。

人的健康与他的外形姿势有着密切的关系。如长期低头或歪着脑袋者，就可能得此病。因为长期如此，就会导致颈部肌肉紧张僵硬，头部供血不畅，从而出现头痛、失眠、记忆力衰退，还有可能导致气管炎、肺气肿及上肢麻木疼痛和肩周炎等疾病。

我不是吓他，这是事实。要想治好这种病，就得要有身心放松法，再加上纠正行、走、站、立、坐的姿势就成。

后来我教了他一套放松疗法，一个月后再见到他时，他说病早就好了！

所谓放松疗法，它就是通过有意识地控制身心的放松，起到治病的作用。放松，由两个部分组成，一是肌体放松，二是意识放松。当然，肌体放松也得先由意识放松开始。

其实，它的原理就是我们古书中所说的"动极者镇之以静"，意思就是说"动"得太过就需要"静"，也就是中医说的"静养"，我们人体在"静养"的状态下，神经紧张度放松，呼吸、心率、血压、体温都会相应降低。这种低代谢的积累反应，是一种非常好的"健康运动"。

下面是达到身心放松的几个步骤：

一是选择一个空气清新、四周清静的环境。

二是暂时忘记和放下自己心中的烦恼及日常事务。这是一种主动的意识消除手段，对身心放松的效果影响很大。

三是选择一种自我感觉舒适的姿势。如是白天，最好选取站姿或坐姿；如果进入休息或睡眠状态，则可选择坐或躺的姿势。

四是活动身体上一些大关节和大肌肉，做时速度要均匀缓慢，动作不必有一定的格式，只要感到关节放开，肌肉松弛就行了。

五是保持呼吸自然、舒畅。呼吸的调节是很不容易掌握的,只有当人根本不注意自己的呼吸,只靠身体的自然起伏运动带动时,呼吸才会最自然,即缓慢又细匀,使人处于一种舒适、安逸的状态。也就是在悠然自得中忘掉呼吸,而不是直接有意地去控制呼吸的深度和频率。

六是放松意识,注意集中。这是身心自我放松术中最难做好的一步。要使意识放松,无意识心理活动减少,可以用意识集中的方法,使自己的意念归于某一对象,并有意识地注意。同时要放松全身,最后使意识达到一种清静与舒适的清醒状态。

七是想象力的运用。这是最复杂的一步,也是调节身心平衡,战胜疾病的关键一步。当达到一种忘我的境界后,就可收到事半功倍的功效。

训练身心自我放松术不需特殊的场地和昂贵的器具,经过一段时间的锻炼后,可体会到一种难以形容的轻松和内心洁净的感觉,即所谓自我最佳感觉。因而这种方法越来越受到人们,尤其是中老年人的喜爱。

◎ **集中式冥想——如何学习集中式冥想**

集中,是引导身体自有能量来救治疾病的利器。

一个人若不预先理解集中的神奇,是很难真正运用好集中冥想治病的。

毛泽东凭什么战略胜了蒋介石,归纳起来有一条主要原因,就是集中战略。它是弱者击败强者的法宝。

哈佛大学的波特教授以全球竞争战略大师而著名,他的理论核心就是毛泽东的"集中战略"翻版。集中战略用在事业上,则事业卓著;用在生活中,则事事顺心。

凹镜之所以能将阳光聚焦于一点将纸燃烧,也就是运用了集中原理所致。这都说明,什么事一集中,就能干好;什么意识一集中,就能产生无坚不摧的能量。

冥想是什么？

随着古老瑜伽的日益流行,瑜伽中的冥想术也越来越引起人们的好奇和注意。很多朋友将其视为畏途,以为冥想神秘莫测,很难掌握。或者以为冥想就是单一的打坐参禅。

其实,冥想并不神秘。当我们的眼耳鼻舌身意任何一部分专注于被吸引,也就是当我们的意识持续不断地向一个方向流淌,冥想就形成了。

冥想可以让你的意识平静,让你回归现实,回归现在,可以让你抛弃对过去和现在,未来的一切杂念。

冥想的最大特征是意识集中。前面说过,人体内的能量是巨大的,但不集中就对外不显示力量,一如散兵游勇,毫无战斗力,一旦被集中起来,就胜百万雄师,什么身体疾病都能摧毁,什么问题都能克服。

当然,冥想并不是单纯使头脑空明。因为我们中大多数人不能够打莲花坐,咏念瑜伽语音,以达到平静的虚无境界。我们的头脑总是有无数的想法在闪现,如果要让您一下静下来什么也不要想,这基本是无法做到的。那我们怎样才可以体会冥想呢？

冥想具体训练步骤如下:

第一个星期

为了使自己爱上冥想的感觉, 可以在这周里每天都试着做以下练习:

静静地以一个舒服姿势坐着,并闭上你的眼睛,完全放松你全身的肌肉,从脚逐渐到脸,使它们保持放松。

用鼻子呼吸,注意每一次吸气和呼气,但不要刻意做深呼吸。在你呼气的同时,默念一。轻松地自然地呼吸,持续10到20分钟。

当你的思绪不可避免地游离时,慢慢地将你的注意力拉回到呼吸和重复"一"上。

第二个星期

体验不同的形式,传统上冥想都伴随着坐姿,但是如果你无法保持静止,你可以采取佛教徒的步行式冥想。慢慢地走,把注意力集中到你的脚接触地面的感觉上并凝视你面前散落的足印。

如果你喜欢嘈杂而不喜欢宁静,播放一张录着自然环境的声音的音乐有助于你集中注意力。或者唱圣歌,你可以在冥想的时候通过重复一首简单的圣歌,比如哦、啊或者和平来唱圣歌。也可以放一些圣歌CD,你可以跟着唱。

即使在工作时你也可以冥想。从事繁重的单调的工作时,摘下你的耳机,一会再看那些阅读材料。与其试图避免乏味或关注结果,还不如体会你体内正在发生的事情:你的呼吸、你正在放松的肌肉以及你某个伸展动作的紧张度。

第三个星期

租用或购买一些有指导性的关于冥想的音像或影像制品。这方面的很多杰出的学者和老师都录制了一些有助于你集中注意力的东西,有些基本的是指导你如何做,其他的则纯粹是身体练习如呼吸或身体放松。我们向你推荐琼博士的《冥想,为了放松和减压》,里面录制的很多东西都与旧式的宗教或者精神传统有关。戈尔曼博士根据《冥想的艺术》汇编了四种方法——呼吸、体检、散步和用心冥想。这也是一种很好的方式,帮助你找到最适合你的方式,让你更深刻地理解你自己和你的世界。

第四个星期

试着参加一个小组或班,在他人的陪伴下冥思是一种极为动人的经验。寻找一个佛教的寺庙,他们常常集会并向公众开会,有些甚至还提供训练。你的医生或当地的医院或许能够指导你加入一个小组因为现在很多医疗机构把冥想当作一种减压的方式。

第五卷 解除肉体之苦——养身强生

通过冥想练习,你可以提升自我形象,发挥最大的能量,并能收获美丽,得到人生最大的财富——健康！静下心来,敞开胸怀,从练习中感受难得的宁静、聪慧和幸福吧！

◎呼吸入静想——能缓解高血压、冠心病、糖尿病

先说入静。何谓入静?心不乱为静,心专注为静,动静在心不在身。所以说注意集中心神贯注地看书、写字、画画、谈话、劳动、运动,都可认为是一种入静,而静静地坐在那里胡思乱想实为入乱。

入静决非入睡,也不是什么都不想地进入一种死水枯木没有生命力之静,而是一种兴奋和抑制、大起和大落、对立和统一、动静高度协调的最佳功能状态。

严格地讲,入静应包括三个方面,那就是:肢体得放松,呼吸要柔和(脏腑要松沉),意念要专注。三者合一,是谓真入静。入静时,心神是处于一种积极工作、认真运动的状态之中;心神既要认真地调身、调息、调心,加强内部管理,进行宏观调控,以达到一种最佳的休息状态或工作状态,还要认真地协调身心投入于某种劳动和运动之中。

在入静时人会有最大的灵感、最妙的协调、最佳的功能状态。当然在入静时,人也能得到一种最佳的休息状态和自我调整状态。入静者的心是在自由自在地、认真细致地、无止无休地进行着一种极为细致微妙的内部调控工作,调控着整个身心、各个系统、每个细胞,使它们该抑制的充分抑制下去,该兴奋的高度兴奋起来,为着某个目标(劳动、运动、休息)和谐地进行战斗。所以入静也可说是一种最佳的人动状态,是要把身心各部和谐地组织进来进行休息或运动。

入静疗法的应用范围很广,如高血压、冠心病、溃疡病、支气管哮喘、糖尿病、偏头痛等各种身心疾病和各种焦虑症、恐怖症、强迫症等都有较好的疗效。对于呈现轻度身心疾病包括体弱、营养不良、精神不

振等,也能起到强身保健的作用。

如果讲得具体些、细致些,入静时对内要抓好调身、调息、调心三件大事。

调身:是调整身形姿势,使之中正安舒,放松眼耳鼻舌和四肢百骸,放松颈椎腰椎,保持中线挺拔和精神。

调息:包括调整呼吸运动,使之由浅变深,由粗变细,由短变长。要让全部肺细胞都能够均衡地进行工作。(常人呼吸短促,只有20%左右的肺细胞长期劳累地工作,造成了疲劳与衰老"而80%左右的肺细胞则因长时期的闲着,因用进废退而退化软化了。)调控五脏六腑,使之松沉自在,气血通畅,功能良好。

调心:是调整感情和意念,使得感情愉快自在,意念内守身息。任外界风吹草动千变万化,我心安然不动,一心观内,观身身松,观息息和,观心心静,身心合一,意气相投,自观自在,宁静安祥,是谓真人静。

三调的关键是调心。心是一身之主帅,只有心意专一,不迷不乱,才能把三调落到实处,才能进而抓好全身的三军将士,调整好全体的兴奋和抑制。人的身息心三者统一于中枢神经之中,所以说体松、息和、心静,三者是三亦是一,合三而一,这才是全面的松或静。

3. 神养身生

神养身生,就是通过调摄精神、意识和思维活动,以保持身心健康、延年益寿的一种养生方法。"仙鹤神清因骨老,鸳鸯头白为情多"。古代养生家十分重视精神心理因素在健康长寿方面的作用,认为通过调摄精神可防病延年,并且提出了精神养生的具体方法。

精神,古人称之为"神"或"心神"。早在两千多年前,《黄帝内经》就提出"积精全神"以延年益寿的论述,认为神为一身之主宰,统帅五脏六腑,有神则生,无神则死,神强则健,神弱则病。无数事实说明,心神安适是健康长寿一个重要因素。

为什么精神调养得法能够保身延寿呢？古代养生家认为,"精"、"气"、"神"是人身三宝。"精"是构成人体、维持生命活动的物质基础;"气"是生理功能;"神"是一切意识、知觉、思维活动的集中表现。精、气、神三者相互作用,互相影响。但三者之中,神起着主导作用。由此可见,神是生命活动的主宰,只有善于调摄精神,才能确保健康长寿。

因此,调神是养生第一要义。

现代研究证实,精神活动不但影响神经系统、内分泌系统功能,而且影响内脏的机能活动。正常的心理活动使人体各系统的生理活动有条不紊地进行,从而有利于身体健康。

对健康的概念,人们往往仅理解为躯体健康而忽略精神心理健康,这是很不全面的。人是有意识、有思想、有情感的生物体,有着非常丰富而又极为复杂的心理活动。人生活在社会中,必将受到社会各种因素的影响。必须对各种刺激作出反应。因此,健康不仅指一个人没有疾病或生理正常,而且还应包括良好的精神状态和社会适应能力。

很难想象,一个虽然各器官系统发育良好、功能正常、体质健壮,但整天疑神疑鬼、怨天尤人、多愁善感、忧心忡忡,甚至人格变态、患精神病的人,可称得上为健康的人。从这个意义上,对调摄精神与健康的关系又可有进一步理解。

精神失调还可导致气机失常,其中有的是气机紊乱,有的是气滞不行,有的是升降反作。气机异常又可进一步致病,如气郁而化火,气机紊乱体液代谢失常而聚湿生痰,或气滞而导致淤血内停等。

◎调摄精神的方法

精神调养是我国古代养生益寿的主要方法之一,受到历代养生家的重视和运用。调养精神的基本方法,归纳起来,主要包括养德安神、清静养神、乐观怡神等几方面。

(1)养德安神

养德,系指道德修养而言。中华民族历来是一个讲道德的民族,古代养生家则把道德修养与养生紧密结合起来,形成了具有鲜明民族特色的养生之道。

(2)清静养神

清静养神,就是保持思想清静、以养心神的方法。

(3)乐观怡神

精神乐观、性格开朗是养生益寿的法宝。

举凡古今长寿者,大多胸怀豁达,开朗乐观。《管子·内业篇》说:"凡人之生也,必以其欢。忧则失纪,怒则失端。"可见欢乐是人体生理所必需的。

◎精神失调的心理疗法

一旦七情失调,就可能导致疾病,古人称之为"心病"。这种疾病单凭药物治疗,效果是不理想的,而有赖于精神心理治疗,所谓"心病还须心药医"。精神心理治疗可由别人实施,也可由患者自己掌握、运用。此外,对于生理失调引起的疾病,如许多慢性病,甚至癌症,心理治疗也有一定作用。所以古人说:疗身不如疗心,让别人来治疗不如自己治疗。这话确有一定道理。下面介绍古人常用的一些精神心理疗法。

(1)以喜胜怒法

明末名医傅山治疗一妇女:患气臌病,多方服药治疗无效。问及病因,是因患者规劝丈夫戒赌,丈夫不但不听劝告,反而将她毒打一顿,于是气愤难忍而患病。傅山就地拔了几把草,叫其丈夫恭恭敬敬、和颜悦色地在她面前熬药喂药,每天十几次。三天后患者病愈。傅氏说:野草本不能治病,患者见丈夫低声下气熬药,逐渐心平气和,心情舒悦,病自然退了。

《古今医案按》记载了金元名医张子和的一则医案：项关令之妻得了一种怪病，虽感饥饿但不能进食，且大喊大叫，发怒骂人，久治无效。张叫项关令找来两个妇女，涂脂抹粉，妆成戏子，忸怩作态。病人看后哈哈大笑。次日依然如此，并叫两个妇女在病人面前大吃大喝，并赞美食物味道鲜美。病人不由自主地要求吃一点。这样，怒气日减，饮食日增，不久恢复了健康。

（2）以喜胜悲法

《儒门事亲》记载了一则"喜胜悲"医案：有一个人听说他父亲被强盗杀死了，非常悲痛，嚎啕大哭了很久。哭止住以后，便感觉到心窝部疼痛，且日渐加重。一个多月以后心窝部出现了结块，疼痛不止，吃了很多药都无效。有的医生主张用燔针、艾灸，可是病人拒绝，只好去请张子和。张氏问清了病因后，来到患者床前，刚好当时有一个巫婆在场。张就学着巫婆的样子，手舞足蹈，并开了一些很滑稽的玩笑。患者忍不住大笑，过了一两天，心下结块消散，病逐渐痊愈。

（3）以喜胜忧法

某巡抚因忧郁致病，久治不愈，地方官推荐一乡医治疗。乡医装模作样地摸了很久的脉，然后说：巡抚大人患有月经不调症。地方官责其胡言，巡抚则捧腹大笑，怪此医必老糊涂。此后，每想起这件事就自然发笑，亦常将此事作为笑料告诉别人，与众人同乐。仅一个多月，所患之疾不药而愈。后返朝遇太医院御医言及此事，御医说：此乃以喜胜忧之法也。

（4）以悲胜喜法

清代陆以恬的《冷庐医话》记载了一则案例：一个世代务农的农民之子李大谏考取了举人，其父异常高兴，每天喜笑不止。不久，李又考取进士，做了大官，其父更乐，日夜笑个不停，历十年不愈，成了痼疾。李请太医给其父治病，太医派人告诉其父说：你儿子患病死了。其父听

148

了悲痛欲绝,悲哀地哭了十几天,大笑遂停。这时,再派人告诉他说:你儿子被赵太医救活了。其父听了这个消息,再不悲哀,原来的毛病也完全好了。

(5)以怒胜思法

金元时期朱丹溪治疗一女子。该女子许婚后,其夫经商20年未归,于是相思成病,不思饮食,卧床不起,如呆如痴,服药无效。朱丹溪诊后告诉其父,此为久思气结,单纯药物难以治愈,需情志疗法,嘱其父打了女儿几记耳光,责骂她有外遇。该女受了委屈,十分生气,嚎哭叫嚷了几个小时。朱再叫人劝解,并辅以药物,则思饮食。不久又将其夫唤回,病不再发。

《华佗传》载:一太守因思虑过度而生病,多方服药不愈,请华佗诊治,并送以重礼。华佗与太守之子商定,虽接受了礼物,但迟迟不给他治疗,后又不辞而别,并留下一封书信咒骂他。太守大怒,派士卒追捕华佗,但无踪迹。太守暴怒,遂吐淤血数升,顿觉病好了许多,几天后痊愈。事后其子告诉他说,这是华佗想的办法,怒可以胜思,怒气一发病就好了。

(6)以恐胜喜法

隋朝太原人赵知则因过喜而得病,服药不愈,请名医巢元芳给他看病。巢切脉以后,故意做出大吃一惊的样子,且犹犹豫豫不把药给他。过了几天,赵悲伤地哭着向家人告别:我活不了几天了。巢知道病人悲伤以后病很快会好了,就派人去安慰他,果然病愈。有人询问原因,巢氏以《内经》恐胜喜的理论答复。

清代名医徐灵胎治疗一喜伤心的新中状元。徐对他说:你的病已无法治了,七天内必死无疑。患者吓得要命,过了七天病痊愈。徐再告诉他说:你中举以后,大喜伤心,不是药物能治好的,所以用死来吓唬你,这就是治病的方法。

(7)想象法

第五卷 解除肉体之苦——养身强生

想象法是用美好的想象来满足自己愿望的方法。《道藏·将摄保命篇》对体质虚弱患者,介绍了想象滋补法:平卧,四肢舒展,想象头顶上有酥糖,融流注心,并周流四肢;又想象躺在酥乳池中沐浴,久而久之,使人体健而皮肤光泽。

由上可以看出,我国古代很早就运用心理疗法来养生治病。这实际上主要是通过对情绪的刺激,恢复心理平衡,而达到强身治病目的。

二、实养身生

1. 进排养生

进,指吃喝;出,指清排。进什么以及怎么排,都是有很大的讲究的。最近一次由联合国领导的在纽约举行的国际保健会议中,联合国提出了一个"千万不要死于无知"的口号。的确,在许多平均寿命不高或偏低的国家中,许多人确实是死于无知的。

病从口入——吃,决定你一生,决定你命运。西方医学之父希波克拉底先生有句名言——你的食物就是你的药方,你的药方就是你的食物。

人的身体要能够维持生理健康,营养是十分重要的。可是营养的第一要素是空气,而不是食物。人几天不吃食物不会饿死,但是一分钟不呼吸空气就没命了。由此可见,空气是人生命的第一要素,所以人生命的第一道补品就是空气。

所以起居环境首先要选择新鲜空气,要找一个环境宜人,污染少、空气新鲜的地方。在精神郁闷、气力不足时,自己马上到空气新鲜的地方,深深地换几口气,精神就会好起来,身体也轻松多了,世界也更加美好。这种去浊换清的呼吸方法就叫"吐纳",平时借着呼吸的功能,将体内的浊气吐出,将新鲜空气中的养份补品吸入,久而久之,自然会心平气和、体力倍增、精神饱满。就这么一个不要钱的最简单的方法就能使你的身体更加活泼、青春、健康。

很可惜,世间人很多都忽略了新鲜的空气,他不知道就这么一口气,它的存亡就是生命的存亡。世间人都因忙碌紧张而忽略了它,结果都是英雄气短,不懂得呼吸新鲜空气而使疾病缠身,真是可惜!

新鲜空气从哪里来呢?

(1)下雨可使空气得到净化,在小雨中行走,空气新鲜,更加令人心旷神怡,有助于调节神经,活跃精神,不仅培养了意志,锻炼了身体,增强了体魄,而且还别有一番情趣。

(2)爬山,呼吸新鲜空气,陶醉于大自然的美景之中,不但能够把忧愁忘掉,还能升华到忘我的境界。

(3)多种植花草树木。花草树木代表元气,代表青春,能够保持空气清新和芳香。一个院子里面种植着各种树木、水果、花草,好像一个青绿色的世界。凡是青绿色的东西,都富有生命的动力,它提供的氧气,主宰了世人的生命。这些植物生长收成时,像稻麦、蔬菜、水果,完全是牺牲了自己的生命,供养人类食用生存,这就是大公无我的精神!花草树木、稻麦蔬菜对人类的恩德实在是太大了!

花草树木之气叫朝气、灵气,没有花草树木的地方,你会感到"死气沉沉"。花树都长在阳光下,生机活泼,翠绿美丽。如果把花木栽植在暗室中,因为没有了阳光的普照和雨水的滋润,就会使花木的灵气断灭。做人也一样,你是否暗室亏心?如果你常做下不轨的事情,有一天你也会自寻死亡而无人施救!

所以我们要经常接近花草树木大自然,每天呼吸到新鲜空气,每

151

天吃卫生新鲜的蔬菜食物，每一天中所做的都是光明正大的事、清净无秽的事。一个人能遵守这样的法则，那么就可以增加你身心健康，永远保持青春光彩。

人生最离不开者，莫过于吃、喝、拉、撒、睡，这其中，"吃"又占有相当的比例。因此人的一生，吃什么，怎么吃，吃多少，什么时候吃……就与人的健康息息相关，而当今世界，可"吃"的东西实在太多，五花八门，林林总总，令人眼花缭乱，目不暇接。

现在有不吃"垃圾食品"的口号。所谓垃圾食品，指的就是油炸食品、熏烤食品、腌制食品、罐头食品等，连精白米、精白面包等也被点了名。在美国和其它西方国家，几乎人人都知道汉堡包和炸鸡是"垃圾食品"，吃的人越来越少；但在中国，许多家长把吃麦当劳汉堡包和肯德基炸鸡当作是对孩子的奖励，让这两家快餐店每家都从中国食客中每年拿走数十亿美元。

在保健食品中，首先要提到的是老玉米，美国人把它称之为"黄金作物"。美国医学会作了一次普查，发现在印第安人中，没有一个患高血压和动脉硬化的，原因是他们的主食就是老玉米。

第二种保健谷物是荞麦，它有"三降作用"(即降血压、降血脂和降血糖)。荞麦里含有18%的纤维素，常吃荞麦的人不会得胃肠道癌症。我们坐办公室的人，在患癌症的人中有20%的人患的是直肠癌和结肠癌。

第三种保健谷物是薯类，包括白薯、红薯、山药和土豆。它们的主要作用是吸收。吸收水分，润滑肠道，使你不容易得直肠癌和结肠癌；二是吸收脂肪和糖类，使你不容易得糖尿病；三是吸收毒素，阻止胃肠道炎症的发生。

燕麦和小米也是保健谷物，燕麦能降血脂和降血压，小米则有除湿、健脾、安神的作用。

改革开放以来，不少城市居民，非精制大米不吃，非富强粉馒头不吃,不吃粗粮。饭面白了,脸却黄了!科学分析表明,粮食在由粗粮加工成细粮的过程中,损失了大量的营养素。谷物在精制过程中,B族维生素损失很多。小麦在精制成上等面粉过程中,所丢失的铬、镁、锌等微量元素也十分可观。这种长期吃精制的白米白面的后果,增加了糖尿病与冠心病的发病率。因此,从营养学的角度看,"吃细粮不吃粗粮"的观点是错误的!

◎身体排毒援助计划

排,也是十分重要的问题!

排,有排泄、排毒、排气、排便等。

目前最流行的问题是排毒问题。

最近一段时间以来,有关排毒的概念被炒得沸沸扬扬,市场上出现了许多排毒产品,炒作得很热闹。有病排毒、美容也排毒。好像每个人都有排不完的毒,甚至把人的一切疾病都和排毒联系起来了,似乎只要排毒了,那一切就万事大吉。结果导致普通消费者眼花缭乱、无所适从。其实不是只有使用排毒产品、洗肠、洗血、淋巴引流等才能排毒,只要我们养成良好的生活方式,注意饮食、运动等就可以起到良好的排毒效果。

人们都知道毒素积聚会引起疾病,那到底什么是毒呢?

我们经常所说的毒是一个中医概念。中医认为体内湿、热、痰、火、食可以积聚成毒。按现代医学的观点看,毒指各种对健康不利的物质,就是各种对身体的细胞、组织、器官有损害的物质。毒主要来源于通过饮食、饮水、呼吸、皮肤等进入机体的对机体有害的物质,或者营养物质的代谢产物。例如人体内脂肪、糖、蛋白质等物质新陈代谢产生的废物和肠道内食物残渣腐败后的产物,均是体内毒的主要来源。所以也可以说,毒素大都是吃出来的。例如我们吃的东西都是很香的,为什么排出来的就那么臭啊,就是因为这些物质在体内代谢或者肠道细菌对物质发酵、分解而产生了许多产物的原因。

所以毒来源于两个方面，一个是正常代谢中产生的，一个是来源于外环境。那为什么几千年来人类从来没有像现代人这样重视排毒呢？主要原因有三个方面：第一是饮食的改变。长期以来，人类进食的都是原始的食物，只是进行简单地加工，所以吃进去的食物化学种类相对比较少，但是随着食品工业的发展，为了食品加工的需要，加工食物中不得不添加许多的食品添加剂，例如色素、抗氧化剂等等，所以现在我们吃的食物成分非常复杂，所以产生代谢新物质的可能性就增加了；还有人类为了满足口感的需要，食物的加工越来越精，例如面越来越细、米越来越白，这样大量有利于排毒的成分，例如纤维素等就被丢弃了。第二是环境的改变。工业的发展在给我们生活带来改善的同时，也给我们的空气、水带来了许多污染物质，这些存在于环境中的毒素就会通过呼吸、皮肤等进入我们的身体；第三生活压力增大。社会竞争的加大，也改变了我们的生活方式，吸烟、酗酒、夜生活无节制，例如经常光顾迪厅、酒吧等吵闹、空气不好的场所等也是体内毒素增加的因素之一。

哪些饮食内容或习惯会累积毒素？归类起来，高蛋白、高油脂、少纤维、高钠(盐)、高糖的饮食内容；单调的饮食选择，以及水喝太少、吃太多，同样会增加毒素的累积。此类型饮食常见于油炸食品、加工食品、快餐。

那么如何知道自己需不需要排毒？坦白地问自己，最近两周是否常常吃得太多、太饱、太油腻？是否常常出现腹泻、便秘，排便不顺、胀气等消化道的问题？是否没有特殊理由下，吃很多却依旧常常体力不足、头昏眼花、精神不好，显得疲倦没活力？是否有火气大、口角易破的状况出现？是否没吃什么也越来越胖？若上述问题的回答为肯定的，那么就需要开始注意了！

如嘴里的溃疡日渐扩张、额头上的痘痘红得发亮、上厕所的时间越来越长……是的,你已经"毒债"超标。关于排毒我们已经听得太多,你准备如何化解毒素危机,靠药物、洗肠、还是手术?其实,人体自有一套动态、立体、完善的排毒系统,只要给予他们充分援助,你就能打一场漂亮的"排毒战役"!

大脑 大脑虽不是直接的排毒器官,但精神因素明显影响着排毒器官的功能,尤其压力和紧张会制约排毒系统运作,降低毒素排出的效率。援助方案:保证充足的睡眠,放松心情,给大脑减压。

胃 胃的主要功能虽然是杀死食物中的病原体并消化食物,但偶尔也兼职排毒,通过呕吐迫使体内毒素排出。援助方案:不要空腹吃对胃刺激大的过酸、过辣的食物。尽量规律用餐,保证胃的健康。

淋巴系统 淋巴系统是除动脉、静脉以外人体的第三套循环系统,充当着体内毒素回收站的角色。全身各处流动的淋巴液将体内毒素回收到淋巴结,毒素从淋巴结被过滤到血液,送往肺脏、皮肤、肝脏、肾脏等被排出体外。援助方案:每天洗10~15分钟温热水浴,以促进淋巴回流,天冷时可每天用热水泡脚代替。

眼睛 对于女人,尤其是爱哭的女人,眼睛的排毒作用发挥得淋漓尽致。医学专家证实,流出的泪水中确实含有大量对健康不利的有毒物质。援助方案:很少流泪的人不妨每月借助感人连续剧或切洋葱让你的泪腺运动一次。哭完后别忘了补充水分。

肺脏 肺脏是最易积存毒素的器官之一,因为人每天的呼吸,将大约1000升空气送入肺中,空气中漂浮的许多细菌、病毒、粉尘等有害物质也随之进入到肺脏;当然,肺脏也能通过呼气排出部分入侵者和体内代谢的废气。援助方案:空气清新的地方或雨后空气清新时练习深呼吸,或主动咳嗽几声帮助肺脏排毒。

肝脏 肝脏是人体最大的解毒器官,它依靠奇特的解毒酶P450对食物进行加工处理,将食物转换成对人体有用的物质,然后吸收,但食物中的某些毒素却可能留存下来。援助方案：练习瑜伽。瑜伽是顶级的排毒运动，通过把压力施加到肝脏等器官上，改善器官的紧张状态，加快其血液循环，促进排毒。

皮肤 皮肤受内毒影响最明显，但也是排毒见效最明显的地方，是人体最大的排毒器官，能够通过出汗等方式排除其他器官很难排出的毒素。援助方案：每周至少进行一次使身体多汗的有氧运动。

肾脏 肾脏是人体内最重要的排毒器官，不仅过滤掉血液中的毒素通过尿液排出体外，还担负着保持人体水分和钾钠平衡的作用，控制着和许多排毒过程相关的体液循环。尿液中毒素很多，若不及时排出，会被重新吸收入血，危害全身健康。援助方案：充分饮水。不仅可稀释毒素在体液中浓度，还促进肾脏新陈代谢，将更多毒素排出体外。特别建议每天清晨空腹喝一杯温水。

大肠 食物残渣停留在大肠内，部分水分被肠粘膜吸收，其余在细菌的发酵和腐败作用下形成粪便，此过程会产生一些有毒物质，再加上随食物或空气进入人体的有毒物质，粪便中也含有大量毒素。和尿液一样，若不及时排出体外，毒素也会被身体重吸收，危害全身健康。援助方案：养成每日清晨规律排便的习惯，缩短其在肠道停留时间，减少毒素的吸收。多吃粗纤维食物可以促进肠蠕动，防止便秘。

2. 运动养生

现代生活中，由于电气化、机械化、自动化已进入了人们的工作环境和家庭，与上几代人相比，我们大约可少消耗三分之一的体力，加之休闲时光和娱乐方式已经被电子游戏机、电脑、电视、VCD、网上生活所占据，人们就更缺乏应有的运动了。随着现代化程度的提高，缺乏体力劳动和体育运动的现象会更加严重。

生活方式和工作方式的改变，使人们的健康受到很大威胁。

首先，缺乏运动可使人体新陈代谢功能下降，此类人患肥胖症、糖尿病、高血压、脑中风、心脏病的可能性要比坚持合理运动的人高出五至八倍；心脏功能要早衰十年以上；动脉硬化、肾病、胆石症、骨质疏松症、癌症、精神抑郁症的发病率也明显升高。

一项医学研究表明，常年采用静坐体位生活和工作的人，其死亡率明显高于保持运动的人；身体总是保持相对静止状态对健康的危害，相当于每天吸一包烟。

作为明智的现代人，如果意识到自己缺乏相应的运动量，就应给自己加一项任务——每天抽出三十至六十分钟，用来进行适合于自身的体育运动。

如果一个人想要健康、精力充沛地生活和工作，想要推迟衰老、延长寿命，想要伴随相亲相爱的人走更长更远的路，想要充分享受生命，那么就要在自己的每日生活中，加入运动这一项任务。

人体运动是需要能量的，如果能量来自细胞内的有氧代谢（氧化反应），就是有氧运动；但若能量来自无氧酵解，就是无氧运动。有氧运动也叫做有氧代谢运动，是指人体在氧气充分供应的情况下进行的体育锻炼。有氧运动的好处是：可以提升氧气的摄取量，能更好地消耗体内多余的热量。也就是说，在运动过程中，人体吸入的氧气与需求相等，达到生理上的平衡状态。因此，它的特点是强度低、有节奏、持续时间较长。要求每次锻炼的时间不少于1小时，每周坚持3到5次。通过这种锻炼，氧气能充分酵解体内的糖分，还可消耗体内脂肪，增强和改善心肺功能，预防骨质疏松，调节心理和精神状态，是健身的主要运动方式。

常见的有氧运动项目有：步行、慢跑、滑冰、游泳、骑自行车、打太极拳、跳健身舞、做韵律操等。

而无氧运动是指肌肉在缺氧的状态下高速剧烈的运动。无氧运动大部分是负荷强度高、瞬间性强的运动，所以很难持续长时间，而且疲劳消除的时间也慢。无氧运动的最大特征是：运动时氧气的摄取量非常低。由于速度过快及爆发力过猛，人体内的糖分来不及经过氧气分解，而不得不依靠无氧供能。这种运动会在体内产生过多的乳酸，导致肌肉疲劳不能持久，运动后感到肌肉酸痛，呼吸急促。要是想让自己的身体更强壮一些，可以到健身房去参加无氧运动。不过，在锻炼的时候，最好听从教练的指导，选择一个适合自己的训练计划。

　　有氧运动还是无氧运动，并不是简单地根据运动项目来划分，而是按照运动时肌肉收缩的能量是来自有氧代谢还是无氧代谢而区别的。

◎有氧运动的益处

　　(1)增加了血液总量。血液供应量提高了，相应也就增强了氧气的输送能力。

　　(2)增强了肺功能。使人的呼吸加深加快，从而提高了肺活量，提高了肺吸入氧气的能力。

　　(3)增强了心脏功能，使心肌强壮，预防和有效防止了心脏病、冠心病的发生。

　　(4)增强了骨骼密度，使骨骼坚固结实，有效防止了老年骨质疏松、骨折发生。

　　(5)有氧运动加上适当饮食，可有效除去体内多余脂肪，减轻体重，预防与肥胖有关的疾病。

　　(6)一个人在缺少运动时，常常会感到疲倦、情绪压抑、忧郁、忆力减退，甚至丧失了工作兴趣和热情。有氧新陈代谢运动，可以奇迹般地扭转这种状态，使人精神放松，心平气和，情绪饱满。

◎洗澡能够延年益寿

皮肤是排毒的主要器官，皮肤能够直接反应出大肠的健康和清洁状况。大肠清洁无毒，皮肤自然洁白光泽。大肠宿便毒积，皮肤颜色暗淡昏浊。外在的排毒方法之一就是沐浴，沐浴疗法治病的功效非常之好。

医学认为，洗澡可以清除身体上的污垢，让皮肤色泽鲜亮，光滑细腻，全身毛细孔畅通。洗澡后使人感到轻松、愉快，眼清目明，病痛减轻，从而达到治疗疾病的目的。

洗浴可以去除盛热时身体皮包疮、痱子，可除去大小便身垢臭秽不净，可除去身上臭汗，可除去身上灰尘。

洗澡宜在温水中浸浴10分钟为宜。

洗澡还可以增进胃肠的消化功能，增进食欲。但是饭后不能马上洗澡，那对健康不利。洗澡水中，加点醋或盐入水中，效果更好，更有助于将身体的毒素从皮肤中排出来。

有痱子之人，可用清水一大盆，放在太阳底下晒热。用这个热水洗澡，效果最好，痱子即消。

总之，经常洗澡对你的健康会大有起色，你的身体会越来越轻松，越来越健康长寿。

3. 睡眠养生

现代生活中，睡眠障碍已成为一个世界性的健康问题。国际精神卫生和神经科学基金会提出把每年的3月21日定为世界睡眠日。

睡眠不好，不但使人的免疫力和抵抗力降低，严重时还可诱发多种疾病。据调查，我国有4成居民存在不同程度的睡眠障碍，而大多数人还没有认识到问题的严重性。

怎样睡好觉才能保证健康？

首先，要遵照生物钟的运行规律，不要随意打乱它，如什么时间睡觉，什么时间起床，都应有固定的习惯，不要轻易改变。一般地说，睡眠最理想的时间是晚上9点至凌晨2点，这是因为人的睡眠大约每两小时为一节，第一节睡得最沉，第二节稍浅，第三、第四节愈浅，而前二节四小时的睡眠量占总睡眠量的75%。对老年人来说，睡眠时间应比中、壮年多一些为好。这是因为，老年人容易疲劳，而消除疲劳的时间也比较长。70岁以上的老年人最好每天能睡足8~9小时，90岁以上的老年人最好每天睡足10~11小时，同时，每天睡0.5~1小时午觉也很必要。

怎样提高睡眠质量？

我们的一个重要观点是：觉不可少睡。在很多书上都说，成年人一般每天睡6~7个小时就差不多了。可是最近美国心理学教授马斯博士指出：一个人晚上睡眠6~7个小时是不够的。他对睡眠研究的结果表明，只有8个小时睡眠才能够使人体功能达到高峰。所以什么是适量，主要是以精神和体力的恢复作为标准。

以下几个方面可以提高睡眠质量：

◎ **睡觉的环境**

要想晚间有良好的睡眠，注意睡前三宜三忌非常重要。

三宜是：

睡前散步。

《紫岩隐书·养书》说："人睡时行，绕室千步，始就枕……盖则神劳，劳则思息，动极而求静。"

睡觉应该有一个合适的环境，主要是一个清静的卧室和舒适的卧具。

通风是卧室的一个重要条件，因为新鲜的空气比什么都重要。无论室外的温度高低,睡觉之前都应该开窗换气。选择一张舒适的床,一般以软硬适中的棕绷床或软木板的褥子为宜。枕头软硬要适中,尽量做到冬暖夏凉。

要有正确的睡眠姿势。

一般主张向右侧卧,微曲双腿,全身自然放松,一手屈肘放枕前,一手自然放在大腿上。

要养成良好的睡眠习惯。

无论是每晚的睡眠还是白天的小睡都要尽量保持在同一个时间上床和起床,节假日也不例外。要进行有规律的适度的运动。

◎顺应生物钟

如果我们每天准时起床,定时去迎接每天早晨的阳光,那么你的生物钟就会准时运转。研究表明,这是提高睡眠质量的关键要素之一。

影响生物钟运行的因素之一是体温。研究证明,人的体温波动对生物钟的节律有很大的影响。人的体温下降就容易引起睡意,这是利用体温调节生物钟的有效方法。如果体温调节失控,就会引起睡眠生物钟发生紊乱。控制体温的方法很多,例如睡前洗澡,或睡前做20分钟的有氧运动等,睡觉的时候体温就会有所下降。

总之,形成习惯之后,人就会按时入睡。青少年要养成良好的睡眠习惯,这是最重要的。生物钟是不能轻易破坏的,千万不要在星期六、星期天晚上不睡,白天不起,破坏了自己的生物钟。

◎睡觉时间

要想提高睡眠质量,时间必须注意。

能取得较好的睡眠质量的入睡时间是晚上9点到11点,中午12点到1点半,凌晨2点到3点半,这时人体精力下降、反应迟缓、思维减慢、情绪低下,利于人体转入慢波睡眠,以进入甜美的梦乡。

就算睡的时间短，而第二天起床能够很有精神，就表示有好的睡眠品质，但是如果在睡了很久之后仍然觉得很累，就表示睡眠质量很差。

怎样防止失眠？

现代医学家证实，食疗对于失眠来说是最好的治疗方法，优于安眠药，无副作用。下面介绍数则以供试用：

(1)食醋一汤匙，倒入一杯冷开水中饮之，可以催眠入睡并睡得香甜。

(2)经常失眠者，用莲子、龙眼、百合配秫米(粟米)熬粥，有令人入睡的疗效。

(3)血虚失眠者，可常服藕粉，或用小火煨藕加蜂蜜适量吃；也可用龙眼肉10克，红枣5个去核，蒸鸡蛋一个食用，每日一次。

(4)心虚、多汗、失眠者，用猪心一个切开，装入党参、当归各25克，同蒸熟，去药，吃猪心并喝汤，有良效。

(5)因高血压而导致的失眠者，用芭蕉根50克，猪瘦肉100克，同煮服用，能催眠入睡。

(6)怔忡不安而失眠的病人，取芭蕉根50克，猪瘦肉100克，同煮服用，能催眠入睡。

(7)神经衰弱的失眠患者，可取莴笋浆液一汤匙，溶于一杯水中。由于这种乳白汁液具有镇静安神功能，所以有一定的催眠疗效。

(8)临睡前吃苹果一个，或在床头柜上放上一个剥开皮或切开的柑橘，让失眠者吸闻其芳香气味，可以镇静中枢神经，帮助入睡。

(9)洋葱适量捣烂，装入瓶内盖好，临睡前放在枕边嗅闻其气，一般在片刻之后便可入睡。

第六卷
解除心灵之苦——阴阳优生

一、心阳生

1. 心硬生

圣哲总教我们如何站起来做人；

现实却教我们如何趴下去做人！

问题出在哪里？出在心不硬上！

心里不硬，万事不成；心里不硬，百病丛生。

天下所有的高人，都是心里非常硬朗的人。人生的坎坷太多太多，一个人若没有一颗钢铁般的心，是不可能远行的。身心的麻烦太多太多，若没有挺过去的意志力，是随时都有可能倒下的。

如果一个民族，只有发达的脑和手，而没有坚硬的脊梁，那也只能成为民族中的无脊椎软体动物；如果一个人不能主宰自己，那他就永

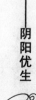

远只能趴下当奴隶。

有时，人真的是需要足够多的勇气，当你面对诸多的不幸时，要学会承受、学会面对、学会坚强，该来的总会来的，该去的还是要去，一切的情况需要我们自己有勇气、有胆量、有不屈的意志，要相信一切会好起来的，坚信黑暗中的黎明是最短的，坚信自己会更快乐！对一切要充满信心，怀着希望，揣着梦想，面对生活的中曲曲折折，坚决挺过去！

《金刚经》是佛教最伟大的八部度人开悟的世界级经典之一，这部书，最伟大的地方就是书名——"金刚"二字，人生要成功卓越，要出人头地，要有健康的身体，就是要有如金刚不坏的心，就得有硬度，不然，是不可能断金切玉的，是不可能切断一切烦恼和痛苦的。

正因为如此，《金刚经》是"经中之王，万佛之母"，是佛家修心的无上的经典，被世人喻为"能破一切烦恼"的佛门至宝。

西方成功学所讲的意志力，其实也是在讲心里的硬度修炼。

当今时代，人的智力水平都不相上下，而有人卓越有人平庸，这中间的区别在哪里？当然是在意志力上分出上下，如今诱惑太多，假相太多，一个人要想成功卓越，那就得比坚守的时间和质量，就得比心里的硬度。

这世上精英太少，也就是说硬骨头少，反过来说也成立。硬的反面是柔弱，从古今中外历史来看，一个人若软弱，就会由人逐渐退化为一条狗——哈巴狗；一个团队若软弱，就会迅速四分五裂，土崩瓦解，树倒猢狲散；一个国家软弱，就会成为亡国奴。

今天，你只要走在大街上，你就能看到鱼贯前行的"奴才"，一副随时献媚的奴才嘴脸。当然这种人见得最多的是在上下级接触阶段之时，还有的中层领导一听就知道是在接上级的电话，因为那奴才相十分明显。我决不相信这种人会活得开心，会有自尊，会有一个健康的身体。

软，就必然被动挨打，必然难以成为一个有人格的人，一个快乐幸福的人。

因此，一个人要想有点成就，要想服人，要想有一个健康的身体，就得首先有做人的硬度。

◎要有硬骨头精神

一个男人一定要吃硬饭，千万别吃软饭。要想吃硬饭，就得有职业、有专长、有创造价值的能力。这人人都知道。人最难做的是——当困难来时，你必须大吼一声，抖落身上的尘土，敢于向生命发出挑战，而不是立即回避、找借口，更不是发牢骚、发感慨，慨叹命运的不公。

你在心里吼过没有，也许到目前为止，你在面对困难时，从来不敢去面对。心不硬，一切负面东西就会迅速把你控制。心不硬，你大脑内的邪气就会上升，就会压解正气，就会生病。

以后，当你与在级别上高于你的人说话时，千万别低着头，要平视你的领导，也不要讲那些违心的奉承话，更不能呈出你骨子里的奴颜和媚骨来。那样，就算能多搞几块钱，但未免也活得太下贱了。

人生最难得的是面对诱惑。一个人能在这方面硬起来，那是非常了不起的。今天，我们每个人面对信息时代，并不是机会太少而失败，而是因为机会太多而失败。许多人，由于没有定力，坐不得三年冷板凳，这山望见那山高，总以为机会总在别处，总认为老婆是人家的好，一旦换了工作，换了职业，换了项目，换了老婆，到头来却发现，新事业，新职业，新项目，新老婆并不如前。到头来才悔不当初，没有在诱惑面前挺过去。由此观之，今后，每当你再遇到机会、好事、美人时，你应该怎么做呢？当然是心如止水。不然你又会重复过去的恶梦。

人生的坎坷太多太多，还有一个你必须坚持硬的地方就是面对疾病。

许多人得了疾病，病情没听倒还能活个六个月，一旦病人知道了结果，许多人活不到三个月。这些病人当然是自己把自己吓死的。他们是没有硬度的人。全球有近五分之一的癌症患者，为什么没有被癌症击倒呢？最主要的是因为他们的心里十分硬朗。什么痛，什么苦，什么危局，他们都能挺过去。因此，当你被疾病纠缠了，你首先要怎么做？当然是拍拍胸脯挺下去啦。要知道，医生救你的是在手术和用药上，而真正能救人类许多绝症的根本在于你自己的硬度，你心垮了，谁也救不了你，神仙也会无能为力。

◎底气、豪气、骨气和浩然之气

要成为硬汉，是要有底气、豪气、骨气和浩然之气的！

底气。听话听音，笔者在与各种各样的人打交道时，会专注地听他的声音，一个人有没有自信，有没有能力，一听就能听出来。要记住：豪气还需底气撑，是鲲才能化大鹏！

豪气。人生有太多的苦难，有太多的不公平，有太多需要挑战的地方，有太多需要振臂一呼的地方。因此，一个人若没有一点豪气，那么，生命就会显得过于死板、过于消沉，毫无生机可言。中国人从未失去豪气，有李白《将进酒》，有张旭酒后狂草疾书，有辛弃疾掷地有声的词赋，有李清照"生当作人杰，死亦为鬼雄"的豪言壮语。豪气总是与酒结缘，醉里挑灯看剑，豪气总是与勇毅一体，天下英雄莫不是勇者；豪气总是与责任挂钩，亲朋好友有难，我当慷慨解囊；豪气总与率直为伍，是就是是，非就是非，没有那么多婆婆妈妈。

骨气。生而为人，是要有几根硬骨头的。鲁迅先生说，中华民族历来就是由几根硬骨头撑起的。一个人要活好，没有骨气是不行的。

浩然之气。浩然之气这个词，一般用来形容一种刚正宏大的精神，这是中国古代著名思想家孟子创造的一个词语，是一个富有创新思维的哲学概念。它对两千多年来中华民族思想道德的传统，产生了深远的影响。

据《孟子》记载，有一次，孟子的弟子公孙丑问孟子，说：请问老师，您的长处是什么？孟子说：我善于培养我的浩然之气。公孙丑又问，什么叫浩然之气？孟子说：这很难描述清楚。如果大致去说的话，首先它是充满在天地之间，一种十分浩大、十分刚强的气。其次，这种气是用正义和道德日积月累形成的，反之，如果没有正义和道德存储其中，它也就消退无力了。这种气，是凝聚了正义和道德从人的自身中产生出来的，是不能靠伪善或是挂上正义和道德的招牌而获取的。

由此我们不难理解，所谓浩然之气，就是刚正之气，是大义大德造就一身正气。孟子认为，一个人有了浩气长存的精神力量，面对外界一切巨大的诱惑也好，威胁也好，都能处变不惊，镇定自若，达到不动心的境界。也就是孟子曾经说过的"富贵不能淫，贫贱不能移，威武不能屈"的高尚情操。

对孟子说的浩然正气，曾有一首长诗作出过生动的文学描绘，这就是一身正气的民族英雄文天祥写的《正气歌》。诗中写道："天地有正气，杂然赋流形。下则为河岳，上则为日星。於人月浩然，沛乎塞苍冥。……"

意思是说，浩然正气寄寓于宇宙间各种不断变化的形体之中。在大自然，便是构成日、月、星辰、高山大河的元气；在人间社会，天下太平、政治清明时，便表现为祥和之气，而在国家、民族处于危难关头时，便表现为仁人志士刚正不阿、宁死不屈的气节。社会秩序靠它维系而得以长存，道义是它产生的根本。他还列举了中国历史上许多可歌可泣的历史人物，如不怕杀头仍秉笔直书的晋国史官董狐；坚贞不屈、誓死不降，在匈奴牧羊十九载的苏武；被俘后大喝"蜀中只有断头将军，而无投降将军"的严颜；率部渡江北伐、中流击楫、发誓收复中原的东晋名将祖逖，还有充满忠贞正直之气的诸葛亮的《出师表》……等等，作为例证，说明浩然之气长存于天地之间。

◎硬骨头与软心肠

第六卷 解除心灵之苦——阴阳优生

当然，硬不是把别人搞死，不是一错到底。硬，也要分对象。我们一起来看看北大大师季羡林又是怎样理解这个硬字的。有文如是说：

"硬骨头、软心肠、怀真情、说真话"，这是北大大师季羡林的名言。

一种从作品里自然生成的境界，一种极富美感的让人心花怒放的崇高境界。当然，也是一种文人们嘴上不厌其烦念叨却很难达到（或不客气地说，相当一些人不想真正达到）的境界。难达到却不能不努力达到，想要取得一点小成就不下工夫学还不行。

"怀真情、说真话"的重要暂且不说，只说硬骨头与软心肠。没有硬骨头就撑不起身体。季羡林所说的硬骨头当然属于精神的范畴，是指一种人格，人格懦弱、低下同样撑不起一个人的精神世界。

毛主席曾赞扬鲁迅的骨头是最硬的。作为伟大的文化斗士，鲁迅的硬骨头独自扛起黑暗的闸门，确实是够硬的；季羡林也是个硬骨头的汉子，他对一切恶人恶事绝不姑息迁就。文革中他曾自己跳出来反对当时在北大干尽坏事的人，即使差点丢了小命也不畏惧。这时的季羡林不再是温文尔雅的教授、学者，而是一尊怒火四射的金刚，他的骨头比钢铁还要硬。

名人当中，懂得人格的尊严、人格的独立，也即骨头要硬者不乏其人。普通人晓得硬骨头之理者也很常见。生活的担子重压的时候，没有硬骨头人就要垮，骨头不硬行吗？魔高一尺，道高一丈，你越魔，骨头越硬———不但压不碎，还铿然有声、光芒四射！道挺立起来，你就能在人生道路上潇洒行走。

硬骨头而不是软蛋，常常体现在恶势力面前敢于抗争。面对道貌岸然的假洋鬼，敢于蔑视并揭露之，而不是匍匐在地还要叩头称颂。若是在原则问题上、大是大非问题上，为了一己私利当奴才，当随风倒的墙头草，有奶便是娘，你就失去灵魂，与行尸走肉相差无几。

再说软心肠。横眉冷对千夫指的鲁迅同时又俯首甘为孺子牛，满怀深情为人民的疾苦鼓与呼；季羡林原谅一切可以原谅的人和事，文革中把他打翻在地再踩上一脚的人,他不是没有机会报复,可他原谅了他们。对于一个人很难避免的、非原则的缺陷,心肠软不软可以看出这个人的胸怀是否宽广,是否有人情味。品格高尚的好人在该软心肠的时候心肠软如流水、柔似绸绢,还那么热乎乎!生活必将给他以丰厚的回报,取得大成就就是一种必然。普通的善良人也能因善而获益,过安宁日子。有人在该是软心肠的时候却硬得很。这种人对待老百姓、对待同志冷若冰霜,甚至冰刀霜剑严相逼……他们还得意洋洋呢!殊不知,他们的自食其果终究是不可避免的。

只有硬骨头或只有软心肠是不够的,一硬一软二者兼备才是最完美的人格。

2. 心乐生

快乐是什么?不同的人对快乐的诠释各不相同,有人说拥有财富是一种快乐,也有说拥有美貌是一种快乐,还有的人认为拥有权势才是一种快乐。而古人常把"久旱逢甘露,他乡遇故知,洞房花烛夜,金榜题名时"当作人生最大的快乐。其实细细想来,快乐无处不在,只是我们缺少一份让自己与他人快乐的心情而已。

一个人要是不懂得快乐之道,才是真正的失败。不懂得快乐之道,由着快乐从身边滑过,是失败;同样,快乐本来不多,不知道珍惜快乐,不懂得寻找快乐,更不明白去创造快乐,同样也是一个失败者。

我认为,快乐有四种开采方法。

一是在平凡中开采乐趣。

财富不一定能拥有;地位不一定能拥有;快乐自找,说有就有。人生快乐无穷尽,看你会寻不会寻。

跑步打球是快乐，唱歌跳舞是快乐，吹牛谈天是快乐，游山玩水是快乐，欣赏他人是快乐，品味香烟是快乐，读书看报是快乐，战胜困难是快乐，帮助他人是快乐，超越自我是快乐……

快乐的确是无处不在，关键是看你会不会找。人生有三个层面的快乐。

第一个层面的快乐只有"金钱"的快乐。在这个层面上的人，他们眼中只有"金钱"，工作纯粹是为了工资而来的，他们眼里除了钱不再有别的，他们是在用劳动交换人民币，他们是一对一的交换，如果能迅速得到银子，那自然会带来短暂的快乐，会在领到工资那阵子得到快乐。若工资太少或加班费未补发，或工资推迟了，他就会不快乐，因为他的目的就在钱，而钱久等不来，谁不烦呢？

第二个层面的除了得到金钱外，他还能得到在工作中开采出来的乐趣。这个层面的人，眼中除了钱之外，他们更看重工作的创造性，他们不纯粹是为工资而来，他们更想得到的是那份工作的创造力。这种人得到的快乐自然要比前一种人多得多。这种人能把工作做好，因为他们除了使用他们的手之外，还动用了脑子。

第三个层面的工作，也是最高境界的工作者，他除了得到金钱、娱乐之外，他还能在工作中得到属于自己的事业。这种人到单位去工作，绝不是冲着那点死工资去的，也不只是冲着好玩去的，而是冲着自己心中的伟大目标去的。他们把单位的工作视为自己的工作，把工作的机会视为自己成长的机会，他们在工作中提升了自己的业务水平，团结了自己的死党，发现了可行的突破方案。

我有一天看到一个门卫独自在笑，我问他笑什么，他说这来来往往的人真是各有千秋。衣裳不整者多是打杂的，衣裳整齐而廉价者多是白领，衣裳高档而脸上显示着威严者必是领导，层次越低者鞋子越脏……

这只是一个看门的人，比这个岗位再枯燥的事怕已不多，但小伙子显然并不觉得枯燥，因为他除了简单地进行进出把关之外，他还在研究人性，研究人的成败与否与形象、礼仪、气质和性格。同样是站岗，有人站出了大学问，而有人却只站到了死工资。

由此观之，一个人快乐不快乐，并不取决于岗位本身的乐趣，而是取决于在岗位上你开采快乐的能力。

朋友，别老是抱怨生活的枯燥乏味，别老是一味地牢骚满腹，也许就在此时此刻，快乐正悄悄从你身边溜走。

朋友睁大双眼，开动大脑，仔细观察岗位，你就会发现快乐的精灵在到处飞舞。不要只盯着钱，快乐就离你不远。

当然，要在生活中开采出快乐，你需要拥有一种武器——娱乐思维，如此你更会如鱼得水，你无论做什么都将得到充足的快乐。

什么是娱乐思维呢？人生就是一个舞台，生活就是一出正在上演的精彩电影，你既是演员又是观众。你不要把你的角色看得太认真、太严肃，娱乐思维就赋予每一件事以良好感受为中心，在事件上开采出娱乐来。

娱乐思维就是错位思维，如大人的话用小孩的口气说；古代的话用现代的口气说；严肃的话用通俗的腔调说；男人的语用女人口气说；国际问题用岗位问题说；传统问题用流行语言说。

如孔子主讲进取人生，那他就是中国第一个成功学家，孔子编书那他就是一个了不起的责任编辑；孔子的书畅销，那他就是一个畅销书作家……依此类推，如此而已。

没有快乐不了的事，没有快乐不了的人。拥有娱乐思维，你将不再寂寞。

西方的电影那么好看，有一个最重要的原因，就是他们在工作生活中有无处不在的娱乐思维，因为拥有了娱乐，便拥有了充足的人情味。

二是在体验中感受快乐。

你没有真正体验过生活的乐趣，你就没有资格对生活说半句话。

你没有为生活真正流过汗，你就不会发现最大的快乐在哪里。

只有能够竭尽全力生活，并懂得什么是汗水和疲劳的人，才会理解什么是快乐。

你对生命厌倦吗？那么就把自己投入某种你彻底相信的生活里，为它而活，为它而死。这样你便会找到你原以为绝不可能属于你的快乐。

面对生活有三种境界：

第一种境界就是活在过去，活在悔恨之中，活在埋怨之中，活在指责之中，活在痛苦之中；第二种人却恰恰相反，他们活在未来，活在空想之中，活在梦幻之中，活在白日梦之中，他们只关注明天，他们从不关注手头的事，这种人结果也必将不利，在生活中也最终被人瞧不起；第三种人，他们活在当下，活在此时此刻，活在每一个具体的事务之中，他们深切地理解，昨天的永不再返，明天的还未到来，只有今天，只有把握今天，才能更深入地了解生活，才能在生活中找到真正的乐趣。

快乐的密诀不在过去，不在未来，不在等待，不在外面，它只在生活之中。

活在当下，不只是为了快乐，你真实的生命就是由每一个当下串成的。人这一辈子，能不能快乐，能不能干出点名堂，全在于你是否活在每一个当下，活在每一个此时此刻。你若没有进入每一个小时，每一分钟，每一个片刻，你便真正虚度了一生。活在当下，你才有真正的快乐。

时间给了我们错觉，好象人生总有过去与未来；空间给了我们错觉，好像人生总有别处他乡。其实，都不存在，惟一能存在的就是此时此刻，就是活在此时此刻。我们的最大的悲剧莫过如：我们都在梦想地平线彼端那朦胧的玫瑰园，而不会去赏玩自家窗外这盛开的玫瑰！

禅师对禅的境界理解为：扫地的时候扫地，吃饭的时候吃饭，穿衣的时候穿衣,睡觉的时候睡觉。

我们最大的不幸就是做不到这一点,就是集中不了注意力。大多数人都想抓住许多鸟,结果是一只也不曾抓到。大多数人都想同时干几件事,手里做着一件事,心里却盘算着另一件事,这就是问题所在,这就造成了冲突。

其实,所有的饭都只能一口一口地吃,所有的事都只能一件一件地做。一旦你选定了一件事,你就应一直干到该停手时为止,任何事只要值得都应尽力做,就应该全力以赴。

三是在看开中找到乐趣。

人生最大的苦恼,不在于自己拥有的太少,而在于自己向往的太多。

只有看开,才能解脱一切心神的烦恼和妄念,才能获得精神上的真正快乐。如果你的心里是苦的,嘴里含糖也没用。

快乐的人有两种:一种是真正了解宇宙人生,而把一切都能看开的人;另一种是热爱生活,不懂得烦恼为何物的人。因此要么你就看得开,否则,你该多保存一点执迷。

四是在付出中深化快乐。

快乐同样也分三个层次:有无耻下流的快乐;有平凡平庸的快乐;有高贵神圣的快乐。

狡猾的骗子骗人成功,他会很快乐;贪婪的人把钞票塞进了自己的腰包,他会高兴;阴险的恶人告成了阴状,他会快乐。不过这些快乐都是为人不齿的。而且这种快乐最大的特征就是短暂,它会让你的圈子越来越小。试想,你若圈子越来越小,朋友越来越少,能堂堂正正走路的地方越来越少,就证明你可能开采得这种快乐过多了。物极必反,掠夺别人多了,总会有翻船的一天。

平凡的快乐如:不求上进,小日子混得不错;目标有却不大;热情有而不强烈;工作正常而不突出;做事有方法而不求更好;对朋友不冷不热过得去；房子不大也不小；钞票不多也不少；业绩不大也不小；学习也偶尔搞搞；闲时打打麻将，节假日下下棋……平淡的日子就这么过着，没有大喜大悲，没有惨败卓越，没有大起大落。日子就这么一直混着，偶尔也会得到一些浮在生活表面的快乐。

付出，是人类社会最有效的运作形式，是辩证法的精粹。前面反复说过，只有真正吃透了反向运作的法则，你才有可能得到更多，你才有可能干成大事。你越要索取，你可能越得不到你所要的，就算是你偶尔占有了，也会很快被夺去；你越是付出，反而人人都会找机会给予你，会将更多的财富、名誉、地位强加给你。

付出，是世间最了不起的一个词。你如果付出了，你必定创造了；你如果付出了，你必定奉献了。付出，虽然只是无条件地支持外部，支持团队，支持他人，但它却总会反过来无条件地支持你。

一份耕耘，一份收获。付出总有回报。没有最无私的付出，就不可能有最丰盛的回报。世界从来都是公平的。

不要问你会不会得到，而要先问你付没付出；不要问你能得到多少，而要先问你付出了多少；不要问你能不能得到最多，而要问你付出时看没看对象，付出得彻不彻底和讲没讲方法。如果你都做到了，你必如所愿，你必得大快乐。

◎为己小乐不乐

天下之人，形形色色，我们可以大致地分为三种：

第一种：只顾己，不顾家，甚至连自己也顾不好，喝酒赌博搓麻将，毫无生活责任心。对这种人，我们只有摇头，没什么可说的。

第二种：私其身于一家，会经营小日子，对家庭安乐具有最大的兴趣，对娇妻幼子有责任心，是好丈夫、好父亲。从生活利益层次上讲，这种人有可取之处，无可厚非。

第三种：很难以一己的物质富裕安乐满足心灵，而因为某种兴趣和志向,努力不懈。这种人,乡土、家庭的安逸日子难以拴住他们。

会过日子的,是第二种人;能干事业的,是第三种人。但是,第二种人日子过好了,什么都不想,可以自足;而第三种人,干得再起劲,也无法自足,因为凡为人谁不恋妻爱子、想过一份安逸日子呢?因此他们需要能"忍",把人人都有的这一份心情忍下,也就是明朝一个叫耿楚侗的说的:"俗情浓处淡得下,俗情苦恼处耐得下,俗情劳扰处闲得下,俗情牵绊处斩得下,"这样方行。

第一种人为己小乐不乐,就是说自己的欲望得到满足并不是真正的快乐。

庄子说:"夫天下所尊者,富贵寿善也;所乐者,身安、厚味、美服、好色、音声也;所下者,贫贱夭恶也;所苦者,身不得安逸,口不得厚味,形不得美服,目不得好色,耳不得音声;若不得者,则大忧以惧,其为形也,亦愚哉!"

意思就是说,许多人追求身安、厚味、美服、好色、音声,并以此为乐,但最后这都是痛苦,因为很难追求到满足的程度,所以,追求这种欲望实在是很愚蠢的。庄子认为,真正的快乐是清净无为,不追求任何快乐,即所谓:"至乐无乐"。

追逐个人利益的快乐,不是真正的快乐。生活是艰辛的,世相是丑陋的,人情是世故的,要想超然度外那是不可能的;生活是多变的,色彩是丰富的,要想看透生活本质也是不可能的。人在旅途,作为凡人我等为生存、为利益,一路上在追逐名利中不断寻找所谓的快乐。街头巷尾的小贩为多挣到一毛的利润而窃喜;我等工薪辈为多得千把块奖金而雀跃;为官者在追逐权力中得到快意和满足;老板们的快乐在积累财富中得到。当我们得到我们所需的东西,我们都会快乐,而人的欲壑是难填的,因而这些快乐都是短暂的,是不平实的。

作为凡夫俗子,我们不可能"六根清净",但人的欲望也是可以节制的,想明白了,其实人生就是那么一回事。佛说:人之所以痛苦,在于追求错误的东西。只有心的安祥，才会使心得到平静，才会感受来自生活中最朴实，最真挚的快乐。

"不想当将军的士兵不是一个好士兵"这句话很煽情，但现实中能当上将军的有几个？有道是"命里有时终归有，命里无时莫强求"，不管你愿不愿承认，作为平民的大多数人与生俱来就是为某些人服务的。安于现状，把握当前，摆正心态，那么即使不能达到"无欲"，但至少会对欲望淡然相待，做到心平气和。

◎ 为家中乐常乐

每个人都会迷路，只要认得回家的方向就好，外面的世界诱惑很多，但真正最幸福的人，笑到最后的人，是那些与家人同乐的人。

一杯茶，一张报，一首小乐曲就是我辈夜幕下所要追求的快乐；和所爱的人一起爬爬山，聊聊天，这就是我们这些平凡的人周末向往的快乐；下雨的日子，提前回家，做几样小菜等家人回来相聚，这就是我等芸芸众生盼望的天伦之乐！虽平淡，虽简单，但它给予我们的却是心静平实的快乐！而这看似简朴的快乐，却在这物欲横流的社会里慢慢变得可望而不可求！是我们不安分的心在改变自己，还是世风在改变我们原本宁静的心？

曾经看王小丫的《开心辞典》，我流了泪，是那个答题的人感动了我。

他的家庭梦想都是为家人，没有为自己选一件东西。他有个妹妹在加拿大，妹妹有电脑没有打印机，于是他想得到一台打印机给远在加拿大的妹妹。王小丫问，那你怎么给妹妹送去？

他说，我再要两张去加拿大的往返机票啊，让我的父母去送，他们想女儿了。听到这，我就有些感动。作为儿子，他是孝顺的，作为兄长，他是体贴的，这是多好的一个男人啊。

主持人也很感动，她问，那你为什么还要一台电脑给你父母？他说，因为父母很想念远在万里之外的妹妹，所以，他要给他们一台电脑，让他们把邮件发给她，也让妹妹把思念寄回家。

这就是他的家庭梦想，全为了家人。

主持人问，有把握吗？他笑着说，当然。终于他过了11关。最后一题出来了，居然是六选一，而且是有关水资源的问题。

他静静地看着这道题，好久没有说话，他的父母也坐在台下，紧张地看着他，而主持人也好像恨不得生出特异功能把答案告诉他一样。

这时他使用了最后一条求助热线，把电话打给了远在加拿大的妹妹。

电话接通了，他却久久不说话，对面的妹妹着急了，哥，快说呀。

他沉默了一会，说：妹妹，你想念咱爸咱妈吗？妹妹说，当然想。坐在电视机前的我着急了，天啊，这是什么时候了怎么还儿女情长的，难道他要放弃自己最后的圆满结局吗？我几乎都要生气了，怎么有这样冷静的人啊？怎么还说这些没边没沿的话？

他又说了，那让咱爸咱妈去看你好吗？妹妹说，那太好了，真的吗？他点头，很自信地说，是的，你的愿望马上就能实现了。然后时间到，电话断了。

天啊，我一下子明白了，这道题他根本就会，答案早就胸有成竹！他只是想给妹妹打个电话，只是想把成功的喜悦让妹妹分享！

我的眼泪一下流了出来。为他的智慧，为他超乎常人的冷静。

果然他轻轻地说出了答案，我看出了王小丫的感动和难言，王小丫说，从来没有像你这样的选手。

是的，从来没有，像他一样的冷静和智慧，在最后的关头，在久久的沉默之后，给大家带来了满怀的喜悦，而在台下的父母，眼角也悄悄地湿了。

一个人能给自己的家人创造幸福，带来快乐，也必然给自己带来长久的快乐。

第六卷 解除心灵之苦——阴阳优生

◎为人普乐大乐

何谓真正快乐之道呢？有这样一则故事：

某日，无德禅师正在院子里锄草，迎面走过来三位信徒，向他施礼，说道："人们都说佛教能够解除人生的痛苦，但我们信佛多年，却并不觉得快乐，这是怎么回事呢？"

无德禅师放下锄头，安详地看着他们说："想快乐并不难，首先要弄明白为什么活着。"

三位信徒你看看我，我看看你，都没料到无德禅师会向他们提出问题。

过了片刻，甲说："人总不能死吧！死亡太可怕了，所以人要活着。"

乙说："我现在拼命地劳动，就是为了老的时候能够享受到粮食满仓、子孙满堂的生活。"

丙说："我可没你那么高的奢望。我必须活着，否则一家老小靠谁养活呢？"

无德禅师笑着说："怪不得你们得不到快乐，你们想到的只是死亡、年老、被迫劳动，不是理想、信念和责任。没有理想、信念和责任的生活当然是很疲劳、很累的了。"

信徒们不以为然地说："理想、信念和责任，说说倒是很容易，但总不能当饭吃吧！"无德禅师说："那你们说有了什么才能快乐呢？"

甲说："有了名誉，就有一切，就能快乐。"

乙说："有了爱情，才有快乐。"

丙说："有了金钱，就能快乐。"

无德禅师说："那我提个问题：为什么有人有了名誉却很烦恼，有了爱情却很痛苦，有了金钱却很忧虑呢？"信徒们无言以对。

无德禅师说："理想、信念和责任并不是空洞的，而是体现在人们每时每刻的生活中。必须改变生活的观念、态度，生活本身才能有所变化。名誉要服务于大众，才有快乐；爱情要奉献于他人，才有意义；金钱要布施于穷人，才有价值，这种生活才是真正快乐的生活。"

当一个人真心奉献时，他是快乐的，因为他知道这是他心甘情愿的，他正在一步步完成使命，当中的挫折，正是完成使命所必经过的严格考验。

◎不要为琐事烦恼

常常为生活中的琐事而烦恼的人，他的人生也像那些琐事一样零乱无章。

有这样一则故事：

一位太太为了熬出一锅好汤，邀请邻居的太太来家里指导。

她买齐了材料，准备生火烧水，邻居太太却说："这个不锈钢锅不适合熬汤，我还是再去买一个陶锅，熬出来的汤会美味一些。"

然后，她匆匆忙忙地解下了围裙，跑去买锅。

锅很快就买来了，这位太太正要烧水，邻居太太却说："我想起来了，我有一组餐具很配这个陶锅，等我一下，我回家找找去。"

然后，她急忙跑回家翻箱倒柜，满身大汗地把餐具拿过来。

正当烧水之际，邻居太太又看了看准备入锅的材料，摇了摇头说："不行，这肉片切得太大了，不容易入味，我得把它切小一点才行。"好不容易拿出了菜刀，才切了没两三下，邻居太太又说了："这菜刀不利了，得赶紧磨一磨才好。"

于是，她丢下菜刀，回家去把磨刀石拿过来。等到磨刀石拿来以后，她又发现，要磨利刀子，必须用木棍固定一下才方便，所以她又连忙出外寻找木棍，找了好半天都不见踪影。

在家里等待的这位太太只好先把材料下锅，一边煮一边等。直到邻居太太气喘如牛，手里拿着木棍跑回来时，锅里的材料早已熟透，可以开始大快朵颐了。

看完这则故事之后，你一定在偷笑，天底下怎么会有像邻居太太这样的人啊！

事实上，我们虽然不至于像邻居太太做出这样的事，但是很多时候，我们也犯了和邻居太太一样的毛病，只看见眼前的事物，却忘了自己最终的目标，终日为琐事忙忙碌碌，到头来却仍是一场空。

歌德曾经说过："决定一个人的一生，以及整个命运的，只是一瞬之间。"那"一瞬之间"指的是你做事的态度、做事的方法。愚蠢的人为了无谓的小事而浪费光阴，聪明的人却善用每分每秒，山不转路转，完成一件事的方法永远不只一个。

3. 心游生

游，在此是自由的意思。

你所有的烦恼与痛苦，其实都只有一个原因——你一定被卡在某个死角上了，你太执著于某种观点了。

笼中鸟向往天上飞的鸟，这种向往，其实就是对自由的向往。我们有时躺在春天的草地上，看着天上的白云，我们十分羡慕白云，它能自由自在，悠哉悠哉地飘动。总之，自由是好的，是人人都神往的。

人们在日常生活中，常常用羡慕的口吻说："某某人活得真自由。"自由并不是说万事如意，没有任何麻烦，而是指一种心境、胸怀。其实，在现实生活中，遇到不顺心的事或难事，如果能做到胸襟坦荡，拿得起、放得下，永远保持平静、轻松、豁达的心境，能不自由吗？

庄子曾经做过一个梦。梦中，有一群自由快乐的蝴蝶，一会儿飞到东，一会儿飞到西，一会儿飞到草丛中，一会儿飞到花蕊上。庄子产生了羡慕之情，竟然也变成了蝴蝶，到处遨游，自在极了。在现实生活中，他也努力追求精神自由,借以达到"与道为一"的逍遥境界。他对自由的追求包括两个层面:一是对永恒的宇宙根本规律的执意探索、归依、同体;一是对现实社会的冷峻审视、超脱和绝离。

人类从呱呱坠地开始,即具有存在的自由以及成为胜利者所应具备的能力,并运用他人(包括自己的父母)所给与的各种讯息和剧本,将之融入自己的想法与计划之中,然后继续自己的人生路程。

人生的剧本应该由自己来编写与导演,如此才能真正走出属于我们自己的路,才能生活在宽广和快乐的海洋之中,像水中的鱼儿一样自由自在。

不过这世上几乎所有的人都不自由,都有结,有的在为名而苦;有的在为利而痛;有的在为情而困;千百种困,将芸芸众生一一捆住,谁也无法悠哉悠哉。

锁在哪里?锁在每个人的心里。人生就是一种讽刺,我们天天都在追求自由,而我们却无时无刻不在枷锁之中。

锁为何人所造?当然是自己为自己打造。在我看来,人根本就不想或不真想追求自由,相反,人类更乐意追求痛苦和束缚。多少人都在努力地寻找着痛苦和束缚。这就是人类的悖论。

人之所以不能游动,人的思想意识不能随意游动,最深层的原因是被大脑内先入为主的观点所干扰和操控。比如你对某人说话十分反感,是因为你大脑一定有某个观点在作怪,那说话者的内容、肢体语言、声调等,都与你脑内的观点十分抵触,正因为如此,你才会升起那个反感,你才会十分讨厌对方的言词。

就穿了,是你的观点与对方的观点不同,是观点相互错位了,从而导致人与人的冲突。

假如你不太执著你的观点,你若将你自己放到归零状态,你就能接受对方的观点了,你就能与人和谐相处了。

由此看来,你不能自由自在地与人相处,是因为你自己。

◎盲信是对自由的愚弄

一切信仰都是愚弄，都不可能使你开悟！一旦你深信，你就成了奴隶！你就会从一把枷锁掉进另一把枷锁。

有一件事是很确定的：一个人只要人家告诉他要相信，他就会继续被剥削；只要他被要求要相信，他就无法免于剥削。只要一个人被告知要相信某人说的话，如果你不相信你就会受苦、如果你相信你就会快乐……只要这种诡计起作用了，对一个人来说就很难有足够的勇气来摆脱他内在思想的纠缠。

我想要告诉你们的是什么？我想要告诉你们的是如果我们想要摆脱那些内在形成的思想的纠缠，那些几千个世纪构成的思想、那些几百年来收集的思想印象的纠缠，那么就必须完全了解一件事：没有一件事情比信仰更有自杀性。信仰、盲从、盲目地接受事情，就是使我们的生命瘫痪的原因。

一个被监禁的人、一个被监禁的头脑怎么能够从思想中解脱呢？他怎能脱离那个他用整个人牢牢握住的思想，与他深信不疑的事情呢？

信仰就是一堆思想的基石。在信仰的基础之上，人类被授以思想，而当思想紧紧地掌握住人们时，恐惧也会掌握住人们——如果我放弃它们会怎样？

头脑的自由并非来自于改变信仰，而是来自于脱离信仰本身。如果我们将基础的石头移开，我们就能够摆脱它们。

佛陀曾造访一个小村庄。有些人带来了一个瞎子，他们说：这个瞎子是我们的好朋友。虽然我们试着说服他光明是存在的，他却不准备接受这个事实。他的论点让我们不知该如何是好。即使我们知道光明的确是存在的，我们还是辩不过他。这个人告诉我们他想要触摸光。我们怎么可能让他摸得到光呢？

然后他说:好吧,如果光无法被触摸,那么我想要听听它的声音,我有耳朵,让我听听光的声音。如果这也不可能,那我想要尝尝它,或者如果光有香味的话,我也想要闻闻它。

　　没有办法说服这个人。光只能被看见——而他却没有眼睛。他向村人抱怨他们在不必要地谈着光明,只为了证明他是个瞎子。他觉得他们只是为了证明他是瞎子而编故事。

　　所以人们问佛陀是否可以在村子里待一会儿,也许佛陀可以让这个瞎子了解。

　　佛陀说:我还没有疯狂到想要说服他!人类的问题就是由那些试着对看不见的人解释的人们引起的。教士是人类的温疫,他们告诉人们他们自己都无法了解的事。

　　所以佛陀说:我不会犯同样的错,我不会向这个瞎子解释光是存在的。你们找错人了,不需要带他来找我,带他去找一个能治疗他眼睛的人。他不需要说教,他需要的是治疗。这不是一个解释的问题,也不是要他相信你们告诉他的话,那是治疗他的眼睛的问题。如果他的眼睛被治愈,那么你们也不需要解释了,他自己就有能力知道。

　　佛陀说的是他并不将宗教视为只是一种哲学性的教导——它应该是种实际的治疗。所以他建议让这瞎子去看医生。

　　村人觉得佛陀说得对,所以他们将这个瞎子带去让医生治疗,幸运的是,在几个月之后他痊愈了。

　　在佛陀要到另一个村子时,这个瞎子也来了。他向佛陀行礼,触摸他的脚然后说:我错了,的确有光这种东西,但我看不到它。

　　佛陀回答:你当然是错的,但是你的眼睛得到了治疗,因为你拒绝相信别人告诉你的话,除非那是你自己的经验。如果你接受了朋友们告诉你的话,那么事情就结束了,你的眼睛就不会得到治疗了。

　　那些信仰的人无法得到任何了解;那些静静地接受的人无法有任何自己的经验;那些眼盲而且别人说有光就相信有光的人,他们的旅程会在那里就结束。只有在躁动不安的人身上，旅程才会继续。当你觉得别人说有东西在那边，但你却看不到也不愿意接受时，躁动不安就会出现。你只能在你看到的时候才接受。这种躁动不安只接受亲眼看到的。

所以一个人应该寻找自己的了解，因为他不可能藉着崇拜别人的洞见而得到任何东西。事实上，只有当一个人放弃了别人的主张时，他才能够开始寻找自己的了解。只要有外界的替代品存在、只要有外界可提供的东西时，这种寻找就无法开始。

当一个人无法向其它东西寻求支持、无法从别人身上得到东西时，他寻找自己的道路、自己去了解的挑战心就会升起。

人是非常懒惰的。如果他可以不必任何努力就得到知识，那他为什么要努力呢？他为什么要做任何事呢？如果成道可以只是借着相信而得到，那么他为什么要试着自己踏上成道的旅程呢？当有人说：相信我，我会让你成道。那他为什么还要自己做许多的努力呢？当有人说：坐上我的船。我会带你到彼岸，然后事情就结束了。

他会静静地坐上这艘船然后进入沉睡。

但是没有人能够坐别人的船到达任何地方。也没有人能够用别人的眼睛看——以前没有，未来也不会有。一个人必须用自己的脚走路、用自己的眼睛看、根据自己的心跳而活。

想要你相信的人告诉你要透过别人的眼睛看——透过先知的眼睛。我们一直在相信，那就是我们陷入盲目之网的原因。数以千计的导师们创造出了许多噪音，而他们的追随者也创造出了许多噪音，他们创造出对地狱的恐惧与对天堂的贪婪——慢慢的，我们就接受了他们所说的话。他们的话语在我们生活里面创造出了许多矛盾，我们的生命旅程将会中断而哪里也到不了。

所以一个聪明人要做的第一件事就是向所有的矛盾告别，并且下决心：我将不会盲信，我想要了解。当我了解自己的那一天，我才能使用信仰这个字。在此之前对我来说是不可能有信仰的,那是自我欺骗。在我还不了解时,我无法欺骗自己说我知道。我不可能盲目地接受。

如果头脑能够远离接受与拒绝,那么这种纠缠就能够在此时此地被打破。如果这张网的基本要素被打破,那么它将会像纸牌做的城堡一样,一推就倒。

目前它就像个石头城堡一样,有不易被打破的坚实基础。所以我们的头脑被制约成认为那些相信与接受的人就是虔诚的,而那些拒绝与不相信的人就是不虔诚的。

但是我要告诉你们:相信的人是不虔诚的,不相信的人也一样。真诚的人才是虔诚的人。真诚的意思是对于不知道的事情,他既不是相信也不是不相信。他只是以全然的诚恳宣称他不知道,他是无知的,所以他完全没有接受或拒绝的问题。

你能够鼓起勇气与力量,让你自己处在这种中间点吗?如果你可以,那么这座思想的城堡就会马上倒下——完全不会有任何的困难。

仔细地想想我讲的,别只因为我讲论了它们你就相信,否则我也会变成说教者。别只是因为我这么说就相信我——因为也许我说的话全都是错的,也许那都是假的、没用的,你也许会陷入困难。

去思考、去寻找、去看——而如果透过你自己的经验你觉得在我的话中有某种真理,如果你因为自己的寻找、因为仔细地看你的头脑之窗而发现有某种真理在其中,那么那个真理就会变成你自己的真理,就不会只是属于我的。

◎挣脱心灵的枷锁

一位哲人曾经说过:心灵是自己做主的地方,能把地狱变成天堂,也能把天堂变成地狱。

古时候,有个长发公主叫雷凡莎,她长着一头金黄色的头发,雷凡莎自幼被囚禁在古堡的塔里,和她住在一起的老巫婆天天念叨雷凡莎长得很丑。

一天，一位年轻英俊的王子从塔下经过，被雷凡莎的美貌惊呆了，从这以后，他天天都要到这里来，一饱眼福。雷凡莎从王子的眼睛里认清了自己的美丽，同时也从王子的眼睛里发现了自己的自由和未来。有一天，她终于放下头上长长的金发，让王子攀着长发爬上塔顶，把她从塔里解救出来。

囚禁雷凡莎的不是别人，正是她自己，那个老巫婆是她心里迷失自我的魔鬼，她听信了魔鬼的话，以为自己长得很丑，不愿见人，就把自己囚禁在塔里。

其实，人在很多时候不就像这个长发公主吗？人心很容易被种种烦恼和物欲所捆绑。那都是自己把自己关进去的，就像长发公主，对老巫婆的话信以为真，自己认为自己长得很丑，故而把自己囚禁起来。

就是因为自己心中的枷锁，我们凡事都要考虑到别人怎么想，把别人的想法深深套在自己的心头，从而束缚了自己的手脚，使自己停滞不前。就是因为自己心中的枷锁，我们独特的创意被自己抹煞，认为自己无法成功，告诉自己难以成为配偶心目中理想的另一半，无法成为孩子心目中理想的父母、父母心目中理想的孩子。然后，开始向环境低头，甚至于开始认命、怨天尤人，把自己囚禁在无形的塔中。

俗话说："金无赤足，人无完人。"每个人都会有这样或那样的缺憾，真正完美的人现实生活中是不存在的。即使是中国古代的四大美女，也有各自的不足之处，据历史记载，西施的脚大，王昭君双肩仄削，貂蝉的耳垂太小，杨贵妃还患有狐臭。道理虽然浅显，可当我们真正面对自己的缺陷或生活中不尽如人意之处时，却又总感到懊恼、烦躁。

其实，完美的标准是相对而言的，因人的审美观不同而不同，今天以肥为美，明天就可能以瘦为美。古人以脚小为美，时下如果有"三寸金莲"走在大街上，路人肯定会笑掉大牙。

追求完美没有错，可怕的是追而不得后的自卑与堕落。即使缺陷再大的人也有其闪光点,正如再完美的人也有缺陷一样。能够充分发挥自己的长处,照样可以赢得精彩人生。正如清朝诗人顾嗣协所说:"骏马能历险,犁田不如牛;坚车能载重,渡河不如舟。舍长以就短,智者难为谋;生材贵适用,慎勿多苛求。"

勤能补拙,先天的不足同样可以用后天的努力来弥补。孙膑因受膑刑而作《孙膑兵法》;司马迁因受宫刑而作《史记》;王羲之从小口吃,为了弥补这个缺陷,乃发愤读书,终于书法冠绝古今,成为书圣;白居易曾经留下很多美丽的诗篇,可他却是生来体弱多病,又干又瘦,四十多岁时便头生白发,掉了许多牙,而且近视得很厉害。缺憾并不可怕,完美也没有满分。面对不足,采取泰然处之的心理态度,生活中便会少一份烦恼,多一片笑声。

人的一生的确充满许多坎坷、许多愧疚、许多迷惘、许多无奈,稍不留神,我们就会被自己营造的心灵的监狱所监禁。而心狱,是束缚我们心灵的一大杀手,它在使心灵凋零的同时又严重地威胁着我们的快乐和自由。

既然心狱是自己营造的,人自己就有冲出心狱的能力,那么,还是让我们自己动手,拆除心灵的监狱,挣脱心灵的枷锁,还自己以自由而亮丽的心灵吧!

◎不要被财富奴役

抓住财富不放的人,必将成为财富的奴隶,最终会失去美好生活和自由快乐的人生。

大多数人把追求财富当作了生活的全部内容,这样一来,他们就再也无法享受到生活的自由和美好,反将自己弄得身心疲惫,失去人生的快乐和自由。

约翰·洛克菲勒在三十三岁那年赚到了他一生中第一个一百万,到了四十三岁,他建立了世界上知名的大企业——标准石油公司。但不幸的是，五十三岁时，他却成为事业的俘虏，充满忧虑及压力的生活早已压垮了他的健康。他的传记作者温格勒说，他在五十三岁时，看来就像个手脚僵硬的木乃伊。

洛克菲勒五十三岁时因不知名的消化系统疾病，头发不断脱落，甚至连睫毛也无法幸免，最后只剩几根稀疏的眉毛。温格勒说："他的情况极为恶劣，有一阵子他只得依赖酸奶为生。"医生们诊断他患了一种神经性脱毛病，后来不得不戴顶帽子。不久以后，他订做了一顶假发，终其一生都没有再摘下来过。

洛克菲勒在农庄长大，曾经有着强健的体魄、宽阔的肩膀，走起路来更是十分有力。可是，对于多数人而言的巅峰岁月，他却已肩膀下垂、步履蹒跚。一位传记作者说："当他照镜子时，看到的是一位老人。他之所以会如此，因为他缺乏运动休息。由于无休止的工作、严重的体力透支，他为此付出了惨重的代价。他虽然是世界上最富有的人，却只能靠简单饮食为生。他每周收入高达几万美金，可是他一个礼拜能吃得下的食物，要不了两块钱。医生只允许他进食酸奶与几片苏打饼干。他的脸上毫无血色，用瘦骨嶙峋、老态龙钟形容他一点也不为过。"

忧虑、惊恐、压力及紧张已经把他逼近坟墓的边缘。他永不休止全心全意地追求目标，据亲近他的人说，当他赔了钱时，他就会大病一场。他运送一批价值四万美金的谷物取道五大湖区水路，保险费用要二百五十美元，他觉得太昂贵就没有买保险。可是当晚伊利湖有暴风，洛克菲勒担心货物受损，第二天一早，他的合伙人跨进他办公室时，发现洛克斐勒还在来回踱步。

"快点！去看看我们现在投保是不是还来得及。"合伙人奔到城里找保险公司，可是回办公室时，发现洛克菲勒情况更糟。因为刚好收到电报，货物已安抵，并未受损！可是洛克菲勒更气了，因为他们刚花了二百五十美元投保费用。事实上，他把自己搞病了，不得不回家卧床休息。想想看，他的生意一年赢利颇丰，他却为了区区二百五十元把自己折腾得病倒在床上。

拥有百万财产,却怕付之东流。可以肯定地说,他的健康是由忧虑一手毁灭的。他从没有自由和闲暇去从事任何娱乐,从来没有上过戏院,从来不玩牌,也从来不参加任何宴会。马克·汉纳对他的评价是:"一个为钱疯狂的人。"

最后,医生终于对他宣布,在财富与生命中任选其一,并警告他如继续工作,只有死路一条。

医生不遗余力地挽救洛克菲勒的生命时,他们要他遵守两项原则:避免忧虑,绝不要在任何情况下为任何事烦恼;放轻松,从运动中获得心灵的自由。

洛克菲勒不得不谨记这些原则,也因此捡回一命。他退休了,他学打高尔夫球,从事园艺,与邻居无忧无虑地聊天、玩牌,甚至自由自在地唱歌。

不过他还做了别的事。温格勒说:"在失眠的夜晚,洛克菲勒有足够的时间自省。"他不再想要如何赚钱,他开始为别人着想,思考如何用钱来换取人类的幸福,洛克菲勒开始把他的百万财富散播出去。他捐钱给教会;建立成世界知名的芝加哥大学;他也帮助黑人,捐助黑人大学。后来他更进一步,成立了世界性的洛克菲勒基金会,一直在对抗世界的疾病与无知。散尽千万财富,帮助那么多,他终于寻回心灵的平静,真正地得到满足。这时有人会说:"如果人们对洛克菲勒的印象还停留在标准石油公司的时代,那就大错特错了。"

洛克菲勒思想上自由了,他彻底地改变了自己,已成为毫无忧虑的人。事实上,当他遭受事业重创时,他再也不为此而牺牲睡眠。

任何人都难以相信,曾为二百五十美元而失眠的人现在竟然如此自在轻松,也正是解脱心灵束缚后的自由,使他活到98岁。

有时候我们拥有的不是太少而是欲望太多,如果让欲望占据了整个胸膛,让财富束缚了我们的心去逃脱财富选择快乐,我们就不能得到心灵自由和真正的人生解脱。

二、心阴生

1. 心顺生

我们为什么有那么多的不顺眼不顺心呢？

保守的看到穿时尚衣装、发型怪异的人就看不惯，而年轻人对那些老古董也十分反感，他们走在大街上，彼此都觉得对方别扭，眼不顺、心难受。年轻人办事多热情而冲动，他们十分不满意老年人的四平八稳的办事方式，反过来也一样，他们彼此都不顺眼。

不顺是一种生活的常态，对许多人来说，生活中许多人无论是走到哪里，无论是看到谁、看到什么事、遭遇到什么境况，都会顿起冲突。

这是由什么造成的呢？

由内在的批判造成的，由内在的观点造成的。人是彼此懂得迎合的人，许多人为了接近自己的利益而故意显示出顺从的样子，这样他是不可能开心的，而且别人一眼就能看出那种虚伪。因为他内心和表面都不统一，你本身就是一个冲突，因此你不可能和谐，你的姿体语言自然也是分裂的，明眼人一眼就能看出来。

因此，你要想真正使你安宁和谐，你必须改变你的内心，你必须修正你的内心，从而使身心保持统一，那样你才会顺应一切。

在有为的世界里，你一定有冲突。因为有为只是梦想有为，有为张扬的只是虚构力，而你的能力有限，智力有限，因此，你一定会在有为世界里还有许多做不到、还有许多无能为力、还有许多力不从心的。一旦出现这种局面，你就会烦乱、苦闷，就会没有好心情。

因此，与其解决不了问题，与其与现实冲突，倒不如退而求其次——顺着你、依着你。生活中，不顺的人简直太多太多，在家里，子女与父母对抗，丈夫与老婆同床异梦；在单位，同事之间暗着对抗，职员与老板之间对抗，总之，对抗总是无处不在无时不在！

为什么要对抗呢？

因为我们都想有为，都想有我，都想张扬自我显耀自我。如在一群朋友聚会时，你可能会说："我没什么啦，这几年就只不过弄了五套房子而已，每套将近二百万啦。"你虽然说的是事实，但这是在显耀，是内心的魔鬼在作怪，是内在的有为在作怪，因此，你的那些聚会的老同学中间会有一多半感到自卑而痛苦。

当别人在显耀一个新发现观点时，你总会立即说出你不同的见解，而且有可能是你认为你更对，对方也认为自己更好，于是两人争论起来了，一场新的冲突就被有为制造出来了。

怎样才能不对抗呢？

当然就只有顺其自然。顺其自然是天地之道，是无为的生活艺术，是超迈人生的行为准则、思维指南。

大自然按照顺的智慧模式做事，彼此没有太多的冲突。在一场争论中，总有一个先停下来，不然就会没完没了，就会使冲突升级。此时，你应该立即停止那个冲突，你顺应对方，冲突马上就会停止。要知道，观点都是有背景的，有看问题的角度的，世上没有对与错，只是角度不同而生出许多对与错。这都是表面智力在作怪，只要再深入一点，一切都是假相。我们完全不必在假相中互相折腾。

有人说，我顺从别人，别人赢了，我输了；别人得到了，我失去了。

我不这样认为，赢的意义十分有限，历史上多少人都为了争到一个赢字而失去了生命，至少是失去了自由。

肉体的生命要维持并不需要太多的食物、营养等。而我们为什么都在不分白天黑夜的工作呢？那是有为在作怪，是虚荣心和比较心在作怪，是在为面子而战为承认而斗。只要看穿了文化的诡计，你就会知道目前的文化是一个有为的圈套，是一套相互拼命的模式，是一套最终彼此作毫无意义地折腾的文化枷锁，你必须跳出来，你必须看清楚你处的世界和文化教育。

领导因为顺而让手下放手去执行便成为了好领导。

父母因为顺而让子女的个性及兴趣得到了张扬而成为了优秀父母。

朋友因彼此谦让而成为一生的心灵依靠。

陌生的人彼此不对抗，也能和睦相处，不会制造新的冲突。

因此，顺天时，顺地利，顺人心，顺规律，你才能真正实现人生价值，才能算解了真正的人生。

记得有一则故事是这样说的：

三伏天，禅院的草地枯黄了一大片。"快撒点草种子吧！好难看！"小和尚说。"等天凉了。"师父挥挥手："随时！"中秋，师父买了几包草籽，叫小和尚去播种。秋风起，草籽边撒、边飘。"不好了！好多种子都被吹飞了。"小和尚喊。"没有关系，吹走的多半是空的，撒下去也发不了芽。"师父说："随性！"撒完种子，跟着就飞来几只小鸟啄食。"要命了！种子都被鸟吃了！"小和尚急得跳脚。"没有关系！种子多，吃不完！"师父说："随遇！"半夜一阵骤雨，小和尚早晨冲进禅房："师父！这下真完了！好多草籽被雨冲走了！""冲到哪儿，就在哪儿发芽！"师父说："随缘！"一个星期过去了，原本光秃的地面，居然长出许多青翠的草苗，一些原来没有播种的角落也泛出了绿意。小和尚高兴得直拍手，师父点头："随喜！"

随不是跟随，是顺其自然，不怨怼、不躁进、不过度、不强求。

随不是随便，是把握机缘，不悲观、不刻板、不慌乱、不忘形。

懂得了这一点,我们才不至于苛求生活。懂得了这一点,我们才能挺起强劲的脊梁。一般认为,顺是一种人生的态度,但从更深的层次看,顺即是一种待人处事的思维方式和行为方式!

◎"随"是做人成事的"顺学"

随,《说文》说是"从也",有"随"、"随和"之意,佛家引申为"随喜"、"随顺"。按现代人的说法可称为"反馈调节"。反馈调节能力是衡量人的素质高低的主要标志之一。反馈调节要求我们在主观与客观发生不协调、不平衡时迅速找到转折点、平衡点,使之协调、平衡。不论是人与人关系中的上随下、下随上,还是己随人、人随己,都能做到随机应变而不违正道,把事情处理得结局圆满、皆大欢喜。在这方面,我认为至少以下"九随"是我们应注意的。

随天:谋事处世都必须符合天下大势和自己所处的大局,符合时代潮流而不相违背。顺天而行者昌,逆天而行者亡。

随地:要特别注意选择和营造最好的地理环境发展自己。凡环境优化者,吉;环境恶劣者,凶。

随人:顺着人们的意志发展自己而不要逆着人们的意愿突出自己;善于与不同类型的人打交道;善于用不同组合的人去完成不同性质的任务;择其善者而从之。得人者亨,不得人者咎。

随情:无情未必真豪杰,有忧方为大丈夫。即使在法度森严的法制社会或制衡系统中,"问世间情为何物?直教人生死相许"也绝不厌倦。一个情字乃是左右结果、牵动人心和维系人心的主线。

随理:为人处事须有理智。所谓理智,不外乎在不平衡中找到平衡点,用来平衡有无、正负、轻重、缓急、长短、大小、远近、高低等各种利益关系。平衡者利、不平衡者咎。

随法:学会驾驭游戏规则,按牌规出牌;没有牌规的按牌理出牌;没有牌理的按习俗和约定出牌。善规避者亨,不善规避者咎。

193

随时：只有精确计时和善于把握时间差的人才能有效益、有效率、有成功。反之，终咎。

随事：处事因人而异，因时而异，因事态而异，不可死搬教条，拘于一法。神奇寓平淡之中，只有不厌其烦地一事一办，一事一了，才能恰到好处，从平淡中出神奇。反之，立咎。

随势：势者，时务也。古人云：识时务者为俊杰。势有阶段之分：开局、中局、终局、残局，都不尽相同。局中各方在不同阶段又有情势之异：蓄势、备势、养势、造势、用势、收势等等，各有变数。因势而动，是为俊杰。得势者大利，失势者大咎。

"随"的生命哲学意义至少有以下三方面。

首先，"随"是人生根本之平等心、清净心、仁爱心的行动表示。无私是不须用智的，你说做什么，只要这样做可行，那就做吧！你要多做一点，就做吧，省心省力，我何乐不为！你要多收益一点，就拿去吧，物尽其用，有什么不好！自私就要用智，一个小动作，耗费的精力和代价无法用"成本"二字计算，"豆腐盘成肉价钱"，何苦！这就叫没有平等心、清净心、仁爱心。无德便无智，无智又转为无德，用智的结果不仅日显无智，犹显缺德，又何苦！"随"的境界是不自私，也不用智，得失由人，取舍不计，因此他是清净的；礼让随人，宽厚互爱，因此他是慈悲的；不以自己为中心，不计较高低、上下、尊卑、贵贱等序，不争座位，不以个人好恶看人，因此他是平等的。随顺而不用智，故是大智，亦是大德。

其次，"随"是一种无为而治的生命哲学。人是有良知的，良知见善即知其为善，见美则知其为美，见好便知其为好，见宝亦知其为宝，我善之人亦善之，我美之人亦美之，我好之人亦好之，我宝之人亦宝之。每一个人都积累资源，能量共用，资源共享方能使储存的善、美、好、宝耗散出去，发挥效用。否则不溢即腐，等于没有储存，没有积累。"随"便是顺应而为，亦即无为。有所不为方可有所为，无为不是为了有为，但结果必是有为。我随人人必随我,我惠人人必惠我,把我的资源拿出来随人使用,人之资源必随我使用。"随"之互动大抵如斯。

再次,"随"是一种反馈调节的智慧。反馈调节是人在"内实"基础上面对外部世界的灵活应对。反馈调节又是衡量人的内部世界是否充实不虚的主要标志。一个内心充实的人好比一个"万向轮",可以灵敏地反应和迅速应对外界复杂多变的事物,眼到心到手到,其行动甚至可以快于眼睛,是谓神速。"随",其对象可以涵盖天、地、人、情、理、法、时、事、势等九个方面。动静相宜,平衡适度,恰到好处,则是"随"之化境。

人每做一事,皆须求其合理性、合时代、合人情。合理性即要顺应人之本性,不能"以理杀人","以主义杀人",更不能以口号杀人;合时代即"时中""权变"之意,不可总唱过了时的老调子,不可超越时流;合人情即"反诸吾心而安"(返之于我自己也能够接受),不仅求自己心之独安,还要设身处地,求人之心共安。合理、合时、合情,就叫"曲践乎仁义"(符合仁义的总原则)、"从容乎中道"(和谐、平衡、公正、公道)了。这段妙论,对我们理解"随"的外延是很受用的。

◎ 随便一点

不论是从事艺术的人,还是生活的人,都大致可以分为三类:第一类是讲究而不随便的人;第二类是不讲究而随便的人;第三类是讲究而随便的人。

第一类人显得比较呆板而没有情趣;第二类人显得邋遢、马虎、潦草。我们提倡的做讲究的随便的人属于一种不经意的经意,以一种随意来呈现。他的讲究在质,随便在形;讲究是里面的,随便是外面的;讲究是看不见的,随便是看得见的。所谓厚积薄发、信手拈来、四两拨千斤都是指的这个意思。

当然,适当的讲究是必要的。有时候,不讲究不行,比如说面试、谈判等,但讲究又不是必须的,比如入厕,不必讲究举止文雅;吃饭,不必讲究斯斯文文;会面,不必讲究腼腆与忸怩。有时候,讲究让人变得高雅,有时候,讲究又让人变得俗不可耐,这就看你是否懂得讲究和会讲究,生活不必太讲究,别让讲究缚住了自己的手脚,生活就会轻松自如。

过分讲究只会带来悲剧,随意的人更能带来喜剧!

老子讲:"圣人是顺其自然的。"

道家讲:"人法地,地法天,天法道,道法自然。"自然就是没有一点点私心。

随顺自然表现在方方面面,要靠人用心灵去感知,去体验。例如:

你心里想吃什么东西,往往正是因为身体正需要这个物质。

你心里特别想睡觉,往往正是因为身体过于疲劳。

你心里老是想着一个地方,往往正是因为这个地方就是最适合你的磁场的地方。

你心里特别想干某件事情,往往你干这个事情最能获得成功。

这是客观事实,也是顺其自然的养生大道。

2. 心静生

平凡人的头脑就像一个马蜂窝,整天都在嗡嗡叫。一个整天嗡嗡叫的头脑,你还能指望它做什么?它什么都做不了。

你大脑中除了最近的烦恼在嗡叫之外,还有许多以前的烦恼一直盘旋在你的头脑里,随时都在嗡鸣。作为负面信息,它是能量,它也在流动,于是,你的大脑便被整个负向的信息、负向的嗡鸣声占据了,你什么也别想做了,你整个人陷入了瘫痪状态,正如电脑侵入了无数的病毒,而你又没有杀毒软件,你的电脑也只有瘫痪的份!

喧闹是一个悲剧,因为它是单一思维,你不能指望它能带给你创造,教会你去爱别人,让你有坚定的信仰。

喧闹,它使你什么也做不成。因此,凡是处于喧闹状态的人,都是不成熟的人,都是只走完一半旅程的人,他们在成长,想开悟,他们从外在吸收了许多的知识,吸收了许多信息,他们的头脑变成了一个仓库,什么知识都往里面装,什么新的信息都往里面装,他们总认为装得越多越有利于成功卓越。

问题就出在这里,悲剧就出在这里。

你的大脑不是仓库,不是池塘,不是收破烂的,而是一个全新的集团制公司。

你必须对你的头脑播下种,在你头脑里培植出总裁来。总裁必须强有力,否则,下面将的权力一旦大于总裁的实权,那么,你的大脑又会嗡嗡叫的。喧闹是外在的信息对你大脑的占领的结果,是你没有自己的总裁的结果。要杀掉那个喧闹惟一的办法就是升起自我,就是由一元思维变成二元思维,由他主宰变成我主宰他辅助。

这样,你的头脑才会一统江湖,才会走向宁静,才会水流不兴、静如处子。

当夜深人静的时候,正是一个人扪心自问、三省吾身的好时机。这时候去妄求真,那迷失本性之"妄"容易被捕获,而回归本原之"真"容易显露。人就在这样的清净独处中认清事物的真相和本质。既然真性回归,妄性被克,那知耻悔过的忏悔之心自会油然而生。

一个人静静地,什么都可以想,什么都可以不想地独处,是对浮躁烦恼的一剂良药。独处才能"禅悟",才能"坐忘",才能"返朴归真"。没有想清楚的事情不说,也不做,至少不会"事倍功半",或"成事不足,败事有余"。想清楚了,悟透了,再去说,再去做,才能说到做到,事半功倍,游刃有余。总希望在一群吹吹捧捧的人中间热闹风光,静不下来的人,是注定得不到清净智慧,注定办不成什么大事的人。

静,并不是"死静",而是"活静"。《菜根谭》中一则格言:"好动者云电风灯,嗜寂者死灰槁木;须定云止水中,有鱼跃鸢飞气象,才是有道的心体。"静不下来的人像雷鸣电闪、风吹灭灯一样,想要他不躁动也做不到。过于孤寂的人像死灭的灰尘、枯干的木头一样,毫无生气。有清净心的人,应当与上述两个极端都不同,他的内心世界像静水中有彩云飘动,天地间有鱼跃鸢飞,生动活泼、生机盎然。静气中有大气,有灵气,有浩气,不惟死静,方称清净之境。静,也不一定非要锁定夜间,非要独处一静室。

清净心是甘凉的,甘凉如泉。"冷眼观人"是"热闹中着一冷眼",但"冷落处存一热心"。即在滚滚红尘中怀着一颗仁爱之心,平等之心去看待失落了爱、失落了平等的人与事。

清净心是悠凉的,悠凉如月。"冷耳听语,冷情当感",当听到不顺耳的言语,感受到了顺意境遇时,坦然面对,悠然处之,自求心安。"此身常放在闲处,荣辱得失不受拘牵;此心常放在静中,利害是非谁能瞒昧"。

清净心是鲜凉的,鲜凉如藤上瓜、棚间果。"冷心思理"那经过冷静思索、反复论证而由自己寻觅到的真理,充满了清新气息,完全没有趋时应景的做作,没有生搬硬套的古板,没有人云亦云的复制,没有言不由衷的虚伪。用清净心发掘出来的真性,春风风人,夏雨雨人,自自然然,天真无邪,从容乎曲践乎仁义中道,给人以感动和濡染。

总之,你必须学会静心,否则,你是不可能开悟的。

◎什么是静心

智者奥修说,静心并不是印度的一种方法;它也不只是一门技术。你无法学习它。它是一种成长:你的整个人生的成长。

静心并不是某种东西可以附加在你目前的状态上。它只有通过一种根本的转化、通过一种蜕变才能来到你的身上。它是一次开花、一次成长。成长总是来自于全体,它不是增加。你必须向着静心成长。

你必须正确理解这种人格的完全的开花。否则一个人很可能跟自己玩花样,一个人很可能用各种头脑的诡计来占据自己。诡计太多了!它们不仅能够愚弄你,还使你在真正意义上受到伤害。那种认为静心有某种技巧的态度——把静心想象成方法——在根本上就是错误的。当一个人开始玩弄头脑的诡计时,头脑的品质就开始恶化了。

就头脑目前的存在方式来说,它不是静心的。在静心能够发生之前,整个头脑都必须改变。那么,就它目前的存在方式来说,头脑是什么呢?它是怎样运作的呢?

头脑总是在说话。你可以了解文字,你可以了解语言,你可以了解思考的概念结构,但那并不是思考。相反,那是在逃避思考。你看见一朵花,然后你用语言表达它;你看见一个人穿过马路,然后你用语言表达它。头脑能够把每一件存在的事物都转变成语言。于是语言变成了一种障碍、一种囚禁。对一个静心的头脑来说,不断地把事物转成语言、把存在转成语言就是障碍。

所以对静心的头脑的第一个要求就是:觉知你在不断地用语言表达,而且能够停止它。仅仅看看事物,不要用语言表达。要觉知它们的在,但是不要把它们转成语言。让事物存在着,不要使用语言;让人们存在着,不要使用语言;让环境存在着,不要使用语言。那不是不可能的,那是自然的。它目前的存在状态才是人为的。但是我们已经变得非常习惯于它,它已经变得非常机械了,以至于我们甚至不觉知我们在不断地把体验转变成语言。

日出在那里,你从来不觉知看见它和表达它之间的差距。你看见太阳,你感觉它,然后你马上就用语言来表达它。看见和表达之间的差距消失了。一个人必须觉知日出并不是一个单词,它是一个事实、一个存在。头脑总是自动地把体验转变成语言,然后这些语言就站到你和体验中间去了。

静心意味着不用文字生活、不用语言生活。有时候，它是自然发生的。当你在恋爱、在感觉当下而不是感觉语言的时候。每当两个爱人彼此非常亲密，他们就会变得很宁静。那并不是说他们没有东西可以表达。相反，他们要表达的东西太多了。但是语言从来不在那里；它们不可能在那里。只有当爱情消亡的时候，它们才会出现。

如果两个爱人从来没有安静过，那说明爱情已经死了。现在，他们正在用语言填补这条裂缝。当爱情还活着的时候，语言不在那里，因为爱情本身就是那么势不可挡、那么具有穿透力，它已经越过语言和文字的障碍了。而且，在通常情况下，语言和文字的障碍只能在爱情中被超越。

静心是爱情的高潮：不是爱一个人，而是爱整个存在。在我看来，静心是你跟周围整个存在的一种充满活力的关系。如果你能够热爱任何环境，那么你就是在静心。

这并不是头脑的诡计。它并不是一种平静头脑的方法。确切地说，它要求你对头脑的机械具有深刻的认识。你一旦认识到你在表达上的机械的习惯，你把存在转成语言的机械的习惯，一道间隙就出现了。它是自发的，它像影子似的跟着你的认识。真正的问题并不在于怎么静心，而是要知道你为什么不在静心。静心的过程是消极的。它不会给你增加什么，它是在消除已经被增加的东西。

没有语言，社会就无法存在，它需要语言。但是存在并不需要它。我不是说你的存在应该没有语言，你不得不使用它。但是你必须能够打开和关闭表达的机制。当你以一个社会人的身份存在的时候，语言的机制是需要的；然而当你独自跟存在在一起的时候，你必须能够关闭它。如果你不能关闭它——如果它一味地继续下去，你却无法停止它——那么你就已经变成它的奴隶了。头脑应该是工具，而不是主人。

当头脑成为主人的时候，就会产生一种不静心的状态。当心成为主人、当你的认知成为主人的时候,就会产生一种静心的状态。所以静心意味着成为头脑机制的主人。

头脑,以及头脑语言功能的运作,并不是终极的。觉知超越于语言;存在超越于语言。当觉知和存在合二为一的时候,它们就会彼此交融。这种交融就是静心。

静心意味着全然地生活,只有当你安静下来的时候,你才能全然地生活。我所说的安静并不是无意识。你可以是安静的、无意识的,但它不是一种充满生命力的安静。

静心意味着既不能有语言,又必须是清醒的。否则你就不会跟存在交融。没有什么咒语能够帮助你,没有什么念诵能够帮助你。自我催眠不是静心,相反,自我催眠的状态是一种堕落。它并没有超越语言,它堕落得比语言更低。

所以要放弃所有的咒语,放弃所有这些技术。让时光存在于没有文字的地方。你不能用咒语来排除文字,因为那个过程本身就是在使用文字。你不能用文字来消灭语言,那是不可能的。

◎清静有利健康长寿

每当翻阅古代养生学著作,我耳边似乎总响起古人亲切的叮咛:清静、清静、清静……

是的,古人养生学的许多著作告诉我,清静是养生的核心、长寿的根本。古代许多养生学家,都不约而同地提出了清静养生法。

战国时期哲学家,享年83岁的庄子,是清静养生学的代表人物。他提出"清静为天下正",而后又在《庄子·刻意》中进一步阐明了这一观点,指出"清静"就是"平易恬淡"、"纯粹而不杂"。庄子把养生分为养形与养神两方面,而要做到"形神不亏",关键就在于清静。

魏晋时文学家嵇康在《养生论》一书中也这样写道:"清虚静泰,少私寡欲。旷然无忧患,寂然无思虑……"他同样认为养生的根本就在于

"清虚静泰"、"无忧患"、"无思虑"。

崇尚老子之学的西汉淮南王刘安在《淮南子》一书中进一步阐述了老子"虚静恬愉"的养生观。他认为只要能"使耳目玄达而无诱慕，意志虚静恬愉而省嗜欲"就必然赢得高寿。

总之，古代养生名家无不认为唯清静可以养生，唯清静可以延年益寿。

具体说来，古代人所说的清静又包括两个方面，一是指所处环境的幽僻雅静，二是指心理状态的宁静恬淡。

"结庐在人境，而无车马喧……，采菊东篱下，悠然见南山。"这是晋代诗人陶渊明对远离尘嚣、恬静安逸的生活环境和精神境界的描述。东晋时的女诗人谢道韫也认为只要能离开杂乱喧嚣的环境，生活在"秀极冲青天"、"寂寞幽以玄"的山水之间，就可以"尽天年"。

寻求宁静的环境，其实也就是为了避免心理遭受外界的种种刺激。今天，在工业发达国家，喧闹的汽车、嘈杂的人声、摩天大楼的阴影以及犹如潮涌似的信息，使人的心理终日处于紧张状态之中，失去了应有的宁静，致使身心疲劳成疾。由此也足以证明古人清静养生法是很有道理的。

然而古人清静养生法的核心不光是指外在环境，更重要的，是指内在的心理态势，即内心虚静恬淡，这才是真正的清静。

当然，静也要有度！

经常处于"静态"不利于养生健身。慢性病患者的绝对"静"养，反而减缓了新陈代谢的动势，削弱了内脏器官的运转功能，显然不利于康复。

真正的"清静"，首先应该是个人心态上的宁静。一位高寿老人对此曾有如下的自我感悟：人趋暮境之时，应该做到"想过去，不后悔；看现在，不攀比；望将来，不忧虑"，这样才能实现心态平静、快乐永驻。

此外，"清静"也并不是意味着终日生活在极度安静的环境里，失去了挚爱亲朋的交流、听不到富有生活气息的声音、没有了大自然特有的音响,时间一长就会让人变得情绪急躁、性格孤僻,对周围的一切漠不关心,其结果只能是健康每况愈下,各类疾病缠身。

喧嚣聒噪固然不适于人的生活和休息,但是,万籁俱寂也无益于晚年的养生和保健。只有动静结合,相得益彰,方是明智之举。

3. 心空生

心外无物,闲看庭前花开花落;去留无意,漫随天外云卷云舒。这世上关于修心开智最有发言权的学问是佛学。而佛学解决的根本问题是利用各种手段消去人的执著。佛学在消降执著上有一招最厉害的法门,那就是——空。读万卷佛经,不如读《心经》一部。为什么这么说呢?

讲两个字,一个是"空",另一个是"心"。

先说"空"字。"色不异空,空不异色,色即是空,空即是色。色空不二,空色相等;万事皆空,为首我空。心空增能,性空增智;五蕴皆空,惟慧不空。"

《空字歌》唱道:

本来空,看不空,看不空,也不空;

求得来,还是空,放不下,仍是空;

妄杂空,更是空,倒不如,就悟空;

万事空,我先空,悟了空,空不空。

空,佛教用来表述非有、非存在的一个基本概念。佛教各时期、各派别对空的解释不一。在原始佛教中,空只是整个佛教理论体系中的一个普通概念。部派佛教时期,这一概念成为当时争论的重点之一。大乘佛教时期,尤其是般若经系统的大乘思想则进而以空为其理论基础。从所否定的对象来说，空可分我空、法空两种。

我空，即认为一切有情都是由各个组成元素聚合而成，不断流转生灭，因此不存在常一主宰的主体——我，这是小乘佛教的观点；法空，则认为一切事物都依赖于一定的因缘或条件才能存在，本身没有任何质的规定性，但法空并非虚无，它是一种不可描述的实在，称为妙有，这主要是大乘中观派阐明的观点。

再说"心"字。佛家的心是佛祖，人的心是元神，佛经的心是《心经》，《心经》的心是般若，般若的心是悟空，悟空的心中是我空，我空要靠《八正道》，《八正道》首要是悟性，悟性的关键是宽容。

修心才能得正果，离修心养性是小乘。

总之，一个人的成就大小，从他修心修到空的什么程度就能看得出来。一个人是否到了最高的心境，觉悟者一眼就能看出来。

心要修到空如境界并不是一件容易的事。

做人或事最好的心态是什么？当然是"空杯心态"啦！大家最熟悉的一个佛家典故是"放下就是快乐"。典故讲：

一个自视高傲的小和尚给禅师上早茶，茶壶在小和尚的手中，壶中有刚烧开的开水，禅师端坐在茶几之北，禅师望着小和尚向禅师茶杯里倒开水。开水渐渐倒满。小和尚知道中国人的生活潜规则——酒倒十分满，茶倒到八分满了，他正准备收手。突听禅师说"倒"。

小和尚最听师父的话，他只好继续倒，茶杯很快倒满，小和尚又欲收手。禅师按着说道：继续倒。

小和尚以为大师有毛病，他只好继续倒。小和尚口中道：都满了，还怎么倒得进。

禅师点头感慨道：是呀，自认为满了，又怎么能再倒进去新的东西呢？

小和尚当场开悟了。从此，虚其心，空其"我"，加倍修习。后来终成一代宗师。

禅师说:"你就像这只杯子一样,里面装满了自己的看法和想法。如果你不先把杯子空掉,不然叫我如何对你说禅呢?"

这个故事给了我们很大的启示:我们每个人的心,就像这个茶杯,如果装满了自以为重要的东西,利益、权力、知识,还有优秀、经验、骄傲等,便再难装入更多的东西,自然也就谈不上超越和进步了。

通过这个故事,我们得出一个很有价值的概念——空杯心态。

所谓空杯心态,就是要将心里的"杯子"倒空,将自己所重视、在乎的很多东西一起倒掉。只有将心倒空了,才会有外在的松手,才能拥有更大的成功。这是每一个想发展,尤其想在职场发展的人所必须拥有的心态,也是最需要的心态之一。

今天,全球几乎都在推尚学习型——学习型人、学习型家庭、学习型国家,同样是学习,为什么有些人学得那么快呢?当然得助于他的空杯心态。

历代所有成大事的人,所有的大师,几乎都可以归结为一种人——虚心学习的人。毛泽东是走到哪学到哪,无字书有字书都读得虚心;马克思是在大英博物馆看了几十年书;孔子是周游列国,广泛学习"礼、乐、射、御、书、数"等;老子是当时的图书馆馆长,学习机会自然更多……

由此观之,非空无以广才,非空无以进学。

"空"尤其是"我空"是成长成熟的关键性一步。

激励大师吴甘霖说:

提起刘晓庆,很多人都不陌生。这位著名影星不但拍了很多令人记忆深刻的电影,还自己开公司,做过老板。

可就是这样一位让众人瞩目的明星,却由于"偷税风波",在几年前突然锒铛入狱,在狱中关了400多天才被取保候审出来。

从媒体的报道看,刘晓庆在经过400多天的牢狱之灾后,进行了全面的反思。而她的反思以及在人生低谷时期的奋起,对每个职场中的人，也很有启示作用。

在接受记者专访时，她感叹说：

"你说失去自由400多天，苦不苦？苦极了！一出来就面临1000多万元的补税和罚款，难不难？更难！但除了面对困难，重新开始，我别无选择。"

之后，她从零开始。这一次，她的为人处世方式，有了脱胎换骨的变化。

为了还税，她很努力地拍戏，甚至一年接拍了七部影视剧和两部广告片。只要能挣到钱，哪怕报酬不是很高，角色不是很重要，她也会接。为了就是早一天能够把欠下的钱还上。

整整两年时间，刘晓庆几乎没有好好休息过，天天泡在剧组里。她降低了生活标准，每挣到一笔钱，除了留下生活费外，就去税务部门补交税款。每还掉一笔债，她心头的重担就被卸掉了一块。

有一次，刘晓庆去杭州参加一部电视剧的开机仪式。飞机起飞后10多分钟，驾驶舱的挡风玻璃突然碎裂。一生经历过无数风浪的刘晓庆遭遇了最惊心动魄的一幕，她吓得脸色苍白，浑身瘫软无力。

回到候机室，刘晓庆还心有余悸。同行的人劝她第二天再去，但她却不同意："我是主演，那边的人都等着我，我怎能缺席？要是这次不讲信用，以后还有谁请我拍戏？这债怎么还得清？"

她坚持改乘下一趟航班去了杭州。

在这样的努力下，刘晓庆终于还完了所有的款项。当还完最后一笔钱时，她和朋友到一家最普通的饭店去吃饭，算是庆祝。

在人生的最低谷，刘晓庆并没有抱怨，也没有逃避，坦坦荡荡，该工作就去工作，该还债就去还债。

今天出现在我们面前的，再也不是曾经那个张狂的影星刘晓庆，而是一个经历了凤凰涅槃的新人。

对于刘晓庆来说，如果永远抱着自己昔日的辉煌，怕被别人说三道四,或时时抱怨命运对自己的不公,非但于事无补,反而使自己只能永远沉在谷底。只有坦然接受和勇敢面对,才有"凤凰涅槃"的可能。

在职场中,如刘晓庆般遭遇大起大落的人有很多,只是程度不同而已。这时候,不妨多向她学习。

◎松开的手比紧握的手拥有更多

激励大师吴甘霖说:拥有了"空杯心态",松手就不会太难。勇于松手,拥有的只会更多。在这方面,海尔总裁张瑞敏的"大海法则"和前蒙牛总裁牛根生的"全盲法则",给大家树立了很好的榜样。对成功要学会"空杯"和"归零",对失败也应该这样。

2007年10月,一则消息引起了世界的瞩目:2006年的诺贝尔和平奖,颁给了美国的前副总统戈尔。对关心政治的人而言,戈尔并不陌生。他曾8年担任美国副总统的职务。2000年,他竞选美国总统,以5票之差输给了布什。

根据美国的司法裁定,布什成为了总统,而戈尔只能算是总统选举的败北者。

很多人都为戈尔抱不平,但戈尔却说:"我强烈反对最高法院的决定,但为了国家统一和民主制度,我接受落选的结果。"

竞选失败后,戈尔表现得很平和,他将目光投向关系人类生存的地球环境问题,将主要的精力用在呼吁解决日益威胁人类生存的温室效应问题上。

7年来,他做了上千场演讲,并拍摄了一部名为《难以忽视的真相》的纪录片,让更多人认识到温室效应的严重性。开始时,他是孤独的,不仅要面对大众的冷漠,还要面对对手的抹黑和打击,但这并没有熄灭他为人类和地球命运奔波呼号的热情。

终于,戈尔的付出得到了回报,很多人受到了他的积极影响,他也最终获得诺贝尔奖委员会的高度肯定。

在获得诺贝尔奖后，有记者问他："你是否还会去竞选美国总统？"

戈尔微微一笑，说："这世界上有比当总统更伟大的事业，我为什么还一定要走那条路呢？"

成功也罢，失败也罢，都需要松手和放下。只有放下，才有超越！

松开手，放下失败，敢于重新再来，反而会迎来人生最大的超越。

在人生中，"空杯心态"的价值主要体现在三个方面：

一是使你更快融入工作。这对于刚毕业的大学生尤其有价值。当你不再把学校的光环背在身上，就会变得谦逊，弱化自我，强调单位与团队。这样的你，不仅能学到更多的东西，也能创造更多的东西。

二是使你超速发展。每个人都希望自己能在工作中快速甚至是超速发展，而真正让我们超速发展的，不是曾经的"光环"，而是倒空后不断进取的心。

三是优秀者和成功者超越自我的最佳途径。高学历、成功、优秀、名声和地位，就像给我们镀了一层金。但也正是这层"金"，让我们不免沾沾自喜，得意忘形，甚至停止不前和倒退。

因此，优秀者与成功者更要空杯。因为，优秀和成功只代表过去，要永创一流，就必须时刻"空杯"，永远"空杯"——这是能够确保永久一流的惟一选择！

我们将职场中人分为三种状态：

第一，主动"空杯"。这样的人，必然会有最大最快的发展。

第二，被动"空杯"。这样的人，会有发展，但是发展的速度和强度会大打折扣。

第三，拒绝"空杯"。这样的人，要么停滞不前，要么倒退，成为他人的绊脚石。

如果想有最大最快的发展，就一定要主动空杯。

第七卷
解除失衡之苦——合平长生

一、三合一生

1. 身心合一生

这里的"身",指身体。身体健康,要靠日常的饮食起居,一日三餐,营养均衡,不暴饮暴食,不酗酒、抽烟,每天早睡早起,不居无定所,做一个生活有规律、有节制的人。

这里的心,指心灵。心灵健康,要靠性情、修养、处世态度等方面的培养。性情,有人说是天生,其实,也并非如此,什么样的环境造就什么样的人,天生温和与天生暴戾,都会随所处的环境而变,这要看你如何自处,看你在日常生活中,要养成什么样的性格习惯;修养是一个人文化素质的外在体现,如果你满腹经纶,那么你自然温文尔雅,举止大方;处世态度,是一个人心灵健康的又一表现,心灵健康的人,是乐观、向上、自强不息的，不悲观厌世，不愤世嫉俗，而是脚踏实地、稳健前行，这个世界，会因这样的人而精彩。

如果身指物质，那么心则指精神，依马克思唯物辩证法而论，物质第一位，决定精神，精神第二位，反作用于物质，二者相互依存，相辅相成，不可或缺。

没有健康的身体作后盾，心灵也就失去了其存在的依托。但没有躯体疾病只是健康的一部分，不是说没有躯体疾病就一定是健康人。要想社会适应良好，不但要有健康的身体，而且要有健康的、积极向上的心理和精神活动，要有健全的人格。这就是身心合一。

作家周国平说"无论自己走多远，都不要忘记回家的路，这个回家是指自己心灵的平衡，而我想的是，走一段歇一段吧，不要走得太匆匆了，要经常停下来感受一下心灵的平衡！"

一个心理不健康的人，无论他怎样成功，无论其表象如何强大辉煌，他阴暗的心理、扭曲的心态、固有的缺陷，使他骨子里笑不出声来，使他内里藏着悲哀，他既成不了社会的楷模，赢不了尊严、价值，还得与健康对峙斡旋。

人类社会和自然中充斥着不健康，每个人或多或少被其浸染，但是这并不重要，重要的是我们是否有健康的追求。追求思想的健康，认识的健康，做人准则的健康，有这个健康，我们会甄别优劣，拂去疾病、病象的灰尘，迈进健康的境界。反之，没有这个前提，空有美肌亦败絮其中，脸色红润也表里不一。

海伦·凯勒是一个不幸的人。她在9岁的时候，就失去了视觉和听觉，陷入了永久的黑暗与沉寂之中。她又是一个幸运的人，她创造了世界上罕见的奇迹，被称为与拿破仑同样伟大的人。

我们主张强身健体，因为没有健康的体魄，生活再美好，你都不能很好地去享受。没有健康的体魄，你即使在事业上成功了，也要比正常健全的人多付出十倍百倍的努力和代价。

但是，正如前文所举过的例子说明的，有了健康的体魄，还必须有健康的心灵，而健康的心灵，靠自己去修养。

孔子说："做君子好比射箭，自己不正就射不中目标，不中目标就要反省自身，寻找各方面的原因。"古代圣人们还说："你真诚地修德于心，饱学于身，自己的行为无所为而为，无所求而求，自然上可格天，下可格人。不祈求于天而自得人助，不求于人而自得天助，正是所说的'雪满山中高士卧，月明林下美人来'。"所以孔子说："不担忧自己的位置，担忧的是自己不能立志。不要害怕自己没有知识，去求取、探索、努力，就能得到知识。"又说："君子谋求的是道理，不谋求吃喝；君子考虑的是道理，不担心贫穷。"这样，才能超越人生，呈现伟大！

如何做到自我净化、自求多福呢？紧要的大戒大忌有八项：

一是戒私心。明末清初的学者陆桴亭曾说："名与利是天地间公共的东西，利只有属于公才广大，名只有属于公才光荣。小人自以名利为私，而名利二字，始终有目的途径。从圣人看他，必使他得到名声，必使他得到俸禄，名声何曾不是有气味的东西。"一私就万事都私，一公就万事都公，这是要从心上去分辨的。至于从事情上看，天下都会人人可见，无需这里多费口舌。

人们最难除去的就是私心。说起来差不多人人都能说，做到就实在困难，几乎千万人中难有一二。谁不对自己有私心、不对子女有私心、不对父母有私心？我们试着冥思静想，自我反省所存动念与一生的行事，便知这里所言不谬。想丢开常情，而存道心，除去人欲而存天理，只有圣人才能做到。老子说："我之所以有大灾难，因为有我这副躯体；如果我没有这副躯体，我还怕什么灾难？"所以只有以大公无我的心，才能克制私心。

大抵要减要灭，不外乎从事情上去减去灭，从理上去减去灭，从心上去减去灭。这三点总能体验到：天下越是为自己的人，越不能有自己；越自私的人，越不能成就于私；只有以天下为大公的人，才能成就天下的大私。这就是说：大公能成就大私，无我能成就大我。真正做到舍己为人，舍己为天下，才有一个大我的存在。如果单从私出发，仅能成就一个小我了。能从公字出发，从公字上去存心立身做事，则一切都大有益处。这就是戒私心。

二是戒骄心。作为领导，居在大位而像无位一样，胸怀大德却像没有德，有大智慧却像没有智慧，有大功却像没有功。既不以君临天下而傲视天下，也不以老师的态度面对天下而训示天下，更不能以威风临天下而怠慢天下，这都是自亡而丧失天下的道理！所以要虚心待人，以恭敬的态度敬人，这就是限制骄心。

三是戒偏心。要想戒去偏心，只有以自己的公心对待天下人，以自己的正心对待天下的事，以自己公平的心了断天下的理，以自己的虚心应付天下的万物。这样，就能全心虚静灵明，没有什么东西遮挡得住，自然是不偏不失。人心这个东西，不能有所击、有所执、有所蔽、有所固。击就使它劳累，蔽就使它不神明，固就使它固板，执就使它拘泥。

人之所以不能正心，就是有偏心；人之所以不能直心，就是有邪心。好恶之心，人人都有；知见之心，人人都有；爱憎之心，人人都有；亲疏之心，人人都有。有了这些心，必然会执守这些心，执守这些心就会拘泥这些心。

固执就会丧失，拘泥就会闭塞。作为领导，不偏向自己的喜好、知觉、溺爱、亲疏，就不会失于自己的憎恶、亲疏与不知，不仅是这样，还要有人之常情，还要有民心所在。

四是戒欺心。只有诚心才能破除天下的欺伪之心，只有拙才能破除天下的巧，只有真实才能破除天下的伪诈，也只有忠实才能破除天下的虚假。这是不可变更的经典。所说的欺心也就是伪心、假心。一个人怀着虚伪心，就不能有真诚的心。心不诚，必然欺骗。因此，《大学》中告诫人们"不要自欺欺人。"伪心不仅最可耻，也最不道德。

一个人有一分伪心，便有三分虚假，而他的言行举止都使人不相信。一个人心中有虚有伪有欺，肯定就有私心、伪心、欲望心、得心、贪心存在，又害怕人们发觉，再装饰起诚心、真心、实心，用来蒙蔽天下人的耳目。实际上他不知道，人可欺而心不可欺，心可欺而天不可欺。

五是戒妒心。王安石深受排挤、打击、诋毁的痛苦，很是感慨地说："诋毁生于嫉妒，嫉妒生于不能胜过他人。"嫉妒和诋毁，历来就是有识之士深恶痛绝的。做人没有嫉妒之心，没有诋毁之心，必然心境豁达、光明正大，自然能与任何人和平共处，相洽相融。所以，我们应像《大学》中所说的那样：他人有技能，看作像自己有一样；别人精明强悍，我从内心喜欢，这种喜欢心情，就像从他人嘴里传出的一样，确实能容纳他人。

六是戒疑心。疑心的生出，来源于偷心，来源于多心。俗话说："多心就会多疑。"总的归纳起来，就是自信心不坚强、不刚毅、不巩固。古代的哲士说："自信的人不怀疑人，自疑的人不相信人。"疑人就无功，疑事就不在；能信任自己，就应该信任他人。古圣说："用人不疑，疑人不用"；"惟有信能制住天下的疑"。

所谓的信，就是心口如一、言行如一、时空如一，也就是内外的道合一。诚心于内的，必然信任于外；信任于内的，必然表现在外。诚信统一，偷也可以定，猜也可以止，多也可以一。把它引申扩充来说，对方也可以利用，叛逃的人也可以怀柔，违逆的也可以顺从。我以诚信待人，他也会以诚信待我。我不信任他，他也不会信任我。对人推心置腹、肝胆相照、襟怀坦白，天下没有不可信任的人。所以陆贽说："诚信亏损，做一切事情都会漏洞百出；疑心产生，天下百姓没有不担忧害怕的。"

七是戒躁心。诸葛亮说："非淡泊无以明志，非宁静难以致远。"然而躁心的滋长，出自于急心，出自于浮心，出自于竞争心，都是从不能清静自己的内心开始的。急心、浮心、竞争心最容易损害公理，最容易败坏事业，难以应付纷繁复杂的环境，也难以通达周密细微。只有静心才能破除躁心，只有澄心才能破除浮心，也只有安定才能破除急躁。

八是戒动心。道教经典《玉枢经》中说："入道的人知止，守道的人知谨，用道的人知微。能知微就能生出慧光，能知谨就能像圣人一样知识全面，能知止就能泰然安定。"所以凝神澄心，无思无虑，无念无欲，以修炼"止功"而培养定力，这是不动心的一大法宝。

你有没有这样的感觉：常常感到工作繁忙、压力过大；经常感觉自己身体不适，感冒更是家常便饭；时常担心自己对生活或是工作不能胜任；总是感到疲倦，身体不是这儿不舒服，就是那儿不舒服？一向随和宽容、待人热情的你，忽然间对人不耐烦起来；坐立不安，或者时常莫名其妙地胆战心惊；即使是在很重要的会议上，你也有可能难以集中注意力，有时甚至脑子里会一片空白；慨叹自己的记忆力正在不断下降；再也没有过一觉睡到天亮的畅快，睡眠障碍开始时时困扰你；很容易出汗，实际上天气并不是那么热。

以上种种，看来似乎问题都不是那么严重，但对你的身体来说，却已经不可小视——无论你是一位繁忙的企业家，或者是一位身负重任的经理人，你得日复一日地努力工作，你没有理由忽视健康。

种种迹象表明：你心灵的发展已经失去平衡。身心灵不平衡，对人造成的危害是巨大的。譬如，它使人心理过于敏感，常常感到恐惧，没有安全感；对生活缺乏爱的动力，不愿意宽恕他人；不喜欢看见自己生活中的某些事物，等等。

（1）多与自己的过去比较。

人们对自己接触到的事物总免不了联想和比较，如遇到自己过去的同学，当谈到事业、工资、经济条件、名誉地位时，如果对方比自己强，有时会产生嫉妒、自卑的情绪。我们应该多与自己的过去比，看是否在工作、学习、事业、生活等方面都有了进步，每个人的成功除了自己的努力外，还受许多社会因素或机遇的制约，每个人的发展总是不平衡的。

（2）一切向前看。

任何人都难免遭受挫折,这时除了吸取教训外,还要尽快从挫折的阴影中解脱出来,并随着时间的推移逐渐淡忘掉。

(3)把所有的坏事当好事看。

任何事物都有两面性,有积极的乐观的一面,也有消极的悲观的一面。如一个人每月工资600元,过了半个月花去了300元,他就终日愁眉苦脸地认为还剩300元,后半月无法过了。而另外一个人工资也是600元,半个月也花去了300元,他却乐观地认为还有300元,后半月足可应付过去,便终日无忧无虑。如果我们能抱着"塞翁失马,焉知非福"的观点,那么坏事就会变成好事。

(4)只求奉献不计回报。

人活一世总希望自己能对社会有所贡献,能实现自己的社会价值,这就是著名心理学家马斯洛的需要层次论中最高一级的人类需求。一个人的能力有大小,只要尽了自己所能,就是实现了自己的社会价值。至于社会回报多少,不必过于计较。

明代崔铣曾撰《听松堂语镜》一书。其中的"六然训",实为身心合一的"妙方良药",可学习借鉴:

自处超然:当一人独处时,应保持宁静致远的心境,忘掉烦心事,种花草,听鸟啼、望远方,看天空彩云变幻,或想想令人开心的往事,保持轻松愉快的心境。

处人蔼然:与人相处时应谦虚诚恳,乐于助人。与人交往时应宽容大度,保持良好的人际关系,创造一个轻松愉快的生活气氛。

有事斩然:遇到事务繁杂心烦意乱时,既要深思熟虑,又要坚决果断。"当断不断,反受其乱"、应按事情的轻重缓急有条不紊地去办。这样就不会因事务烦杂而心烦意乱或焦虑不安,反而会为自己有良好的办事能力而高兴。

无事澄然:无事可做时,可吟诗,练字,想想"采菊东篱下,悠然见南山"的意境,便会令人神清气爽,飘飘欲仙。

得意淡然：得意时，仍需谦和身平，不可狂妄自大，忘乎所以，应学会控制与善于驾驭情绪。

失意泰然：失意时，应泰然处之。人生在世不会事事如意，常是失多于得。在逆境中切不可自暴自弃，应学会知足，主动寻找乐趣，这样才能避免患得患失的不利情绪，以坦荡的胸怀，通利的心境，良好的身心状态迎接种种挑战。

窦持禅师说："悟心容易息心难，息得源头到处闲，斗转星移天欲晓，白云依旧复青山。"心能息，就自然能清清静静、稳稳当当。心不动，就自然一心不乱、慧光高照、灵明闪现。惟一的根本方法就是万事无心罢了。

2. 知行合一生

知，指认识和知识；行，指行动和行为。知行合一，就是讲理论（知）和实践（行）要合二为一，不可过分偏重一边。

你有一副堂堂的七尺之躯，有的是热情和智慧，你却不知道把它们好好利用，这岂不是辜负了你的七尺之躯，辜负了你的热情和智慧？你堂堂的仪表不过是一尊蜡像，没有一点男子汉的血气；你的山盟海誓都是些空虚的谎语，杀害你所发誓珍爱的情人；你的智慧不知道指示你的行动，驾御你的感情，它已经变成了愚妄的谬见。正像装在一个笨拙的兵士的枪膛里的火药，本来是自卫的武器，因为不懂得点燃的方法，反而毁损了自己的肢体。

人是由生命力支配着的。活的人由于有活下去的愿望，他才显示出巨大的力量使自己能够适应周围的环境。通过观察和感受，人的生命力就受到了锻炼，并且使能力也得到了发展。这种能力经过经常深人的训练,克服了许多困难,又进一步达到完善的地步。这就是人和能力的相互关系,仅仅是思考和依靠谈理论是不能发展能力的,它必须伴随以行动和实际锻炼才能达到目的,只有通过行动才能使生命力的作用发挥出来。

毛泽东说过"知行合一是一件大事。"然而,"知者多喜于学而惮于行,行者常碌于为而讷于知;惟具使命者方能知行合一"。

一个年轻人很想学盖世武功当英雄,多处寻师不成,受智者指点,要他到离家几百里外的山神庙去拜高僧为师。

年轻人立刻轻装简行,辞别父老亲人,跋山涉水,来到山神庙拜师。哪知,师傅门前排了老长的队,拜师的人实在太多。好不容易才轮到年轻人。

"你是想学盖世武功?"高僧问。

"是呀,师傅,不然我怎么会不远千里,抛家离乡来这里?"

"那你能说到做到吗?"

"能,一定能。"年轻人爽快地应答。

"那好,明天早上6点准时来敲我的门。"

第二天,年轻人准时去敲师傅门,谁知师傅说晚了,叫明天上午再来;

第三天年轻人起得更早,5点30分就去敲师傅的门,师傅仍说晚了。

接连五天,天天都因师傅一句话,使年轻人未见师傅。

年轻人盘缠已不多,心急,于是下了决定。明天早上3点钟我一定要敲开师傅的门,无论接收我与否,一定要看个究竟。

第六天清晨,年轻人3点钟便来到师傅门前,还未等师傅允许,就一脚踢开门闯了进去。

啊!原来师傅早已参禅打坐,面色凝重地说:"年轻人呀,年轻人,你口口声声说你想当英雄,能说到做到,我一直等了你六天,才看见你破门而入的行动。你知道你已经错过了多少机会吗？别的徒弟说到做到，第一天就破门而入。而你整整晚了五天，还说要当英雄，学盖世武功，你连这一点知行合一的勇气都没有，回家去吧……"

很多时候，我们都只停留在知道的阶段，而没做到。

知道不等于做到，做到的则一般都知道。知和行能达到同一，你的成绩就会出现。老话讲："力不到不为财"讲的也是这个道理。

比如你知道读书有益，问题是你真正认真地读了几本书；你知道为人不可太急功近利，问题是你做了多少件让别人看起来不急功近利的事；你知道不能只说不干，但你究竟干了多少？

再打个比方，年轻男人都想强壮，给自己定下每天做50个俯卧撑。可你到底坚持了多久，一月，两月，三月，一年半载，几年？每次是否都保质保量地完成，而没骗自己呢？

跟自己较劲不是坏事，起码你要首先战胜自己，才能战胜别人。

一个人不能说到做到，首先就是爱给自己找理由、找借口，原谅自己，结果形成习惯，永远都在怀疑自己的能力，永远都在为自己找台阶下。凡这种人，做业务十有八九都没成效，因为不能知行合一。

知、行不可分作两事。如果片面地强调"知难行易"就会成为"方法盲"，如果片面强调"知易行难"就会沦为"书呆子"。

美国汽车先驱亨利·福特起先读的书很少，可是他却让我们感受到什么叫书本知识，什么叫实际能力，什么叫"知行合一"方可成大业！

福特只凭着对汽车事业的热爱，决心将这个原来属于"高级分子"的专有玩物通过降低成本的方式，变成大众化的交通工具。他想到了，也讨诸实践了——他建立了福特汽车厂，并成为美国人民心目中的英雄。

一个在汽车行业不起眼的人，却比当时的整个美国汽车知识界多出了个心眼：把自己已经掌握的知识纵深化，边琢磨边学习边提高。

用福特自己的话说，真正有学问的人不是他先有多么高的知识文凭,而是要拥有比别人宽阔的胸襟,和在"知"中多一个"行"的心眼,以及在"行"中多一个"知"的心眼。没有这种胸襟和心眼,即使你拥有再多的知识,理论上再能标新立异,那也是好高骛远,实难有作为。

相比之下,现在持着文凭、看上去学富五车的大学生在社会上已是汗牛充栋,然而其中有不少的大学毕业生有着一种本能和自负感以及学术虚荣心,即使参加工作了,亦不遗余力地将学问变得玄之又玄,以为这样才能让企业老板刮目相看,殊不知当今社会多数企业根本不需要你的这些缺乏实际操作性的理论,更不要文凭上的博士能力上的幼儿生。

书本知识的本身,是人类克服了困难而得来的经验,本应是吸收了知识之后,令自己更高更强更勇猛更有实践心得,但再看当今中国大学生一年比一年多,一年比一年难找工作,即使找到工作后,长时间里找不着北,一遇到难题就只觉得到哪里都是单位老板心太黑、水平太次,对不起自己,一心想着跳槽换环境,不多动动脑筋想想自己读了那么多书,究竟为什么无论到哪里接触什么工作都插不上手,这确实是许多人应该思考的问题。

一个人成功与否的基本界定,并不在于他是否找到了好的工作,而是他是否比他的同类或同代人多了个成功设计的心眼。如果有了这个心眼,那么他就会在已有的知识带动下,自觉地找到自我激励的有效方法,他的成功机率就会比其他人多十倍!

美国著名经济学家弗里德曼在提到大学生就业问题时曾说:"不要把在学校的时间多少与学问的高低混为一谈。有些人在学校念了很多年书也没有什么学问。有些人念书不多,但学问却非同小可。"比如金庸他老人家写了一部《鹿鼎记》,其中的主人公韦小宝君既不是孤高自赏的文人学士,也不是高雅绝俗的世外高人,但他却很务实,知道自己几斤几两什么能干什么不能干,不能总是独干,遇上人能掺合就掺合,能扎堆就扎堆,在人群里面求成功。这一点给人感觉上的确很俗,不过却很实用。古话说："大隐隐于市。"我想当今的大学生也该学一学韦小宝的"俗骨"，有时候俗点儿没准儿还会给自己带来好运呢。

话说到这儿，马上就会有人提出质疑，你的意思是说读书无用？

非也！

任何形式的竞逐场合都决定于谁的决策高明，而决策的正确和高明与否又决定于智慧的多少与用心的程度，谋略何来？知识中来！知识何来？当然要靠读书；其次是把书本的知识带入实战中去，在实战中再寻新的问题和新的答案，而不是轻信"问题就是答案"的诊断。假如"问题就是答案"逻辑成立，那么"因为"就是"所以"也成立，大家都不要用功学知识也不用诉诸实践了，不用成天找"问题"提"因为"了，水不用到，渠都已自然成了。误人矣！荒谬矣！

我的意思是：读书要用心眼，书本知识用到实际更要用心眼；实际行动同样还要着眼于知识的深化。只有知识与实践二者合一，才能不断地找到新的真知，不断有新的创造。

但凡事进易退难，所以谋定而后动是不易之道理。率性莽撞而行，常把自己置于不利之境地。时事不断变化，能做到知行合一，并坚持它，实之不易。

3. 天人合一生

天，天理，天道，即自然界发展变化的规律。人，人性，人道，即人类社会活动的实践。天人合一，也就是人和自然万物的和谐统一。

"天人合一"有两层意思：一是天人一致。宇宙自然是大天地，人则是一个小天地。二是天人相应，或天人相通。是说人和自然在本质上是相通的，故一切人事均应顺乎自然规律，达到人与自然和谐。老子说：

"人法地,地法天,天法道,道法自然。"即表明人与自然的一致与相通。先秦儒家亦主张"天人合一",《礼记·中庸》说:"诚者天之道也,诚之者,人之道也"。认为人只要发扬"诚"的德性,即可与天一致。汉儒董仲舒则明确提出:"天人之际,合而为一。"成为二千年来儒家思想的一个重要观点。

钱学森教授认为:人是一个系统,这个系统不仅是大系统,而且是巨系统,极其复杂;这个巨系统,又是个开放的系统,人和环境有着极为密切的关系。人这个巨系统存在于整个宇宙之中,宇宙是一个超巨系统,人又受这个超巨系统的制约。这种观点无疑是正确的。这与古人关于"天、地、人相参"与"天人相应"的说法是一致的。因此,对人体生命运动的考察,也必须置于宇宙的超巨系统之中进行,才能全面、深刻,才能真正把握其规律性。

人是自然界的一员,在我们人类看来,我们是自然界中最有智慧的生灵,于是我们常常自高自大,目中无物,将自己凌驾于自然界的万物之上,自以为是,指东打东,指西打西,打得其它生灵抱头鼠窜,打得其它自然界生物遍体鳞伤,我们在自觉不自觉中将自己推到万物之神的地步。

人果然是自然之神吗? 非也,非也,如果那样,我们也不会有那么多的不安、烦恼、恐惧了,一直以来,我们就怕天,在很早我们的祖先就知道人不胜天,我们这些后代现在看的神话与传说越来越少了,自不了解我们的祖先在自然界面前是如何发抖的,他们用一个个神话故事表达他们对自然的恐惧、敬畏和虔诚。截止现在,我们自认为文明已发展到相当程度,对于地震、火山等等我们仍束手无策,只能眼巴巴地看着它对我们施威。

细究起来,我们真可怜,只会以大欺小,以强欺弱,对于那些弱于我们的生灵,我们趾高气扬,想杀就杀,想灭就灭,为所欲为。

实际上我们也不过是自然界中普通的一员,我们并不比人家高明优越多少，我们也不过是自然界一个很普通的儿子。

不是吗？你来看，其实我们与大自然有着千丝万缕的联系。

人有五官，一只手有五个手指，一只脚有五个脚趾，大自然有五行，水木金火土。

人有四肢，自然界有四季。

人有七窍，我们每周有七天。

四肢加五官等于九，我们太阳系有九大行星。

七窍加五官等于十二，我们每年有十二个月。

人有五脏六腑，再加上我们的脑子，也是十二。

人有七情六欲，相加等于十三，如果乘以四等于五十二，而一年有五十二周。

我们每人有两臂、两腿、两个鼻孔，两个耳孔，人有男女之别，天地有阴阳之分。

我们每个正常人有的有二十八颗牙齿，有的有三十二颗牙齿，平均三十颗，而每月有三十天，闰月二十八天。等等。是笔者歪解？是偶然？是巧合？还是这之间确实存在着某种契合，只是我们平常不刻意注意思索而已？

人是自然氧化的结果，人带有了自然给我们的一切特征，所以当我们符合自然的时候，就是健康的、长寿的，当我们违反自然的时候，就是衰病的，或者是过早的夭亡。自然是一种什么状况呢？自然是我们可以看到的，是天高地阔、松静自然，如果我们能够学习天地的这种宽阔和松静，我们能够少一点私心，少一点欲望，那么自然的就长寿了。老子讲"天长地久、天之所以长，地之所以久，就是因为它无私无欲。"说天地不仁，以万物为刍狗；圣人不仁以百姓为刍狗。什么意思呢？刍狗是用草编的狗，古代用它来祭祀神灵。不像我们现在，特别是南方到清明的时候，要买乳猪、猪头来祭祀神灵，不是的，因为那个东西很脏，要用草编的小狗，而且要用线拴上在井水里面冲干净，用它来祭祀神灵。说天地不仁，"仁"当什么讲呢？当天堑，天地没有天堑，把万物都像草编的狗那样去对待，是爱它呢，还是恨它呢？无爱无恨。牡丹花很珍贵，狗尾巴花没有什么名气，但是不能因为牡丹花珍贵，就让你一年四季地开；也不能因为狗尾巴花不名贵，就不让它开。没有远就没有近，没有近就没有远，对万物一视同仁，圣人也是如此，他也是没有远、没有近的，他用平等的态度、平衡的心态来对待你周围的人。在我们周围会经常看到，那些心里很宽的人、那些深居简出的人，身心都是健康的，往往斤斤计较的人是多病的。我曾经认识一个家庭，女性就是属于斤斤计较的，斤斤计较到什么程度呢？丈夫出差买回来一个暖瓶的瓶塞，她认为买的不合适，就逼着丈夫，在单位把这个瓶塞卖掉。自己的丈夫是个处长，拿着瓶塞一个一个地问，最后把它卖掉了。这个女性40多岁，脑淤血一下走掉了，走掉了没过两个月，他的丈夫很快就结婚了。夫妻两个人在一起时，丈夫是唯唯诺诺的，这个女性好像是在家里做主的，实际上你又得到了什么呢？实际上什么都没有得到。这种情况在我身边很常见，我可以举出一大堆的例子。所以要想身体好，就得学习自然，把心放宽，把心放静。

◎与自然和谐，就是跟着太阳走

我们常讲，万物生长靠太阳，但实际上能够跟着太阳走的人，太少太少了。首先讲睡觉，太阳醒了，我们就醒；太阳睡了，我们就睡。只有和太阳保持了和谐，人的阳气才能够足。可是我们现在不是这样的，住的房子里面有空调，上班的时候一部分人有轿车，一部分人坐公共汽车。好不容易见了太阳，打一把伞把太阳给遮住。这样人获得太阳的能量太少、太少。

所以非典的时候，我告诉我所熟悉的朋友，最好的预防非典的方法就是晒背，如果外面不冷就背对着太阳，外面要是冷，就在家里透过玻璃晒自己的后背。当你把后背给晒暖了，你就不会得非典了。很多人晒完了告诉我,非常舒服。什么道理呢?因为背为阳,特别男人的背是阳中之阳。如果觉得后背凉的时候,就意味着阴气已经进来了,这种情况叫阳不居阳。

为何要强调跟着太阳走,不要和太阳去对抗呢?因为人的起源是太阳,没有太阳就没有人类,我们必须和太阳保持着相应的节律。一年12个月,是地球围绕着太阳公转的结果;一天24个小时,12个时辰,是地球自转的结果,也是跟太阳发生着关系。人有12条正经,就是有12条主要的经脉,这个经脉的开、关、兴、衰都是和地球在自转时哪个位置对着太阳有关的。比如现在是9∶35分,是巳时,9点~11点,是脾经最旺,人的脾主运化,可以把你早上吃的食物,进行充分的消化和吸收。到了午时,11点~13点为午时,则心经最旺。所以人只有跟着太阳走才能够找到内在的力量。

现代人所出现的问题最多的是抑郁,有一位做过调查的记者说,全国患有抑郁症的青少年大概是3千万人,中老年人的抑郁症还没有计算进去。为何会出现这种情况呢?这是伤了胆气,人有三阴三阳。古代一些太医们讲"医生不懂三阴三阳,张口就是错"。何为三阴三阳,就是:少阳、太阳、阳明;三阴:就是少阴、太阴、厥阴。晚上21点~23点为亥时,亥时三焦经最旺,三焦通百脉,三焦就是手少阳三焦经。23点~1点,胆经最旺,一个是手少阳,一个是足少阳。少阳就是出生的太阳,尤其是晚上23点到凌晨1点的子时,是胆经最旺,所以黄帝内经讲"十一脏腑取决于胆"。

如果胆没有阳气,人所有的脏腑都是消极的,如果说胆气没有升起来,就相当于体内没有太阳,如果天天晚上12点睡觉,一个月,那就是一个月体中没有太阳;一年,那就是一年体中没有太阳,没有太阳是不得了的。所以世界上的百岁老人,无论各自有什么绝妙的方法,有一个是一致的,晚上9点钟睡觉。我和一些人讲这个观点的时候,他们非常的惊讶,好像9点睡觉是不正常一样。实际上9点睡觉是正常的,再晚别超过10点半,因为10点半躺下,11点睡着。阳气怎么才能升起来呢?叫滋阴潜阳,当你睡着了为阴,在睡觉当中才能够把胆气升起来,如果不睡觉,那么不仅不升胆气,而且还消耗胆气。当胆气被消耗了,人就开始害怕了,我们常讲胆大、胆小,讲的就是胆气。所以《黄帝内经》里讲:"气已壮胆",胆无气就没有胆量了,会出现惕惕不安;对周围非常敏感;善太息,就是常出气。经常有一些家长跟我讲,孩子年纪轻轻的,怎么经常长出气,就是因为伤了胆气,多疑、委屈、洁癖,最后就形成了抑郁症,就是这个道理。有的家长说现在竞争很激烈,孩子要考高中、考重点大学,晚上要写作业,我就给他们出了一个主意,就是你们颠倒一下,晚上9点睡觉,早上3点起床。为什么呢?

《黄帝内经》讲"鸡鸣之时起床",所以清朝以来的皇太子,都是凌晨3点起床,如果不起床,那么太监会跪在太子的门口反复喊"鸡鸣即起,勤政爱民",不把太子叫醒,太监们就要受罚,所以太子往往可怜太监,逐渐会形成习惯,但是他们都是晚上8点睡觉。也就是说可以早起不可以晚睡,道理何在呢?因为3点钟是鸡鸣之时,太阳醒了,你就可以醒了。

晚上9点钟是亥时,是少阳之时,太阳已经睡了,它在孕育着力量,所以你也必须睡,你不睡就没有第二天的能量。有的人讲不要紧,我晚睡,但是第二天我会补觉,没有用。晚上晚睡半个小时,第二天睡3个小时都补不回来,为什么呢?太阳的引力,因为人力不及天力,药力不及天力。

有些人本来年纪不大,却突然的病逝,可能和睡觉有关。因为当胆气被耗的时候,肝就会受损,因为肝胆相表里,胆为阳、肝为阴,肝胆相照。什么叫表里,手心手背是表里。肝胆为心之母,当肝胆气虚弱到一定程度的时候,心脏会突然停跳,没有及时地抢救过来,人大概几分钟就死掉了,就是这么简单。生命就在一呼一吸之间。

◎与自然保持和谐，还要注意四时的变化

一年四季的变化，和人的身体有着非常密切的关系。一年是24个节气，身体好的人，懂得修炼的人，节气一变就有感应；还有一些身体很弱的人，节气一变也会非常敏感。我们怎么和一年四季的变化相吻合呢？就是按照《黄帝内经》所讲的，叫春夏养阳、秋冬养阴。春夏季节万物生机勃勃，阳气往上升，人借着天力来养自己的阳气，秋冬季节天气开始收敛、开始藏，人也要借着这个大好时机来收敛、来储藏。叫作春生、夏长、秋收、冬藏，春天是万物往上升的时候，夏天是万物开始长的时候，到了秋天万物开始收，冬天是万物开始藏的时候。人一定要跟上四季变化的节拍。春天养阳，我们在吃的时候，应该吃一些偏阳性的东西，比如说青椒、韭菜、蒜苗、葱头、豆芽，最好在春天时吃韭菜、鸡蛋、松子、摊饼，这种养阳气，是古代最推崇的方法。韭菜它是割了一茬又一茬，有一种不断生发的功能，韭菜阳气很足，松子是在天寒地冻当中还郁郁葱葱，它里面焕发着阳气，鸡蛋和其它的鸟蛋实际上是地球的一个缩影，蛋壳就是地壳，蛋青就是地幔，蛋黄就是地核，基本上是按照这个来模仿的，也是按照大自然的规律演化出来的，所以它里面包含了很多完整的信息。到秋冬的时候，可多吃一些养阴的食物，比方说柿子，柿子是收敛的，如果便稀的时候，吃点柿子或柿子饼，人很快就不便稀了。秋收是收敛的时候，红枣、花生、莲藕、山药、芋头，特别是山药和芋头，应该是每天或几天都要吃的食物。因为山药是补肾健脾，芋头是润肺、滑肠、补血。

到春天的时候，要多走出室外。《黄帝内经》把一年四季分成了春三月、夏三月、秋三月、冬三月。

春三月人的行为和季节特点是万物推陈出新，天地之间生气勃勃，此时人应早点起床，宽衣披发，穿衣宽松一点，头发不要紧紧地扎起来，到门外去散步，早到什么程度呢？太阳已经离开地面，随着阳气走出去，这样的结果是可以抒发你压了一冬天的阳气，如果说春天阳

气没有升起来,那么到夏天人易感冒。到春天人在行为上要多奖励,少惩罚,所以很多的表彰活动都是在春节以后,这是很有道理的,因为是和大自然融合在一起的。到了夏三月的时候,景象就发生了变化,万物繁荣,此时人应早早地起床,不要嫌天长,使自己情志保持平和,让自己的能量像花苞一样含在里面。此时人应该在树下、在湖边、在宽阔的地方走一走,散散步,这样可以使自己的阳气能够从里透到外,如果在夏天没有把阳气养起来,立秋以后,就会因为里面虚寒而得疟疾一类的病。

到秋三月的时候,万物已经成熟了,这时天高地阔,风也开始急了,此时和春夏不太一样,春夏叫晚睡早起,我刚才为什么没有讲晚呢?古时候晚上9点,一般是8点睡觉,所以我就没有强调晚。到了秋三月的时候,和春夏不一样,春夏是晚睡早起,秋三月应该是早睡早起,为什么要早睡呢?因为秋天来了,室外有杀气,如果睡的太晚易寒邪入体。春夏要把阳气往外抒发,到秋天就要收回来,如没有收回来,冬天就没有什么可藏的了,因为一般阳气没有收回来,人会形成飧泄,吃完晚饭筷子还没来得及放下就想解大手,把阳气泻掉了。

冬三月应该万物闭藏,冰天雪地,此时和秋天不一样了,秋天讲的是早睡早起,冬天要早睡晚起,必待日光。冬天的老年人,4~5点钟就去晨练,不懂这个知识,冬天的时候老年人出去锻炼要见太阳,有太阳就出去锻炼,没有太阳就不能出去锻炼。冬天一定使自己的情志叫若伏若匿,就是半睡半醒。因为万物都是这个状态,你就不能醒,你如果醒就会得病,阳气就会走掉。冬三月的时候一定要去寒就温,不要着寒的东西。看到有的老年人,冬天把冰砸碎了冬泳,其实冬泳是欧洲人的习惯,因为欧洲人几千年来吃的以脂肪和蛋白为主,所以他们形成的形体结构、脂肪等等情况不一样。中国人几千年来是靠碳水化合物,近10~20年来才刚刚吃饱。所以我们本来就是虚,冬天不能够避寒就温,春天就容易得病。冬天不但不能够着很冷的水,就连按摩都不行,冬天按摩后背,春天必然会得病,而且一得病就是一年,因为人的后背是藏阳的地方,如冬天做按摩、桑拿就会扰动了阳气,阳气就过早地走了。民间有一句话,叫着"雷打冬,十个牛栏九个空"。在冬天的时候,天响起了雷声,十头牛九个都得瘟疫死掉了,因为阳气过早地释放了,所以冬天一定要保证自己的阳气,尽量地藏。如果冬天伤了肾,春天就会得萎厥,何为萎厥呢?就是浑身没有力气,腰腿软。

一年有四季,一天有没有四季呢?一天也有四季,凌晨是春天,中午是夏天,黄昏是秋天,深夜是冬天。为什么一定要强调晚上9~10点钟要睡觉呢?因为9点钟已经是初冬了,11点是寒冬腊月,如果晚上不睡觉就相当于穿了很单薄的衣服,在冰天雪地里站着一样。我经常会遇到这样的同志,他说很寒,"我的生活也很悠哉,没有很辛苦的事",怎么会很寒呢?一问才知道都是晚上12点或一点睡觉,我说你干什么,他说是看电视剧。什么叫寒,有寒必有虚,当你阳气被耗的时候,寒就进来。所以我们应该和天时是对应的,否则,我们就离自然太远,病就很近了。

二、三平衡生

1. 主次平衡生

主次矛盾反映的是同一个事物内部不同矛盾之间的关系。

矛盾的主次方面反映的是同一个矛盾内部不同方面之间的关系。

比如说当前的中国社会存在许多矛盾,比如社会供给与人民群众日益增长的物质文化需要之间的矛盾、城乡矛盾、区域发展矛盾、改革和发展之间的矛盾等。

社会供给与人民群众日益增长的物质文化需要之间的矛盾是当前的主要矛盾，其余的是次要矛盾，主要矛盾决定了事物的发展，当前中国社会的主要矛盾决定了要以经济建设为中心。

而同一个矛盾内部往往有几个方面，他们之间经常也是不平衡的，处于主要地位的矛盾决定了矛盾的性质。比如改革和发展的矛盾，有时改革居于主要地位，就要集中力量搞改革。比如改革初，许多人下岗、企业破产，牺牲发展，力搞改革。

人的精力是有限的，时间是有限的，很多的事情不能在短时间内做完，需要我们有一个比较详尽的计划，分时段分别来完成。越大越宏伟的计划就越是如此，这时必定要学会合理地安排时间，学会分清主次，该干什么和不该干什么，这也是为什么有长远计划的人最终要比没有计划的人实现的目标远大，成功的几率高的原因。

事有轻重缓急，知道自己"应该做的"和"想要做的"是什么，才是达成目标的关键。

最近有朋友问我，为什么你可以每天工作那么久的时间，在没有周六和周日的情况下，依然保持良好的工作状态和身体状态？这是个好问题，很多人辛苦工作，可总是觉得自己没有成就感或者疲于奔命。如何长时间工作并且保持效率？我愿意将自己的心得与大家分享。

我以前读博士时，基本上一天工作16小时。如何在艰苦的工作中激励自己，让自己能做到更多从而发挥自己的潜力，我认为大家应该考虑的是：要做你真正感兴趣、与自己人生目标接轨的事情。

我发现我的"生产力"和我的"兴趣"有着直接的关系，而且这种关系还不是单纯的线性。如果面临我没有兴趣的事情，我可能会花40%的时间，但是真正产生的结果可能只有20%的工作效率；如果遇到我感兴趣的事情，我可能会花100%的时间而得到200%的工作效率。

其次，不要成为"紧急"的奴隶。要关注"关键"的问题，事分轻重缓急，因此不要把全部的时间都去做那些看起来"紧急"的事情，一定要留一些时间做那些真正"重要"的事情。管理自己时间的问题，尤其是要分清何为"紧急的事"、何为"重要的事"。几个辅助的建议：

第一，排序。每天对该做的事排好优先次序，并按照这个次序来做。我感到在工作和生活中每天都有干不完的事，唯一能够做的就是分清轻重缓急。有的年轻人会说"没有时间学习"，其实，换个说法就是"学习没有被排上优先级次序"。

第二，时间管理与目标设定、目标执行具有相辅相成的关系，时间管理与目标管理是不可分的。每个小目标的完成，会让你清楚地知道你与大目标的远近，你的每日承诺是你的压力和激励，每日的行动承诺都必须结合你的长远目标。所以，要想有计划地工作和生活，需要你管理好自己的时间。这一点说起来容易，但做起来就不那么简单。

第三，在时间管理中，必须学会运用80%：20%原则，要让20%的投入产生80%的效益。要把握一天中20%的经典时间(有些人是早晨，也有些人是下午或夜里)，专门用于你对于关键问题的思考和准备。有的人以为，安排时间就是做一个时间表，那是错误的。人的惯性是先做最紧急的事，但是这么做有可能使重要的事被荒废。每天管理时间的一种方法是，早上订立今天要做的紧急事和重要事，睡前回顾这一天有没有做到两者的平衡。

有那么多的"紧急事"和"重要事"，想把每件都做到最好是不实际的。建议你把"必须做的"和"尽量做的"分开。必须做的要做到最好，但是尽量做的尽力而为就可。建议你用良好的态度和胸怀接受那些你不能改变的事情，多关注那些你能够改变的事情。以终为始，做一个长期的蓝图规划，一步一步地向你的目标迈进。这样，你就能一步步地看到进展，就会更有动力、自信地继续做下去。

其实学习和工作的状态是一样的道理。别人曾经问我，如何在长时间内保持高效的学习状态。我的建议是,第一要精神好;全神贯注,心无杂念。第二要给自己时间放松。第三要给自己一些压力,不要让自己一直处于松弛的环境中。第四,不要太长的时间做同样一件事情,因为重复多了容易感觉枯燥和疲劳,效率就会变差。第五,不要没有准备就开始干活。第六,反复的练习、记忆是非常有用的。这些道理都很符合做事情的状态。

最后,值得注意的是,年轻时拼命工作或许没有太大关系,但是年纪较长后,你就必须要照顾自己的身体,要平衡好工作、嗜好、家庭等各方面的需求。我不认为"锻炼身体"能够从根本上改变你的工作状态和身体状态—虽然锻炼身体是好事,多运动也会让你更有精力,但我相信能改变你的状态的关键是心理而不是生理上的问题。真正投入到你的工作中才是一种态度、一种渴望、一种意志。

2. 忙闲平衡生

我们先来看"忙"这个字。"忙"这个字很有意思。左边一个心,右边一个亡,加起来就是亡心,即找不到本心,找不到真正的追求了。

我们再来看"闲"这个字。外面是个门字,里面是个木字,木在此处为栓,人要活得悠闲,就得心在家中,而且不能开门,应把门关紧,否则心一外出,就一刻也不得闲了。

《菜根谭》说:"天地寂然不动,而气机无息稍停;日月昼夜奔驰,而贞明万古不易。故君子闲时要有吃紧的心思,忙处要有悠闲的趣味。"

意思是:恰如我们每天所看到的,天地好像是一动也不动,其实天地的活动一时一刻也不停止。早晨旭日东升,夜晚明月西沉,可见日月昼夜都在旋转。然而宇宙在不断地运动之中,日月的光明是永恒不变的。所以一个聪明机智的君子,平日就应该效法大自然的变化,当闲暇时心中要有一番打算,以便应对意想不到的变化;当忙碌时也要能做到忙里偷闲,享受一点生活中应享受的乐趣。这就是我们所要讲的"忙闲平衡"。

宇宙静中有动、动中有静、动静相间,才能完成宇宙的永恒旋转,这就是宇宙变幻无穷的根本法则。人生之道也是如此,一个聪明的君子,要在闲散无事之时存有应变之心,又要忙里偷闲多争取日常生活中的雅趣。所谓闲时吃紧,就是一种居安思危未雨绸缪的远虑功夫;所谓忙里偷闲就是临事不乱心平气和的修养功夫。总而言之,做人的基本原则必须要具备定力,有定力的人才能做到"吃紧时忙里偷闲,悠闲时居安思危"的境界。

可以说,现代人面对现代生活最大的弊端就是有太多的行动。行动,再行动,直到进入坟墓划上句点为止,很少有人能够花上5分钟在静谧中好好松弛一下自己。

现代人往往工作过于忙碌,以至在睡梦中也会说梦话或梦游。现代人生活的步调宛如他们所制造出来的机器般,频频发出怒吼。紧张精力的消耗、精神泉源的浪费在侵蚀人的身心。

其实,人活世上,闲适与忙碌是其中的两极。在这方面,古人得益于闲适,从而在精神世界上有实在的领受——读读《老子》、《论语》、《庄子》和各种佛经……千百年过去了,我们还能领受着其中智慧清风的荫凉。

所以,在人生闲与忙、静与动、暗与明的两极中,而理想态度是:在闲适中能不放纵,在忙碌中有受用;在宁静中心不落空,在运动中有受用;在暗室中不欺隐自我,在明堂大众中有受用。

当然,闲适不等于无所事事,一点都不紧张,适度紧张是必要的。要做的工作非常多,这是显而易见的,千万不要无所事事,一事无成。当我们行舟的时候遇到逆风,我们改变航向迂回前进就行了。可是,假如海面上波涛翻滚,但我们又想停留在原地不动,那应该抛锚。小心啊,掌舵的人,别松了你的缆绳,别动摇你的船锚,不要在你还没有明白以前,船就顺水漂走了。

无所事事其实就是无聊。拿着遥控器使电视从这个台调到那个台几个小时没找着能看的也不离开,或者看几个小时的广告;上网聊天和一个从来不认识的人聊几个小时,聊完走人,要不然干脆用两个账号自己和自己聊也成;课堂上看着窗外什么都不想做一天和尚敲一天钟,这些,都叫无聊。

到底什么是无聊?说穿了,无聊就是不干事浪费时间,让岁月像电脑RAM中的数据似的转瞬即逝不留任何痕迹,像电影里年复一年四处惹事权当取乐成为公敌的恶少(这种人在现实中也存在),就这样日复一日年复一年地挥霍青春,就这样没有理想没有目标地漂流。

笨!

这种人,只用这一个字就可以概括。为什么?你知不知道有多少人羡慕你年轻?你知不知道有多少人到了中年想干一番事业却力不从心?你有健康的身体,青春的活力,不畏一切挑战困难的勇气,最活跃最有创造性的思维。为什么不利用这种优势来做点有意义的事而要让它无端流逝?

许多人也就是如此,年轻时消磨时间,到老后悔莫急。过去的人想到要成就事业的时候总是他已经不再拥有最美好的时光的时候,这是过去的人的悲哀。现在的人没有看清这个道理而还在不断步前人的后尘,这是现代人的悲哀。而我们这一代,若还要继续这样下去,那么大而言之,是整个中国的悲哀,全人类的悲哀。小而言之,是你自己的悲哀,是你一生的悲哀。这绝对不是在开玩笑。

无所事事不会带来什么,但它却会带走很多,一个人生命中最美好的东西。

如何解救,最好的办法就是找一个单子,写出你一生要做的事情,把单子放在皮夹里，经常拿出来看。人生要有目标，要有计划，要有提醒，要有紧迫感。一个又一个小目标串起来，就成了你一生的大目标。生活富足了，环境改善了，不要忘了皮夹里那张看似薄薄的单子。

人总是习惯给自己定下一个很远的目标，然后就为了这个目标奔波忙碌。他们把自己所有的快乐都寄托于这个目标，而忘记了体会那奋斗过程的美妙。结果，就算他实现了理想，有时也会不知所措地说："我辛苦了这么多年，就是为了今天这点成绩吗？"因为，在他"成功"的心中，充满了一种可悲的东西——失落感。

作家史铁生说过："人生如一条河，事业是一条船。可船不是目的，船只是在航程中才给人提供创造的快乐和享受的机会。"起点令人欣喜，终点固然诱人，而许多人更钟情那过程的美。那漫长的旅程中洋溢着对理想的执着，对美的追求。它使你的生命变得充实。珍重过程——这是生活教给我们的真理。

有时要想欣赏品味花儿自然的芳香，唯一的方法就是把自己的鼻子凑近了去闻，只有这样你才能有美的感受。可是在生活中，我们为工作和各种责任忙得焦头烂额，已经忘掉了去辨别花儿是什么香味，除了女人身上的香水味之外。因此，我们很有必要学会在工作中喘口气，慢下来几分钟，去接近大自然，享受大自然的气氛。

这就要求我们必须深味"闲时吃紧，忙时悠闲"的辩证关系。

谈到"忙闲平衡"，我们就不得不正视现在社会一个非常严重的问题，那就是"过劳死"。

关于"过劳死"一词至今仍有争议，简单的解释就是超过劳动强度而致死。它是指"在非生理的劳动过程中，劳动者的正常工作规律和生活规律遭到破坏，体内疲劳淤积并向过劳状态转移，使血压升高、动脉硬化加剧，进而出现致命的状态"。

"过劳死"的共同特点是由于工作时间过长、劳动强度加重，以致筋疲力竭，突然引发身体潜藏的疾病急速恶化，救治不及而丧命。"过劳死"又可视作一种疾病过程或身体非正常状态。主要表现有：经常出现身体乏力、睡眠不稳、记忆减退、头痛头昏、腰痛背酸、食欲不振、视觉紊乱等疲劳症状。但到医院检查，却又没有明显的病症。

"过劳死"与一般猝死几乎没什么不同，但其特点是隐蔽性较强，先兆不明显，所以很容易为一般人所忽视。"过劳死"最常见的直接死因有：冠心病、脑出血(高血压)、心瓣膜病、心肌病和糖尿病并发症等。

《韩国经济》中有一则消息名为《疲惫的中国，加班现象蔓延，每年60万过劳死》文中说，中国已成为全球工作时间最长的国家之一，人均劳动时间已超过日本和韩国。随着加班的"普及"，年轻人死在办公室的例子屡见不鲜。这样一则消息，这样一个数据，被我们的邻邦"忧心忡忡"地刊登在了他们的报纸上，而碰巧看到了这个消息的国人们，恐怕连忧心忡忡的时间都没有。

中国青年报社会调查中心和央视资讯科技有限公司合作实施了一项调查，在接受调查的1218人中，每天工作不足8小时的人占34.4%，而工作时间在8小时以上的人占65.6%。其中，每天工作10小时以上的人已经超过20%。

过劳死，如瘟疫般，已经蔓延到你我的身边，开始威胁到每一个人——不管你愿不愿意，这是事实。

你要买车、你要供房、你要出国要读EMBA、你要打败竞争对手、你要消费、你要事业成功的一切标志。

你熬夜、你加班、你陪客户吃饭、你陪领导喝酒，还不到三十岁，你已经有了将军肚，你开始脱发早秃。你开始忘记熟人的名字，你做事经常后悔、易怒、烦躁、悲观，你睡觉时间越来越短，醒来也不解乏。你经常头疼、耳鸣、目眩，检查也没有结果。

你知道其实这种状况很不好，可你一直想挺过去，想等事业有一个阶段，你天天幻想休假那天去世外桃源，去好好修整一下，然而，那一天却不知何时能够到来。最可怕的是，这一天可能再也无法到来。

◎哪些人易"过劳死"

●只知消耗不知保养的人。

●有事业心,特别是称得上"工作狂"的人。

●有过早死亡家族遗传又自以为身体健康的人。

●超时间的工作者。

●夜班多,作息时间不规则的人。

●长时间睡眠不足的人。

●自我期望高,并且容易紧张的人。

●几乎没有休闲活动与嗜好的人。

要想防止"过劳死",就必须了解身体为我们发出的"过劳死"信号。日本公众卫生研究所的科研人员曾对日本"过劳死"高发现象做过详细研究,从预防角度,他们列举了27种过劳症状和因素。

研究者认为:在这27项症状和因素中占有7项以上,即是有过度疲劳危险者,占10项以上就可能在任何时候发生"过劳死"。同时,在第1项到第9项中占两项以上或者在第10项到18项中占3项以上者也要特别注意。这27项症状和因素如下:

经常感到疲倦,忘性大;

酒量突然下降,即使饮酒也不感到有滋味;

突然觉得有衰老感;

肩部和颈部发木发僵;

因为疲劳和苦闷失眠;

有一点小事也烦躁和生气;

经常头痛和胸闷;

发生高血压、糖尿病,心电图测试结果不正常;

体重突然变化大,出现"将军肚";

几乎每天晚上聚餐饮酒；

一天喝5杯以上咖啡；

经常不吃早饭或吃饭时间不固定；

喜欢吃油炸食品；

一天吸烟30支以上；

晚上10点也不回家或者12点以后回家占一半以上；

上下班单程占2小时以上；

最近几年运动也不流汗；

自我感觉身体良好而不看病；

一天工作10小时以上；

星期天也上班；

经常出差，每周只在家住两三天；

夜班多，工作时间不规则；

最近有工作调动或工作变化；

升职或者工作量增多；

最近以来加班时间突然增加；

人际关系突然变坏；

最近工作失误或者发生不和。

◎那么，该如何远离过劳死呢？

(1)健康体检防患未然

无论中青年还是老年年龄段的人，也不论体力劳动者还是脑力劳动者，最好每年做一次体检，包括心电图(运动负荷试验)及有关心脏的其它检查，以便早期发现高血压、高血脂、糖尿病，特别是隐性冠心病。

(2)有张有弛劳逸结合

人都要学会调节生活，短期旅游，游览名胜，爬山远眺，开阔视野，呼吸新鲜空气，增加精神活力；忙里偷闲听听音乐，跳舞，唱歌，观赏花鸟鱼虫,都是解除疲劳,让紧张的神经得到松弛的有效方法,也是防止疲劳症的精神良药。

(3)坚持锻炼强身健体

经常锻炼身体的人,肌肉的萎缩和力量的减退可推迟10年~20年,血压可保持稳定的正常水平;运动还能推迟神经细胞的衰老,帮助废物排除,从而起到防癌抗癌作用;长期坚持运动,人体的新陈代谢和工作能力会大大加强。

(4)保持心情舒畅

现代心理学研究发现,当一个人感到烦恼、苦闷、焦虑的时候,他身体的血压和氧化作用就会降低,而人的心情愉快时,整个新陈代谢就会改善。烦闷、焦虑、忧伤是产生疲劳的内在因素。因此,要防止疲劳,保持充沛的精力,就必须经常保持愉快的心情,做一个"乐天派",并培养坚强、乐观、开朗、幽默的性格,具有广泛的爱好和兴趣,始终保持积极向上的生活态度。学会调节生活,多与人沟通交流,开阔视野,增加精神活力,是让紧张的神经得到松弛的有效方法,也是防止疲劳症的精神良药。

(5)合理调整饮食

少吃油腻及不易消化的食品,要多食新鲜蔬菜和水果,如绿豆芽、菠菜、油菜、橘子、苹果等,及时补充维生素、无机盐及微量元素。

(6)积极治疗原发病

积极治疗高血压、高血脂及糖尿病。一些有这类疾病的人特别是合并动脉硬化者,要多留意自己的身体状况,最好培养健康的生活习惯,戒烟酒。避免长时期紧张的脑力劳动和情绪激动,培养乐观的精神状态。出现心绞痛或心律失常时要认真医治。

3. 得失平衡生

人是有需求、有理想、有追求的动物,在有生之年总是想得到而怕失去更多更好的东西。然而,人生不是一个只进不出的无底容器,而是一个有得有失的代谢过程。

佛教告诉我们:舍得舍得,有舍才有得。

辩证法告诉我们:有得必有失,有失必有得。

人都是欢喜得,不欢喜失,但是"塞翁失马,焉知非福"。有句话说:"失之桑榆,收之东隅"。所以《菜根谭》说:有得有失的人生是非常自然的。不管是得是失,都各有因缘。是你的,不必力争,自会得到;不是你的,即使千方百计取得,也会随风而逝。有时候得也不好,有时候失也不坏,得失之间,所谓各有因缘莫羡人。即使得到了,也要好好运用;失去时,只要你有足够的条件,它也会再来。

古希腊时期,曾有一位学生问哲人苏格拉底:"请你告诉我,为什么我从未见过你蹙额愁眉,你的心情总是那么好吗?"苏格拉底回答说:"因为我没有那种失去了它就使我感到遗憾的东西。"

苏格拉底的好心情与他的得失观是密切相关的。

常人患得患失,得也算,失也算,算来算去,最终失算。

宋国有个叫华子的人得了健忘症,刚出门就忘了回家的路。现在记不起从前,以后又记不起现在的事。他在路上指着一处房子问一位妇女:"这是哪里呀?"那女人说:"这是你的家,你怎么不记得了。"他又问:"你长得好美,叫什么名字呀?"那女人听了生气地说:"我是你老婆呀,你连我也忘了吗?"看他这个样子,他老婆四处许愿:有谁能医好我丈夫的病,我愿意将一半的财产分给他。

一天,来了一位高人。他说:"华子的病不是占术、祈祷、药物所能治好的，让我同他单独住七天，我试着改变他的思想，一定能完全治好他。"

也不知道这位高人用了什么方法，七天之后，真把华子的病治好了。这让华子的妻子、儿子万分高兴。然而，谁知道华子病好了之后，却变得动不动爱生气，把妻子赶出了家门，对儿子任意地打骂，又拿着菜刀，到处地追杀。人们都感到奇怪，于是问他："你病好之后，为什么变成这个样子呢？"华子说："以前我患有健忘症的时候，坦坦荡荡，心中连天地的有无都不放在心上，哪来什么烦心之事呢？可现在恢复了记忆之后，生死得失，喜怒哀乐全都随之而来，将来连暂时遗忘的生活都不可复得。天天处于烦恼之中，因此言行变得喜怒无常了。"

华子失去了健康，却得到了坦荡；恢复了健康，也多了"烦心之事"。人生往往就是这样：你得到的越多，失去的往往越宝贵。你拥有了美女，却失去了爱情；你拥有了金钱，却失去了健康；你拥有了香车，却失去了腿力；你拥有了豪宅，却失去了阳光；你拥有了珍馐，却失去了胃口；你拥有了刺激，却失去了感觉……

韩国现代企业集团的总经理郑周永，是世界闻名的大财阀。然而，朝鲜战争期间，正当他很快在南韩的建设行业中崭露头角，事业有了起色之时，意外的打击无情地降临到他的头上。

那是1953年，郑周永的现代土建社承包了一座大桥的修建工程。由于战时物价上涨，开工不到两年，工程费总额竟比签约承包时高出了七倍。在这严峻的时刻，有人好心地劝阻郑周永，赶紧停止施工，以免遭受进一步的损失。但郑周永另有一番想法：金钱损失事小，维护信誉事大。于是鼓起勇气毅然决定：为了保住现代土建社的信誉，宁可赔本甚至破产，也要按时把工程拿下来。结果，现代土建社付出了巨大的代价，终于按时完工，保质保量地按时交付使用。

郑周永虽然吃了这回大亏，以致濒临破产，但也因此树起了恪守信用的形象，赢得了人们的信任，生意一个接一个地找上门来。不久，他投标承包了当时韩国的四大建设项目:韩兴土建、大业、兴和工作所和中央产业,承建了汉江大桥的第一期工程。接着,又继续承建了汉江桥的第二、第三期工程。光是汉江大桥这三项重大工程就前后花了整整十年的时间,它不仅使郑周永的"现代建筑"赚得了丰厚的利润,而且压倒了同行对手,一跃成为韩国建筑行业的霸主。

商人要想使自己的行业有大的发展,必须讲商业道德,以德为本。郑周永失了金钱,却赢得了信誉,使生意越做越兴隆。

人赤条条地来到这个世界上,不断地追求想得到的东西,但得到之后,终会撒手而去,化作尘土。正如《红楼梦》中的《好了歌》所唱的:"世人都晓神仙好,唯有功名忘不了;古今将相在何方,荒冢一堆草没了。世人都晓神仙好,只有金银忘不了;终朝只恨聚无多,及到多时眼闭了……"

这并不是看破红尘,客观事实也确是如此。在历史的长河里,任何人都只是来去匆匆的过客,谁也不可能永久地拥有什么,凡得到的,终究要失去。重要的是,在这样的得失中,如何才能让短暂的人生变得更富有意义和内涵。

对于得失,态度要坦然。所谓坦然,就是生活所赐予你的,要好好珍惜,不属于你的,就不要自寻烦恼,此其一;其二,就是得失皆宜。得而可喜,喜而不狂;失而不忧,忧而不虑。这种态度,比那种患得患失、斤斤计较的态度要开朗,比那种得不喜,失不忧的淡然态度要积极,要有热情。因为患得患失是不理智的,得失不计是不现实的。该得则得,当舍则舍,才能坦然地面对得与失,找到生活的意义。这样的得失观才是比较客观而又乐观的。

对于得失,认识要分明。在生活中,有的得不是想得就能得的,有的失不是不愿失就可不失去的;有的得是不能得的,有的失是不能不失的。谁得到了不应得到的,就会失去应该拥有的。当嗜取者取得不义之财的同时,就失去了不应失去的廉正。因此,当得者得之,当失者失之。

对于得失，取舍要明智。必须权衡其价值、意义的大小，才能在取舍得失的过程中把握准确，明白该得到什么，不该得到什么；该失去什么，不该失去什么。比如，为了熊掌，可以失去鱼；为了所热爱的事业，可以失去消遣娱乐；为了纯真的爱情，可以失去诱人的金钱；为了科学与真理，可以失去利禄乃至生命。但是，绝不能为了得到金钱而失去爱情，为了保全性命而失去气节，为了取得个人功名而失去人格，为了个人利益而失去集体乃至国家和民族的利益。

得与失之间并不是绝对相等的。在某一方面得到的多，可能在另一方面得到的少；在某一方面失去的多，可能在另一方面失去的少。

比如，有的人在物质上得到的少，失去的多，但在精神上得到的多，失去的少。有的人则在精神上得到的少，失去的多，却在物质上得到的多，失去的少。由于各人的人生观、价值观不是绝对相同的，各人在得失上也不可能绝对相同。人生在世不可能得到所有的东西，也不会失去所有的东西。有所得必有所失，有所失必有所得，只是多少的问题，大小的问题，时间的问题。

幸福就是从悲剧中找到喜剧。

人,不仅要活着,而且还希望活好。怎样才能活好?在苦无处不在的今天,客观地说,就只有唯一的办法——从悲剧中找到喜剧!

由于人类的智慧还十分有限,所以从有人类以来,悲剧总是无处不在,无时不在。悲剧是这个社会的常态,是一种普遍现象,是智力的底层面表现。

人类的发展,人的了不起,就在于能承认悲剧,接受悲剧,并从悲剧中去寻找生命的喜剧。世上所有的成就,都因悲剧而生。

世界只有一个辩证法,一切喜剧都只可能从悲剧中诞生。

孟子说:舜从田野之中被任用,傅说从筑墙工作中被举用,胶鬲从贩卖鱼盐的工作中被举用,管夷吾从狱官手里释放后被举用为相,孙叔敖从海边被举用进了朝廷,百里奚从市井中被举用登上了相位。

所以上天将要降落重大责任在这个人身上,一定要首先使他的内心痛苦,使他的筋骨劳累,使他经受饥饿,以致肌肤消瘦,使他受贫困之苦,使他做的事颠倒错乱,总不如意,通过那些来使他的内心警觉,使他的性格坚定,增加他不具备的才能。

人经常犯错误,然后才能改正;内心困苦,思虑阻塞,然后才能有

243

所作为,这一切表现到脸色上,抒发到言语中,然后才被人了解。一个国家如果国内没有坚持法度的世臣和辅佐君主的贤士,国外没有敌对国家和外患,便经常导致灭亡。这就可以说明,忧愁患害可以使人生存,而安逸享乐使人萎靡死亡。

人类社会的一切卓越,几乎都在悲剧之中生长的。卓越的人决不会停留在悲剧中,不会在悲剧中无奈,而总是表现出消解悲剧的方向力和穿透力。这就是人的了不起,这就是智慧的最高表现。

只有没有开悟的人,才会让悲剧发生;因为他是活在悲剧之中,每天、每年都活在悲剧之中。几年来、几十年来,他养成了一种制造悲剧的言行,养成了一种制造悲剧的习惯。他有瘾,他不由自主地制造了一个又一个悲剧。

只有开悟的人,才深深知道,一切伟大,一切成就,都深深隐藏在另一面,深藏在悲剧的背后,我们只要跨过那个悲剧,走向对立面,我们就一定能找到喜剧,找到深藏在沙子里的珍珠。

我们看到天上有乌云,那是悲剧。此时你应继续看,世界是一个动态的运作,你仰望天空,很快就会发现,乌云有可能很快飘走,乌云一走,阳光又会再现。就算乌云一时半会不走,你也要想到,乌云只是一个过客,他来了,就一定会走的。只有天空和阳光,才是主人,主人迟早会归位的。想到了这一点,那么,你就从乌云之中找到了喜剧。

你现在处境不好,这是一个悲剧。此时你应当继续向前寻找,不要停留,你应该找到那个对立面。我们都埋怨自己的成功条件不够,没有博士学位,没有资金,没有漂亮脸蛋或潇洒形象,我们彷佛一无是处,这是悲剧。但这是平凡的常态,是没有开悟的人都会如此寻找的原因。而开悟的人,他不只停留在此处,他还将继续寻找,继续在荆棘中寻找玫瑰,在不同的地点找,在任何方向找,不久,他一定会找到玫瑰的,找到了玫瑰,也就找到了喜剧。

当别人提出要求时,你总是习惯性地拒绝,这是悲剧。此时,我们要清楚,只有平凡的人才停留在此时此地,此情此景,而开悟的人则决不会在此负面的有毒的室内安稳地躺着睡大觉,他一定会向另一面去寻找,他会找到那个为什么的根,他会找到那个小我那个残缺的我,他会揪出那个丑陋的灵魂,会将之抛之于阳光下,他会升起一股正义和正气,他会十分鄙视那个小我,如此一来,他就在自省自醒中走向了事物的另一面,此时,他就开花了,就找到了那个喜剧。

战国时的廉颇看到蔺相如受到了国王的优厚待遇,心中立即生怨很不平衡,这就立即出现了悲剧。而且,他还想将悲剧推进,他每天守在进早朝的路上想要羞辱蔺相如,因为他只能看到一点,只看到局部问题的一点,而且僵死在这个点上。所以说,一切悲剧都是因为僵化在某个点上而被制造出来的。蔺相如则是一朵花,一朵白云,他是流动的,他看到全局,看到了别的国家之所以不敢进攻赵国,是因为有他们两个文臣武将同时存在的缘故。只要他们文武两人任何一个离开或死去,别的国家,就可能立即进攻。

人都是智慧的人,都有潜意识追求喜剧的欲望,后来,廉颇终于听到蔺相如回避他的原因,他才猛然醒悟,才终于越过了悲剧,找到了生命的喜剧。

孔子是一个经典。他一生都不太得志,都在推销他的政治主张,从这个角度来说,他是个悲剧。但他是得道之人,他怎么会停留在一个悲剧之中呢?决不可能。所以他一生都在寻找喜剧。喜剧往往深藏于悲剧当中,没有超世之才和坚韧不拔之智力,是难以找到伟大的喜剧的,只有那些不畏崎岖和艰难险阻的人,才会追求到山巅盛开的玫瑰花,才会找到那生命中闪光的珍珠,才能找到喜剧。孔子最终还是找到了,最后他能"从心所欲"了,他的心灵不再有碍了,他终于成了一个流畅的人。

老子,更是一个奇迹。他是人类史上对从悲剧中寻找喜剧认识最深刻的几个人之一,是体悟"二思维"最深的人,他和"佛陀"同样伟大且闪耀着巨大的光芒,因为他们都吃透了关于"二思维"的辩证法,都深知世界的一切追求一切实现都只能是反向运作,如你要打拳就得先收拳;你要到达那头就得始于这头脚下的第一步;你要开悟就得历经沉重;你要自由就得先束缚;你要找到喜剧,就得先找到悲剧。因为一切都是相对的,都是铜板的正反两面,你的一切问题都只因为你停留在单面上,静止在一处,你不知道辩证法的另一面,所以你只能停留在那个悲剧里,而老子、佛陀们则刚好相反,他们吃透了什么是"二思维",什么是辩证法,什么是阴什么是阳,他们不仅知道,而且能做到,能找到那个隐藏的对立面,能找到喜剧。

老子《道德经》五千言,八十一篇,几乎都是在阐说"二思维"的妙用,是在反复告诫反向运作的重要和必要性。老子不可能是个悲剧,因为他总是继续向前寻找,他作为"图书馆馆长",一生博览群书,正面的反面的他都看得太多,他看到了天地运行的规律,并从中悟出了人生、内心、他人、大自然的必然规律,所以,他在某个时候得道了,他开悟了。

找到喜剧并不难,难的是做决定,是你到底敢不敢去寻找。

许多人,一生都活在社会的底层,都活在一系列的无奈和痛苦埋怨之中,他们总是埋怨这个世界的一切,总认为世上所有的人都对不起他,都要有意为难他,而且总认为一切变化总是对别人有利的,对自己有害的,等等。这种人一生都只可能活在地狱里。

他们是可怜的,是值得同情的。每个人的失败,都是社会的教育功能缺位的表现。有多少失败者,就反映出如今教育有多么缺位和渎职。我深深同情弱者。我所有的学问和智慧都是为学校教育及社会教育忽略了的人准备的。我要你们也活在喜剧之中来,不要都待在那个悲剧里愁眉苦脸,不要老是对生命有太多的顾忌和恐惧。

凡是上过我的心灵培训课的人,他们中绝大多数都能随时从悲剧中找到喜剧。这没有什么神秘的,这是一种能力,一种技术,一种学校教育课本里没有教的学问而已。

当然,既然是一种能力,那么,也有一个学习过程问题,悟性高的人,能很快学会;悟性低的人,当然只能靠不断修炼才能学会。

总之,悲剧,是生命的开始;是人间地狱;是智慧的低级运作。可以说,只要你处于悲剧状态,那么,你必定是没有开悟的,或者是没有启动你的智慧的。如你要伸手去打你那不听话的儿子,这是一个悲剧,但你可以阻止这个悲剧发生,一定还有一种更为不暴力的方式存在,只要你继续找,就一定能找到。你若这么想,你就开悟了;你若这么做,你就是在接近花朵,接近喜剧。

记住,喜剧都是潜在的,就像你在一个城市里寻找你的爱人一样,只要找,就一定能找到。

乌云并不可怕,因为乌云后面一定隐藏了阳光;

身上洗出了污水并不可怕,因为已洗干净了你的身体;

杯中只有半杯水并不可怕,因为杯子了居然还有半杯水;

所有令你失望的地方,你都一定能找到希望。这是上帝的安排,也是生命的喜剧意识。宇宙是精神与物质同在的宇宙,它除了使万物尽可能有序地运行之外,还对人类进行了特别的关照。悲剧是无法消除的,就算是上帝也不能消除悲剧,但他却能在每一个悲剧中预设一个喜剧进去,好让有情的人类不至于太失望太绝望。这虽然是一个预想,但无数事实却证明,这种预设的正确。

人生是有希望的。许多人痛苦,失望,甚至对人生备感绝望,其原因是没有人教他走出阴暗的技巧,现在你既然已学会了这个最简单的技巧,你就要好好地运用它,直到成为你的新习惯,成为你的一部分。

开悟是很简单的,当你开始庆幸一切失望时,你就接近开悟了;当你从悲剧中找到喜剧时,你就彻底开悟了。一个开悟者总会表现为:

自觉觉人;

自利利他;

自渡渡人

结语 大彻大悟,超凡入圣

247